TRÊS PARA
ACERTAR

JANET EVANOVICH

TRÊS PARA ACERTAR

Tradução de Maria Clara De Biase

ROCCO

Título original
THREE TO GET DEADLY

Este livro é uma obra de ficção. Nomes, personagens, lugares e incidentes são produtos da imaginação da autora. Qualquer semelhança com acontecimentos reais, localidades, organizações ou pessoas, vivas ou não, é mera coincidência.

Copyright © 1997 by Janet Evanovich

Copyright do excerto extraído de Four to Score
© 1998 by Evanovich Inc.

Todos os direitos reservados.

Direitos para a língua portuguesa reservados
com exclusividade para o Brasil à
EDITORA ROCCO LTDA.
Av. Presidente Wilson, 231 – 8º andar
20030-021 – Rio de Janeiro – RJ
Tel.: (21) 3525-2000 – Fax: (21) 3525-2001
rocco@rocco.com.br
www.rocco.com.br

Printed in Brazil/Impresso no Brasil

preparação de originais
BEATRIZ D'OLIVEIRA

CIP-Brasil. Catalogação na fonte.
Sindicato Nacional dos Editores de Livros, RJ.

E92t   Evanovich, Janet
          Três para acertar/Janet Evanovich; tradução de Maria Clara
        De Biase. – Rio de Janeiro: Rocco, 2011.
          14x21cm

          Tradução de: Three to get deadly
          ISBN 978-85-325-2695-3

          1. Ficção norte-americana. I. De Biase, Maria Clara.
        II. Título.

11-4761   CDD–813
                                                     CDU–821.111(73)-3

TRÊS PARA ACERTAR

Capítulo 1

ERA JANEIRO EM TRENTON. O CÉU ESTAVA CINZA-CHUMBO e o ar congelava nos carros e nas calçadas. Dentro dos escritórios de Vincent Plum, agente de fianças, o ambiente não era menos severo e eu suava, não por causa do calor, mas por pânico.

– Não posso fazer isso – disse a meu primo Vinnie. – Nunca recusei um caso, mas não posso pegar esse cara. Dê a papelada para Ranger. Para Barnes.

– Não vou dar esse "Deixou de Comparecer" – (DDC) – insignificante para Ranger – disse Vinnie. – Esse é o tipo de coisa pequena que você faz. Pelo amor de Deus, seja profissional. Você é caçadora de recompensas há cinco meses. Qual é o problema?

– É tio Mo! – respondi. – Não posso prender tio Mo. Todos vão me odiar. Minha mãe vai me odiar. Minha melhor amiga vai me odiar.

Vinnie sentou seu corpo mole na cadeira atrás da escrivaninha e repousou a cabeça no encosto acolchoado de couro.

– Mo está foragido sob fiança. Isso o torna um criminoso, e é tudo que importa.

Virei tanto meus olhos para o alto de minha cabeça que quase caí para trás.

Moses Bedemier, mais conhecido como tio Mo, começou a vender sorvetes e doces em 5 de junho de 1958 e continua até hoje no negócio. Sua loja fica nas margens do Burgo, uma parte residencial aconchegante de Trenton em que as casas e mentes se orgulham de ser estreitas e os corações são generosamente abertos.

Nasci e fui criada no Burgo e, embora meu apartamento atual fique mais ou menos 1,5 quilômetro fora de seus limites, ainda estou ligada a ele por um cordão umbilical. Há anos luto contra essa maldita coisa, mas nunca consegui me desvencilhar totalmente dela.

Moses Bedemier é um legítimo habitante do Burgo. Com o passar do tempo, ele e seu linóleo envelheceram e agora ambos têm algumas partes desgastadas nas extremidades e suas cores originais se tornaram indistintas devido a trinta e poucos anos sob luzes fluorescentes. A fachada de tijolos amarelos e o letreiro metálico da loja mostram os sinais do tempo. O aço cromado e a fórmica dos bancos e do balcão perderam seu brilho. Mas nada disso importa, porque, no Burgo, tio Mo é o mais perto que se pode chegar de um tesouro histórico.

E eu, Stephanie Plum, caçadora de recompensas com 56,5 quilos, 1,70m de altura, cabelos castanhos e olhos azuis, acabei de receber a tarefa de arrastar o traseiro do respeitado tio Mo para a cadeia.

– O que ele fez? – perguntei a Vinnie. – Por que foi preso?

– Foi pego dirigindo a 56 quilômetros por hora em um local com velocidade máxima permitida de 40 quilômetros por hora pelo policial Cricri, mais conhecido como Benny Gaspick, recém-saído da Academia de Polícia e tão cru que não sabe o suficiente para pegar o cartão da Associação Beneficente da Polícia de Mo e esquecer a coisa toda.

– Não se exige fiança em multas de trânsito.

Vinnie plantou um sapato de couro de bico fino no canto de sua escrivaninha. Ele era um lunático sexual, especialmente encantado por homens jovens de pele escura com piercings nos mamilos e mulheres de seios pontudos que possuíam instrumentos de tortura do século XIV. Vinnie era um agente de fianças, o que significa que emprestava dinheiro para as pessoas pagarem a fiança estabelecida pelo tribunal. O objetivo da fiança era tornar economicamente inconveniente para o suspeito sair da cidade. Com a fiança paga, o suspeito encarcerado era solto e podia dormir em sua própria cama enquanto aguardava o julgamento. O custo do serviço de Vinnie, 15% do valor da fiança, não era reembolsável independentemente do resultado do julgamento. Se o afiançado não comparecesse à audiência, o tribunal ficava com o dinheiro de Vinnie. Não apenas com o lucro de 15%, mas com todo o dinheiro da fiança. Isso nunca deixava Vinnie feliz.

E era aí que eu entrava. Encontrava o afiançado, que àquela altura era oficialmente um criminoso, e o trazia de volta para o sistema. Se encontrasse o DDC em tempo hábil, o tribunal devolvia a Vinnie seu dinheiro. Pela prisão desse fugitivo, eu recebia 10% do valor da fiança, e Vinnie ficava com um lucro de 5%.

Aceitei o emprego por desespero, quando fui demitida (injustamente) de meu emprego de compradora de lingerie para a E. E. Martin. A alternativa ao desemprego fora supervisionar a máquina de empacotamento na fábrica de absorventes. Uma tarefa digna, mas que não me dava um prazer orgásmico.

Eu não sabia ao certo por que ainda trabalhava para Vinnie. Talvez pelo título, caçadora de recompensas, que tinha um toque de classe. Melhor ainda, eu não precisava trabalhar de meia-calça.

Vinnie deu seu sorriso babado, adorando a história que estava me contando.

— Em seu grande esforço para ser o Policial Mais Odiado do Ano, Gaspick fez um pequeno discurso para Mo sobre segurança na estrada. Mo se contorceu em seu banco e Gaspick viu um revólver calibre .45 no bolso da jaqueta dele.

— E Mo foi preso por porte ilegal de arma — arrisquei.

— Bingo.

O porte ilegal de arma era condenável em Trenton. Só era concedido a uns poucos joalheiros, juízes e emissários. Ser pego com uma arma ilegal era um ato sujeito a sanção penal. A arma era confiscada, a fiança era estabelecida e o portador estava ferrado.

É claro que isso não impedia que grande parte da população de Jersey tivesse armas sem licença. Eram compradas na loja de armas Bubba's, herdadas de parentes, passadas entre vizinhos e amigos e compradas de segunda, terceira e quarta mão de e por cidadãos que não conheciam os detalhes do controle de armamentos. A lógica ditava que se o governo expedia licenças para se ter armas, não havia mal algum em levar uma na bolsa. Quero dizer, por que alguém desejaria uma arma se não fosse para levá-la na bolsa? E se não se podia levar uma arma na bolsa, então a lei era estúpida. E ninguém em Jersey cumpriria uma lei estúpida.

Até mesmo eu levava uma arma comigo quando necessário. Nesse exato momento vi o coldre no tornozelo de Vinnie formando um volume na bainha de suas calças de poliéster. Ele não só levava uma arma escondida, como eu podia apostar que não era registrada.

– Isso não é um delito grave – disse para Vinnie. – Nada que justifique o não comparecimento ao tribunal.

– Provavelmente Mo se esqueceu de que tinha uma audiência marcada – disse Vinnie. – Talvez você só tenha de lembrá-lo disso.

Tenha isso em mente, disse a mim mesma. Talvez esse não seja um grande desastre, afinal. Eram dez horas. Eu podia ir à loja de doces e conversar com Mo. Na verdade, quanto mais pensava nisso, mais percebia que meu pânico era injustificado. Mo não tinha nenhum motivo para não comparecer ao tribunal.

Fechei a porta ao sair da sala de Vinnie e passei pela de Connie Rosolli. Connie era a gerente do escritório e o cão de guarda de Vinnie. Gostava tanto de Vinnie quanto alguém gostaria de um verme, mas trabalhava para ele havia muitos anos e passara a aceitar que até mesmo os vermes eram parte do grande plano de Deus.

Connie usava batom fúcsia, esmalte de unha combinando e uma blusa branca com poás pretos grandes. O esmalte era moderno, mas a blusa, uma péssima escolha para alguém que carregava 60% de seu peso no peito. Ainda bem que a polícia da moda não ia muito a Trenton.

– Você não vai fazer isso, vai? – perguntou ela, seu tom sugerindo que só uma filha da mãe causaria sofrimento a tio Mo.

Não me ofendi. Sabia onde ela vivia. Pensávamos do mesmo jeito.

– Quer saber se eu vou falar com Mo? Sim, vou.

As sobrancelhas pretas de Connie se juntaram em uma fina linha de indignação.

– Aquele policial não tinha nada que prender tio Mo. Todos sabem que ele nunca faria algo errado.

– Ele estava com uma arma não legalizada.

– Como se isso fosse crime – disse Connie.

– É crime!

Lula, ocupada com alguns arquivos, ergueu a cabeça.

– Afinal de contas, qual é o problema com esse tal tio Mo?

Lula era uma ex-prostituta que virou arquivista. Tinha acabado de passar por uma transformação que incluiu pintar os cabelos de louro, alisá-los e depois cacheá-los de novo. A transformação a fizera parecer uma Shirley Temple negra de 100 quilos.

– Moses Bedemier – disse eu. – Ele tem uma loja de doces na rua Ferris. É muito popular.

– Ah, sim – disse ela. – Acho que o conheço. Tem sessenta e poucos anos? Uma careca no alto da cabeça? Muitas manchas de senilidade? Um nariz que parece um pênis?

– Bem, nunca reparei no nariz dele.

Vinnie tinha me dado o arquivo de tio Mo, que consistia em cópias grampeadas de sua ordem de prisão, seu contrato de fiança assinado e uma foto. Olhei para a foto.

Lula olhou por cima do meu ombro.

– Uhum. É ele mesmo. O Velho Nariz de Pênis.

Connie tinha se levantado da cadeira.

– Está me dizendo que tio Mo era um cliente? Não acredito nisso nem por um segundo!

Lula apertou os olhos e projetou os lábios para frente.

– Pode crer.

– Nada pessoal – disse Connie.

– Uhum – respondeu Lula, com as mãos nos quadris.

Fechei o zíper de minha jaqueta e enrolei meu cachecol no pescoço.

– Tem certeza de que conhece tio Mo? – perguntei a Lula.

Ela deu uma última olhada na foto.

– É difícil dizer. Todos os velhos brancos se parecem. Talvez eu deva ir com você ver esse cara pessoalmente.

– Não! – balancei a cabeça. – Essa não é uma boa ideia.

– Acha que não posso fazer essa merda de caça de recompensa? Lula ainda não tinha passado pela transformação da linguagem.

– É claro que pode – respondi. – É só que a situação é um pouco... delicada.

– Inferno! – disse ela, vestindo sua jaqueta. – Também sei ser delicada.

– Sim, mas...

– Você pode precisar de ajuda. E se Mo não quiser vir numa boa? Talvez você precise de uma mulher grande como eu para convencê-lo.

Lula e eu tínhamos cruzado nossos caminhos quando eu estava em minha primeira caçada de criminosos. Ela era uma prostituta e eu não sabia nada sobre as ruas. Sem querer, eu a envolvi no caso em que trabalhava e, por isso, uma manhã a encontrei machucada e sangrando em minha escada de incêndio.

Lula achava que eu tinha salvado sua vida e eu me culpava por tê-la colocado em risco. Queria me esquecer daquilo, mas Lula criou uma espécie de vínculo comigo. Não chegaria ao ponto de dizer que me considerava uma heroína. Era mais como uma daquela coisa chinesa de que se você salva a vida de uma pessoa ela lhe pertence... mesmo que você não queira.

– Não vamos fazer nada para convencê-lo – disse eu. – Estamos falando do tio Mo. Ele vende doces para crianças.

Lula estava com sua bolsa pendurada no braço.

– Entendo – disse ela, seguindo-me quando saí pela porta. – Você ainda está dirigindo aquele velho Buick?

– Sim. Meu Lotus está na loja.

Na verdade, meu Lotus estava nos meus sonhos. Alguns meses atrás meu jipe havia sido roubado e minha mãe, num ataque de boas intenções equivocadas, me arrastara para o banco do motorista do Buick 1953 do meu tio Sandor. Dinheiro curto e falta de determinação ainda me mantinham olhando para o capô quilométrico azul-bebê e me perguntando que mal eu havia feito para merecer aquele carro.

Uma rajada de vento sacudiu o letreiro da Fiorello's Deli perto do escritório de Vinnie. Puxei minha gola para cima e peguei as luvas no bolso.

– Pelo menos o Buick está em bom estado – disse eu a Lula. – É isso que importa, não é?

– Uhum – disse Lula. – Só quem não tem um carro legal diz isso. E quanto ao rádio? É ruim? Tem Dolby?

– Não tem Dolby.

– Espere – disse ela. – Não fica achando que vou andar por aí sem Dolby. Preciso de música animada para entrar no clima da caçada.

Abri as portas do Buick.

– *Não vamos caçar ninguém.* Vamos *conversar* com o tio Mo.

– Certo – disse Lula, sentando-se e olhando com desgosto para o rádio. – Sei disso.

Dirigi por um quarteirão da Hamilton e virei à esquerda na Rose para o Burgo. Havia pouco para alegrar o bairro em janeiro. As lâmpadas pisca-pisca e os Papais Noéis de plástico vermelho estavam guardados e ainda faltava muito para a primavera. As hortênsias não eram mais do que pobres galhos marrons, os gramados tinham sido desbotados pelo frio e nas ruas não havia crianças, gatos, lavadores de carros ou rádios a todo volume. As janelas e portas estavam bem fechadas para deixar do lado de fora o frio e a melancolia.

Até mesmo a loja do tio Mo parecia sem vida e pouco acolhedora quando parei na frente dela.

Lula espiou pela minha janela.

– Não quero estragar sua alegria – disse ela. – Mas acho que essa droga está fechada.

Estacionei no meio-fio.

– Isso é impossível. Tio Mo nunca fecha a loja. Nunca fechou nem por um dia, desde sua inauguração, em 1958.
– Adivinhe só! Agora está fechada.
Saí do Azulão, fui até a porta de Mo e olhei para dentro. As luzes estavam apagadas e não havia sinal de tio Mo. Tentei abrir a porta. Trancada. Bati com força. Nada. Merda.
– Ele deve estar doente – disse para Lula.
A loja de doces ficava em uma esquina, de frente para a rua Ferris, com o lado para a King. Uma longa fila de prédios bem cuidados de dois andares se estendia por toda a Ferris, na direção do centro do Burgo. A King, por outro lado, passara por um período difícil, com a maioria de seus prédios de dois andares transformados em multifamiliares. As cortinas brancas engomadas de Martha Washington do Burgo não estavam em evidência na King. Ali a privacidade era mantida por lençóis rasgados e venezianas velhas, e uma desagradável sensação de que aquela não era mais uma comunidade desejada.
– Uma velha assustadora está olhando para a gente da janela daquela casa ao lado – comentou Lula.
Olhei para a casa na Ferris e estremeci.
– É a sra. Steeger. Ela foi minha professora na terceira série.
– Aposto que isso foi divertido.
– Foi o ano mais longo da minha vida.
Até hoje eu sentia cólicas quando tinha de fazer uma divisão longa.
– A gente devia falar com ela – disse para Lula.
– Sim – concordou Lula. – Geralmente velhas intrometidas sabem de muitas coisas.
Puxei minha bolsa mais para cima do ombro e fui com Lula bater na porta da sra. Steeger.
A porta foi aberta apenas o suficiente para eu ver que a sra. Steeger não mudara muito com o passar dos anos. Continuava magérrima, tinha um rosto emaciado e ágeis olhos pequenos sob sobrancelhas que pareciam desenhadas com pincel atômico mar-

rom. Ficara viúva no ano passado. Aposentara-se um ano antes disso. Usava um vestido marrom com florzinhas brancas, meias e sapatos confortáveis. Seus óculos estavam pendurados em uma corrente ao redor do pescoço. Os cabelos com cachos apertados eram pintados de castanho. Ela não parecia acostumada a uma vida de lazer.

Entreguei-lhe meu cartão de visita e me apresentei como uma agente de captura de fugitivos.

– O que isso significa? – perguntou ela. – Você é uma policial?

– Não exatamente. Trabalho para Vincent Plum.

– Então – disse ela, considerando a informação –, é uma caçadora de recompensas.

Isso foi dito com o mesmo carinho com que alguém se referiria a um traficante de drogas ou molestador de crianças. A inclinação em seu queixo indicava possível ação disciplinar, e sua atitude sugeria que se eu tivesse dominado a divisão longa poderia ter me tornado alguém na vida.

– O que isso tem a ver com Moses? – perguntou.

– Ele foi preso por uma pequena infração e não compareceu à audiência. A agência Plum pagou a fiança, por isso preciso encontrar Mo e ajudá-lo a marcar uma nova data.

– Mo nunca faria nada de errado – disse a sra. Steeger. Verdade absoluta!

– Sabe onde ele está? – perguntei.

Ela se empertigou.

– Não. E acho uma vergonha você não ter nada melhor para fazer do que importunar homens bons como Moses Bedemier.

– Eu não estou importunando Mo. Só quero ajudá-lo a marcar uma nova audiência.

– Mentira, mentira – disse a sra. Steeger. – Você era uma mentirosa na terceira série, e continua sendo. Sempre tentando passar chicletes em minhas aulas.

– Bem, de qualquer modo, obrigada – disse eu para a sra. Steeger. – Prazer em vê-la depois de todos esses anos.

SLAM. A sra. Steeger bateu a porta.
– Você devia ter mentido – disse Lula. – A gente nunca consegue descobrir nada falando a verdade assim. Devia ter dito a ela que trabalhava para a comissão de loteria e Mo ganhou um montão de dinheiro.
– Talvez da próxima vez.
– Talvez da próxima vez a gente apenas abra a porta e comece a dar uns tapas.
Eu lhe lancei um olhar horrorizado.
– É só uma sugestão – disse Lula.
Fui até a próxima varanda e estava prestes a bater quando a sra. Steeger pôs a cabeça para fora da porta de novo.
– Nem perca seu tempo – disse ela. – Os Whitehead estão na Flórida. Harry sempre tira férias nessa época do ano. Eles só voltarão daqui a duas semanas.
SLAM. Ela desapareceu atrás da porta fechada.
– Tudo bem – disse eu a Lula. – Vamos tentar a porta número três.
Dorothy Rostowski abriu a porta número três.
– Dorothy?
– Stephanie?
– Não sabia que você morava aqui.
– Moro há quase um ano.
Dorothy carregava um bebê no quadril e havia outro na frente da televisão. Estava com o cheiro de alguém que engolira bananas amassadas e vinho.
– Estou procurando pelo tio Mo – disse eu. – Pensei que estivesse trabalhando na loja.
Dorothy trocou o bebê de lado.
– Mo não aparece aqui há dois dias. Você não está procurando ele para o Vinnie, está?
– Na verdade...
– Mo nunca faria nada errado.
– Bem, é claro, mas...

– Só estamos tentando encontrar Mo porque ele ganhou na loteria – disse Lula. – Vai sentar a bunda numa montanha de dinheiro.

Dorothy bufou e bateu a porta.

Tentamos a casa vizinha e recebemos a mesma informação. Mo não aparecia na loja havia dois dias. Não surgiu mais nada, exceto um conselho não solicitado de que talvez eu devesse pensar em procurar um novo emprego.

Lula e eu entramos no Buick e demos outra olhada no contrato de fiança. Mo preencheu seu endereço como sendo o número 605 da Ferris. Isso significava que morava em cima da loja.

Esticamos o pescoço para olhar para as quatro janelas do segundo andar.

– Acho que tio Mo se mandou – disse Lula.

Só havia um jeito de descobrir. Saímos do carro e andamos até os fundos do prédio de tijolos onde uma escada externa levava a uma varanda no segundo andar. Subimos a escada e batemos na porta. Nada. Tentamos a maçaneta. Trancada. Olhamos pelas janelas. Tudo em ordem. Nenhum sinal de Mo. Não havia luzes acesas.

– Mo pode estar morto lá dentro – disse Lula. – Ou doente. Pode ter tido um derrame e caído no chão do banheiro.

– *Não* vamos arrombar.

– Isso seria um ato humanitário – disse Lula.

– E contra a lei.

– Às vezes os atos humanitários entram na zona cinzenta.

Ouvi passos, olhei para baixo e vi um policial em pé na base da escada. Steve Olmney. Tínhamos estudado juntos.

– O que está acontecendo? – perguntou. – Recebemos uma queixa da sra. Steeger de que alguém suspeito estava rondando a loja de tio Mo.

– Era eu – respondi.

– Onde está Mo?

— Achamos que ele pode estar morto — disse Lula. — Que seria melhor alguém subir para ver se ele teve um derrame e está caído no chão do banheiro.

Olmney subiu a escada e bateu na porta.

— Mo? — gritou. Encostou o nariz na porta. — Não sinto cheiro de morte. — Olhou pelas janelas. — Não estou vendo corpos.

— Ele é um DDC — disse eu. — Foi preso por porte ilegal de arma e não compareceu ao tribunal.

— Mo nunca faria nada errado — disse Olmney.

Sufoquei um grito.

— Não comparecer ao tribunal é errado.

— Provavelmente ele se esqueceu. Talvez esteja de férias. Ou sua irmã em Staten Island tenha ficado doente. Vocês deveriam falar com ela.

Na verdade, aquilo pareceu uma boa ideia.

Lula e eu voltamos para o Buick e li o contrato de fiança mais uma vez. Como imaginava, Mo havia colocado nele o nome e endereço da irmã.

— Devemos nos separar — disse para Lula. — Vou ver a irmã dele e você fica vigiando a loja.

— Vou fazer isso muito bem — disse Lula. — Não vou deixar escapar nada.

Virei a chave na ignição e me afastei do meio-fio.

— O que você vai fazer se vir Mo?

— Agarrar o desgraçado pelo saco e jogar no porta-malas do meu carro.

— *Não!* Você não está autorizada a capturá-lo. Se vir Mo, entre em contato comigo imediatamente. Ou telefone para meu celular ou use meu bipe. — Eu lhe dei um cartão com meus números. — Lembre-se, *não jogue ninguém no porta-malas do seu carro!*

— É claro — disse Lula. — Sei disso.

Deixei Lula no escritório e me dirigi para a Route. Era o meio do dia e o trânsito estava bom. Fui para Perth Amboy e fiquei na fila da ponte para Staten Island. A beira da estrada que levava à cabine de pedágio estava cheia de amortecedores corroídos pela neve salgada e soltos pelos inescapáveis grandes buracos e remendos de macadame que compunham a ponte.

Entrei no trânsito da ponte e parei atrás do veículo da empresa Vegetable Wholesalers, de Petrucci, e de um caminhão com os dizeres: EXPLOSIVOS PERIGOSOS. Consultei um mapa enquanto esperava. A irmã de Mo morava na direção do meio da ilha, em uma área residencial que eu sabia ser parecida com o Burgo.

Paguei o pedágio e avancei devagar, aspirando fumaça de diesel e outros ingredientes secretos que senti no fundo da garganta. Adaptei-me à poluição em menos de 400 metros, e estava me sentindo bem quando cheguei à casa da irmã de Mo, na rua Crane. A adaptação é uma das grandes vantagens de nascer e ser criada em Jersey. Simplesmente não somos derrotados por ar poluído e água contaminada. Somos como aqueles peixes-gatos com pulmões. Tirem-nos de nosso ambiente e desenvolveremos as partes do corpo de que precisamos para sobreviver. Depois de Jersey, o resto do país é moleza. Você quer mandar alguém para uma zona radiativa? Mande uma pessoa de Jersey. Ela ficará bem.

A irmã de Mo morava em um prédio de dois andares verde-claro com basculantes de alumínio e toldos brancos e amarelos. Estacionei no meio-fio e subi os dois lances da escada para o alpendre cimentado. Toquei a campainha e me vi diante de uma mulher que lembrava muito meus parentes do lado Mazur da família. De boa e forte descendência húngara. Cabelos pretos, sobrancelhas pretas e olhos azuis prosaicos. Ela devia estar na casa dos cinquenta, e não pareceu entusiasmada ao me encontrar à sua porta.

Entreguei-lhe meu cartão, me apresentei e disse que estava procurando Mo.

Sua reação inicial foi surpresa, e depois desconfiança.

– Agente de captura de fugitivos – disse ela. – O que isso quer dizer? O que tem a ver com Mo?

Eu lhe expliquei resumidamente.

– Tenho certeza de que Mo só não foi à audiência porque se esqueceu, mas preciso lembrá-lo de marcar outra data – disse-lhe.
– Não sei nada sobre isso – disse ela. – Não vejo muito Mo. Ele sempre está na loja. Por que você não vai até lá?
– Ele não aparece na loja há dois dias.
– Isso não parece típico do Mo.
Nada daquilo parecia típico de Mo.
Perguntei-lhe se Mo tinha outros parentes. Ela respondeu que não, nem parentes próximos. Perguntei se ele tinha um segundo apartamento ou uma casa de férias. Ela disse que até onde sabia não.
Agradeci-lhe pelo seu tempo e voltei para o Buick. Olhei para o bairro. Não havia muitas coisas acontecendo. A irmã de Mo estava trancada em casa, provavelmente se perguntando que diabos acontecera com ele. É claro que havia a possibilidade de estar protegendo-o, mas meus instintos me diziam o contrário. Ela havia parecido sinceramente surpresa quando eu lhe disse que Mo não estava atrás do balcão distribuindo balas de goma em forma de ursinho.
Eu podia vigiar a casa, mas esse tipo de vigilância era tediosa e consumia tempo e, nesse caso, não tinha certeza de que valeria o esforço.
Além disso, estava ficando com uma estranha sensação sobre Mo. Pessoas responsáveis como ele não se esqueciam de audiências em tribunais. Preocupavam-se com esse tipo de coisa. Perdiam o sono por causa disso. Consultavam advogados. E pessoas responsáveis como ele simplesmente não abandonavam suas lojas sem nenhum aviso na vitrine.
Talvez Lula estivesse certa. Talvez Mo estivesse morto na cama ou inconsciente no chão do banheiro.
Saí do carro e voltei para a porta da irmã de Mo.
A porta se abriu antes de eu ter uma chance de bater. Duas pequenas rugas tinham se formado na testa da irmã de Mo.
– Há mais alguma coisa? – perguntou.

– Estou preocupada com Mo. Não quero alarmar você, mas existe a possibilidade de ele estar doente em casa e sem condições de abrir a porta.
– Eu estava sentada aqui pensando a mesma coisa – disse ela.
– Você tem uma chave do apartamento?
– Não, e até onde sei ninguém tem. Mo gosta de privacidade.
– Conhece algum amigo dele? Mo tem uma namorada?
– Lamento, mas não somos íntimos a ponto de falar sobre essas coisas. Mo é um bom irmão, mas, como disse, gosta de privacidade.

Uma hora depois eu estava de volta ao Burgo. Entrei na Ferris e estacionei atrás de Lula.
– E aí? – perguntei.
Lula estava apoiada no volante de seu Firebird vermelho.
– Nada. Foi o trabalho mais chato que já fiz. Uma pessoa poderia fazer isso em coma.
– Alguém veio comprar doces?
– Uma mãe e seu bebê. Mais ninguém.
– Ela foi até os fundos?
– Não. Só espiou pela porta da frente e foi embora.
Olhei para meu relógio. Faltava pouco para as aulas terminarem. Então muitas crianças iriam lá, mas eu não estava interessada em crianças. Estava interessada em um adulto que poderia aparecer para regar as plantas ou pegar a correspondência de Mo.
– Espere aqui – disse eu. – Vou falar com outros vizinhos.
– Espere aqui? Vou congelar até a morte sentada neste carro. Sabe, isto não é a Flórida.
– Pensei que você quisesse ser uma caçadora de recompensas. É isso que os caçadores de recompensas fazem.
– Eu não me importaria de fazer esse trabalho se achasse que no final teria de atirar em alguém, mas nem isso é garantido. Tudo que ouço é não faça isso e não faça aquilo. Se encontrar o filho da mãe, nem mesmo posso jogá-lo no meu porta-malas.

Atravessei a rua e falei com mais três vizinhos. Suas respostas foram as mesmas. Não tinham a menor ideia de onde Mo podia estar e achavam muita audácia da minha parte insinuar que ele era um criminoso.

Na quarta casa, uma adolescente me atendeu. Estávamos vestidas de um modo quase idêntico – com botas Doc Martens, jeans, camisa de flanela sobre camiseta, muita maquiagem nos olhos e fartos cabelos castanhos cacheados. Ela era uns sete quilos mais magra e 15 anos mais nova do que eu. Não invejei sua juventude, mas repensei a dúzia de donuts que comprara a caminho do Burgo, que me chamava do banco traseiro do meu carro enquanto conversávamos.

Eu lhe dei meu cartão e ela arregalou os olhos.

– Uma caçadora de recompensas! – exclamou. – *Legal!*

– Você conhece tio Mo?

– Claro que conheço. Todo mundo conhece. – Ela se inclinou para frente e abaixou a voz. – Tio Mo fez algo errado? Você está atrás dele?

– Mo cometeu uma pequena infração e não compareceu ao tribunal. Quero lembrá-lo de marcar uma nova audiência.

– Isso é incrível. Quando você encontrar tio Mo vai jogar duro e atirá-lo no porta-malas do seu carro?

– *Não!* – De novo aquela história do porta-malas! – Só quero falar com ele.

– Aposto que tio Mo fez alguma coisa realmente terrível. Aposto que quer prendê-lo por canibalismo.

Canibalismo? O homem vendia doces. Por que desejaria comer dedos? Essa garota tinha bom gosto para sapatos, mas uma mente um pouco assustadora.

– Sabe algo sobre Mo que poderia ser útil? Ele tem amigos íntimos no bairro? Você o viu recentemente?

– Vi alguns dias atrás na loja.

– Talvez possa ficar de olho nele para mim. Meu número está no cartão. Se vir Mo ou alguém suspeito, me telefone.

– Quase como se eu fosse uma caçadora de recompensas?
– Quase como se fosse.
Voltei rapidamente para junto de Lula.
– OK – disse-lhe. – Pode voltar para o escritório. Encontrei uma substituta. A garota do outro lado da rua vai ficar de olho no Mo para nós.
– Ótimo. Isto estava ficando entediante.
Segui Lula até o escritório e telefonei para minha amiga Norma, que trabalhava no Departamento de Veículos Motorizados.
– Tenho um nome – disse a ela. – Preciso da placa e do carro.
– Qual é o nome?
– Moses Bedemier.
– Tio Mo?
– Ele mesmo.
– Não vou lhe dar informações sobre tio Mo!
Repeti para ela a história da marcação de uma nova audiência, que estava parecendo muito repetitiva.
Teclas de computador foram ouvidas ao fundo.
– Se eu descobrir que você tocou em um único fio de cabelo de tio Mo nunca lhe darei outra placa.
– Não vou machucar tio Mo – disse eu. – Nunca machuco ninguém.
– E quanto àquele cara que você matou no último agosto? E quando explodiu a funerária?
– Vai me dar essa informação ou não?
– Ele possui um Honda Civic 1992, azul. Tem com você um lápis? Vou dizer o número da placa.
– É, cara – disse Lula, espiando por cima do meu ombro. – Parece que temos mais pistas. Vamos procurar esse carro?
– Sim. – E depois procuraríamos uma chave do apartamento. Todos se preocupam com a possibilidade de ficar trancados do lado de fora. Se você não tem nenhum vizinho de confiança com quem deixar sua chave, a esconde por perto. Coloca-a cuidadosamente

sobre o batente da porta, em uma pedra falsa perto do alicerce ou debaixo do capacho.
Eu não forçaria a entrada, mas se encontrasse uma chave...
– Ainda não almocei – disse Lula. – Não posso continuar a trabalhar sem almoçar.
Tirei o saco de donuts de minha bolsa a tiracolo de couro preta e comemos com grande apetite.
– Temos coisas a fazer. Lugares a ir – disse eu minutos depois, tirando o açúcar de confeiteiro de minha camisa e desejando ter parado em dois donuts.
– Vou com você – disse Lula. – Só que desta vez eu dirijo. Tenho um puta som estéreo no meu carro.
– Só não dirija rápido demais. Não quero ser pega pelo policial Gaspick.
– Ahá – disse Lula. – Está com uma arma ilegal como tio Mo?
Não nesse momento. Meu revólver Smith & Wesson calibre .38 estava em minha casa, no balcão da cozinha, dentro do pote para biscoitos em forma de urso. Eu tinha pavor a armas.
Entramos no Firebird vermelho de Lula e nos dirigimos à Ferris com as janelas vibrando ao som de rap.
– Acho melhor você abaixar isso – gritei para Lula após alguns quarteirões. – Estou ficando com arritmia.
Lula socou o ar.
– Um há, há, há, ahá.
– Lula!
Ela olhou para mim.
– Você disse alguma coisa?
Abaixei o volume.
– Você vai ficar surda.
– Uhum – disse Lula.
Seguimos pela Ferris procurando Civics azuis, mas não havia nenhum estacionado perto da loja. Examinamos as ruas transversais e paralelas dos dois lados. Nenhum Civic azul. Estacionamos na esquina da Ferris com a King e caminhamos pelo beco atrás da

loja, olhando para dentro de todas as garagens. Nenhum Civic azul. A garagem no canto do pequeno jardim atrás da loja de doces estava vazia.

– Ele bateu asas e voou – disse Lula. – Aposto que está no México morrendo de rir, imaginando a gente aqui procurando em um monte de malditas garagens.

– E quanto à sua teoria do morto no chão do banheiro?

Lula usava uma jaqueta para neve rosa-choque e botas de cano alto com pele branca falsa. Ela puxou a gola da jaqueta para cima do pescoço e olhou para a varanda do segundo andar do prédio de Mo.

– A gente teria encontrado o carro dele. E se estivesse morto, a esta altura teria começado a feder.

Era o que eu também achava.

– É claro que ele poderia ter se trancado no congelador de sorvete – disse Lula. – Então não federia, porque estaria congelado. Mas provavelmente isso não aconteceu porque teria de tirar o sorvete para entrar no congelador, e nós já olhamos pela vitrine e não vimos caixas de sorvete derretendo. É claro que ele poderia ter comido todo o sorvete primeiro.

A garagem de Mo era de madeira e telhas. Tinha uma porta dupla antiquada de madeira com dobradiças que fora deixada entreaberta. O acesso à garagem era pelo beco, mas havia uma porta lateral que dava para uma pequena calçada de cimento nos fundos da loja.

O interior da garagem estava escuro e cheirava a bolor. Nas paredes havia prateleiras com caixas de Tastee Straws, guardanapos, detergente, Drygas, potinhos de frutas Del Monte, compotas Hershey's e óleo para motor 10W40. Jornais estavam empilhados em um canto, aguardando reciclagem.

Mo era uma pessoa popular e aparentemente confiante, mas deixar abertas as portas de sua garagem cheia de suprimentos parecia um excesso de confiança na natureza humana. As possibilidades eram de que ele tivesse saído às pressas e estivesse distraído demais para pensar na porta. Ou talvez não planejasse voltar. Ou tivesse sido forçado a partir e seus sequestradores estivessem com outras coisas em mente além de portas de garagens.

Essa última possibilidade era a que menos me agradava.

Tirei uma lanterna da bolsa e a entreguei a Lula com instruções para procurar na garagem uma chave da casa.

— Tenho o faro de um cão de caça para chaves de casas — disse Lula. — Não se preocupe. Se houver uma chave, eu acharei.

A sra. Steeger olhou para nós pela janela ao lado. Sorri e acenei, e ela voltou para dentro. Provavelmente para chamar a polícia de novo.

Havia um pequeno jardim entre a loja e a garagem, sem qualquer sinal de uso recreativo. Sem balanços, churrasqueiras, cadeiras enferrujadas. Além da grama crescida e da sujeira, só havia uma calçada. Segui pela calçada até a entrada dos fundos da loja e olhei dentro das latas de lixo ao longo da parede de tijolos. Todas estavam cheias de sacos plásticos. Algumas caixas de papelão vazias tinham sido empilhadas ao lado das latas de lixo. Andei na ponta dos pés ao redor das latas e caixas, procurando algum sinal de uma chave escondida. Não encontrei nada. Procurei sobre o batente da porta dos fundos da loja de doces. Subi a escada e passei minha mão por debaixo do corrimão da pequena varanda de trás. Bati na porta mais uma vez e olhei pela janela.

Lula saiu da garagem e atravessou o jardim. Subiu a escada e me entregou orgulhosamente uma chave.

— Sou boa nisso, não sou?

Capítulo 2

INSERI A CHAVE NA FECHADURA DA PORTA DE MO E A ABRI.
– Mo? – gritei.
Nenhuma resposta.
Lula e eu olhamos ao redor. Não havia policiais. Crianças. Vizinhos barulhentos. Nós nos entreolhamos e entramos no apartamento. Percorri rapidamente o local, constatando que Mo não estava morto na cama, no banheiro, na cozinha nem na sala de estar. Havia comida na geladeira e roupas no armário do quarto. O apartamento estava limpo e arrumado. Mo não tinha secretária eletrônica, por isso não pude bisbilhotar suas mensagens. Procurei nas gavetas, mas não encontrei uma caderneta de telefones. Não havia nenhuma nota escrita às pressas detalhando reservas de voos ou hotéis. Nenhum folheto da Disney.

Eu estava prestes a descer a escada e procurar na loja quando Carl Costanza apareceu na varanda de trás. Carl era um dos meus policiais favoritos. Tínhamos feito a primeira comunhão juntos, entre outras coisas.

– Eu devia saber – disse Carl, com os pés plantados no chão e a gravidade puxando para baixo seu revólver e cinto de utilidades.

– Devia saber que era você quando recebi o telefonema.

– Preciso ir – disse Lula, passando por Carl e descendo as escadas na ponta dos pés. – Estou vendo que vocês dois querem ter uma conversa. Não quero atrapalhar.

– Lula! – gritei. – Não ouse sair sem mim!

Lula já estava dobrando a esquina do prédio.

– Acho que peguei um resfriado e não quero passar para vocês.

– Bem – disse Carl. – Quer me falar sobre isso?

– Quer dizer, sobre Lula e eu estarmos no apartamento de tio Mo?

Carl fez uma careta.

– Você vai inventar uma história ridícula, não é?

– Mo não compareceu ao tribunal. Vim aqui procurá-lo e a porta estava aberta. Deve ter sido o vento.

– Uhum.

– Então Lula e eu ficamos preocupadas. E se Mo estivesse ferido? Podia ter caído no banheiro, batido com a cabeça e estar inconsciente.

Carl ergueu as mãos.

– Pare. Não quero ouvir mais nada. Você terminou sua busca?

– Sim.

– Encontrou Mo inconsciente no chão do banheiro?

– Não.

– Agora vai para casa, certo?

– Certo. – Carl era um bom sujeito, mas achei que entrar na loja de Mo com ele olhando sobre meu ombro seria abusar da sorte, por isso fechei a porta de Mo tornando audível o clique da fechadura.

Quando saí para a rua, não vi Lula e o Firebird. Abaixei a cabeça e caminhei para a casa dos meus pais, onde estava certa de que poderia arranjar uma carona.

Meus pais moravam no coração do Burgo, em um prédio estreito de dois andares que em um dia frio como este cheirava a pudim de chocolate assando no fogão. O efeito era parecido com o da sereia Lorelei, cujo canto seduzia marinheiros, fazendo-os bater no rochedo.

Caminhei por três quarteirões da Ferris e virei na Green. O frio entrava por meus sapatos e minhas luvas e fazia minhas orelhas doerem. Estava usando um casaco Gore-Tex com forro grosso de lã, uma gola rulê preta e blusa de moletom anunciando minha alma mater, Douglass College. Puxei o capuz do casaco para cima da cabeça e apertei seus cadarços. Muito idiota, mas pelo menos minhas orelhas não rachariam como pingentes de gelo.

– Que bela surpresa – disse minha mãe ao abrir a porta. – Vamos ter frango assado no jantar. Com muito molho, como você gosta.

– Não posso ficar. Tenho outros planos.

– Planos? Um encontro?

– Não. Planos de trabalho.

Vovó Mazur espiou pela porta da cozinha.

– Ah, puxa, você está trabalhando em um caso. Quem é desta vez?

– Você não conhece – respondi. – É uma coisa pequena. Na verdade, estou fazendo isso como um favor para Vinnie.

– Ouvi dizer que Tom Gates foi preso por cuspir na fila da Previdência Social. É atrás dele que você está? – perguntou vovó.

– Não. Não é de Tom Gates.

– E quanto ao homem de quem estavam falando hoje no jornal? O que puxou aquele motorista pela gravata através da janela do carro?

– Aquilo foi apenas um mal-entendido – respondi. – Eles estavam brigando por uma vaga no estacionamento.

– Então você está atrás de quem? – quis saber a vovó.

– De Moses Bedemier.

Minha mãe fez o sinal da cruz.

– Nossa Senhora! Está atrás de tio Mo. – Ela ergueu as mãos para o ar. – O homem é um santo!

– Ele não é um santo. Foi preso por porte ilegal de arma e não compareceu a uma audiência no tribunal. Por isso agora tenho de encontrá-lo e fazer com que marque uma nova data.

– Porte ilegal de arma – disse minha mãe, revirando os olhos. – Que idiota prenderia um homem bom como Mo Bedemier por porte ilegal de arma?

– O policial Gaspick.

– Não conheço nenhum policial Gaspick – observou minha mãe.
– Ele é novo.
– É nisso que dá contratar novos policiais – concluiu vovó. – Nunca se sabe o que eles podem fazer. Aposto que aquela arma foi plantada. Uma noite dessas vi em um programa na TV como os policiais que querem ser promovidos plantam drogas para poder prender as pessoas. Aposto que foi isso que aconteceu. Aposto que o policial Gaspick plantou uma arma em Mo. Todos sabem que Mo nunca faria nada errado.
Eu estava ficando cansada de ouvir que Mo nunca faria nada errado. Na verdade, começava a me perguntar que tipo de pessoa realmente era esse maravilhoso tio Mo. Parecia que todos sabiam quem ele era, mas ninguém realmente o conhecia.
Minha mãe ergueu as mãos em uma súplica.
– Como vou explicar isso? O que as pessoas vão dizer?
– Vão dizer que estou fazendo o meu trabalho – respondi.
– Seu trabalho! Você trabalha para o canalha do seu primo. Se não bastasse você sair por aí atirando em pessoas, agora está caçando tio Mo como se ele fosse um criminoso comum.
– Eu só atirei em *uma* pessoa! E tio Mo *é* um criminoso comum. Ele descumpriu a lei.
– É claro que não era uma daquelas leis com que a gente se importa muito – disse vovó, avaliando o crime.
– Mo já foi casado? – perguntei. – Ele tem uma namorada?
– É claro que não – respondeu minha avó.
– O que quer dizer com é "claro que não"? O que há de errado com ele?
Minha mãe e minha avó se entreolharam. Obviamente nunca tinham pensado nesses termos.
– Acho que ele é mais ou menos como um padre – finalmente respondeu vovó Mazur. – É como se fosse casado com a loja.
Ai, meu Deus! Santo Mo, o homem dos doces celibatário... mais conhecido como Velho Nariz de Pênis.

— Não que ele não saiba se divertir — disse vovó. — Uma vez ouvi Mo contar uma daquelas piadas de lâmpadas. Mas nada obsceno. Ele nunca diria nada de mau gosto. É um verdadeiro cavalheiro.

— Você sabe algo sobre ele? — perguntei. — Ele vai à igreja? Pertence aos Veteranos de Guerras Estrangeiras?

— Bem, não sei — respondeu vovó. — Só conheço Mo da loja de doces.

— Quando foi a última vez em que falou com ele?

— Deve ter sido alguns meses atrás. Paramos para comprar sorvete no caminho para casa depois de fazer compras. Lembra-se disso, Ellen?

— Foi antes do Natal — comentou minha mãe.

Fiz gestos com a mão para ela acrescentar detalhes.

— E?

— Foi só isso — disse ela. — Nós entramos. Falamos sobre o tempo. Tomamos sorvete e saímos.

— Mo parecia bem?

— Estava com a mesma aparência de sempre — respondeu minha mãe. — Talvez com um pouco menos de cabelo e um pouco mais de gordura na barriga. Usava uma camisa branca com TIO MO escrito no bolso, como sempre.

— E o frango? — quis saber minha mãe.

— Fica para outro dia — respondi. — Preciso de uma carona para o escritório de Vinnie. Alguém pode me levar?

— Onde está seu carro? — perguntou vovó. — Foi roubado de novo?

— Está estacionado no escritório de Vinnie. É uma longa história.

Minha mãe pegou seu casaco no armário do corredor.

— Posso levar você. Tenho mesmo de fazer compras.

O telefone tocou e vovó Mazur atendeu.

— Sim — disse ela. — Sim. Sim. — Seu rosto se tornou carrancudo — Estou ouvindo.

– Bem, se isso interessa – disse ela quando desligou. – Era Myra Biablocki. Emma Rodgers contou para ela que ouviu dizer que Stephanie estava caçando tio Mo. Myra disse que achava triste uma pessoa não ter nada melhor para fazer do que criar problemas para um homem bom como Moses Bedemier.

– Sua prima Maureen acabou de arranjar um emprego na fábrica de botões – contou-me minha mãe. – Provavelmente eles ainda estão contratando.

– Não quero trabalhar na fábrica de botões. Gosto do meu trabalho.

O telefone tocou de novo e nós todas nos entreolhamos.

– Talvez seja engano – comentou minha avó.

Minha mãe passou rapidamente pela vovó e atendeu.

– Alô. – Sua boca se estreitou em uma linha fina. – Moses Bedemier *não* está acima da lei – disse. – Sugiro que se informe bem sobre os fatos antes de espalhar fofocas. E por falar nisso, se eu fosse você limparia minhas janelas da frente antes de perder tempo no telefone.

– Deve ser Eleanor, que mora mais abaixo na rua – disse vovó.

– Também notei as janelas dela.

A vida era simples no Burgo. Os pecados eram absolvidos pela Igreja Católica, janelas sujas eram uma abominação para a vizinhança, as fofocas moviam a roda da vida e era melhor você tomar muito cuidado com o que dizia para uma mulher sobre a filha dela. Mesmo se fosse verdade.

Minha mãe desligou o telefone, pôs um lenço na cabeça e pegou sua bolsa e as chaves na mesa do corredor.

– Você vem com a gente? – perguntou à vovó Mazur.

– Quero ver alguns programas na TV – respondeu vovó. – Além disso, alguém tem de atender o telefone.

Minha mãe estremeceu.

– Deus me dê forças.

Cinco minutos depois ela me deixou na frente do escritório de Vinnie.

– Pense sobre a fábrica de botões – recomendou. – Ouvi dizer que eles pagam bem. E você teria benefícios. Seguro-saúde.
 – Vou pensar sobre isso – disse eu. Mas nenhuma de nós estava prestando muita atenção ao que eu dizia. Ambas olhávamos para o homem encostado no meu carro.
 – Aquele não é Joe Morelli? – perguntou minha mãe. – Não sabia que ainda havia alguma coisa entre vocês.
 – Não há e nunca houve – respondi, o que era mentira. Minha história com Morelli variava entre quase amigável, assustadoramente amigável e o limite do assassinato. Ele havia tirado minha virgindade quando eu tinha 16 anos e, quando completei 18, tentei atropelá-lo com o Buick do meu pai. Esses dois incidentes refletiam muito bem o tom do nosso relacionamento atual.
 – Parece que ele está esperando por você.
 Respirei fundo.
 – Que sorte a minha!
 Agora Morelli é um policial, mas usa roupas comuns. Essa é uma descrição inadequada para ele, porque é magro e musculoso e não há nada de comum na maneira que um par de calças Levi's se ajusta ao seu corpo. É dois anos mais velho e 13 centímetros mais alto do que eu, tem uma cicatriz muito fina na sobrancelha direita e uma águia tatuada no peito. A águia é remanescente de um período de serviço na Marinha. A cicatriz é mais recente.
 Saí do carro e dei um sorriso forçado.
 – Nossa, que ótima surpresa!
 Morelli sorriu.
 – Bela mentira.
 – Nao imagino o que você quer dizer com isso.
 – Você tem me evitado.
 A evitação fora mútua. Morelli tinha me deixado muito animada em novembro e depois de repente... nada.
 – Tenho andado ocupada – disse eu.
 – Ouvi falar.
 Ergui uma sobrancelha.

– Duas queixas de conduta suspeita em um dia, além de invasão. Você deve estar tentando bater um recorde pessoal – disse Morelli.

– Costanza fala demais.

– Você teve sorte de ter sido Costanza. Se fosse Gaspick, estaria pedindo uma fiança a Vinnie agora.

Fomos atingidos por uma rajada de vento e nos encolhemos em nossos casacos.

– Posso falar com você extraoficialmente? – perguntei a Morelli.

– Merda – disse ele. – Detesto quando você começa uma conversa assim.

– Há algo de estranho com tio Mo.

– Ai, meu Deus!

– Estou falando sério.

– Está bem – disse Morelli. – O que você tem?

– Uma sensação.

– Se outra pessoa me dissesse isso, eu iria embora.

– Mo faltou a uma audiência em que responderia por porte ilegal de arma. Receberia no máximo uma multa e repreensão. Isso não faz sentido.

– A vida nunca faz sentido.

– Tenho procurado por Mo. Não está em lugar algum. O carro dele desapareceu, mas a porta da garagem foi deixada aberta. Há miudezas na garagem. Coisas que ele não ia querer que roubassem. Isso é estranho. A loja está fechada há dois dias. Ninguém sabe onde Mo está. A irmã dele não sabe. Os vizinhos também não.

– O que você encontrou no apartamento de Mo?

– Roupas no armário. Comida na geladeira.

– Nenhum sinal de luta?

– Nenhum.

– Talvez Mo precisasse sair para pensar – disse Morelli. – Ele tinha um advogado?

– Dispensou.

— Acho que você está tirando conclusões precipitadas. Dei de ombros.
— Talvez, mas isso ainda parece estranho.
— Não é típico de Mo.
— Não.
A sra. Turkevich saiu da Fiorello's Deli carregando uma sacola de compras.
Acenei-lhe com a cabeça.
— Está muito frio hoje.
— Hmmmph — respondeu ela.
— Olha, isso não é culpa minha! — disse-lhe. — Só estou fazendo meu trabalho.
O sorriso se ampliou no rosto de Morelli.
— Gente como nós, que combate o crime, tem uma vida difícil, não é?
— Você ainda está no Departamento de Atentado ao Pudor e Prostituição?
— Estou na Divisão de Homicídios. Temporariamente.
— Isso é uma promoção.
— É mais como um movimento estratégico.
Eu não estava certa de que podia ver Morelli como um policial da Divisão de Homicídios. Ele gostava de sair e fazer as coisas acontecerem. A posição na Homicídios era mais cerebral e reativa.
— Houve um motivo para esta visita? — perguntei.
— Eu estava na área. Pensei em ver como iam as coisas.
— Quer dizer coisas como Moses Bedemier?
— Você precisa ser mais cuidadosa. Mo tem alguns vizinhos muito protetores e barulhentos.
Apertei o colarinho do casaco ao redor do pescoço.
— Não entendo. O que há de tão especial nesse cara?
Morelli ergueu as palmas das mãos.
— Acho que ele é apenas um daqueles tipos adoráveis. Amigo de todo mundo.
— O que estou descobrindo é que ele não tem amizade com ninguém. É uma pessoa muito reservada. Não faz confidências

nem mesmo à irmã. Minha avó diz que é como se fosse casado com a loja. Como um padre.

– Muitas pessoas deixam o trabalho dominar suas vidas. É o estilo americano – disse Morelli.

O bipe de Morelli tocou.

– Cristo! – disse Morelli. – Espero que isto seja algo horrível. Uma decapitação ou um corpo cravado de balas encontrado numa lixeira. Trabalhar na Homicídios em Trenton é como ver a grama crescer. Simplesmente não temos muitos casos difíceis para resolver.

Abri a porta do meu carro e deslizei para trás do volante.

– Me avise se o corpo for de Mo.

Morelli segurava suas próprias chaves na mão. Seu Toyota 4x4 preto estava estacionado logo atrás de mim.

– Tente não se meter em encrencas.

Eu me afastei pensando no que fazer a seguir. Tinha lido todas as informações no contrato de fiança de Mo, investigado a vizinhança, vasculhado o apartamento e falado com a única irmã dele.

Depois de dez minutos dirigindo me vi no estacionamento do meu prédio de apartamentos. Tanto o prédio como o estacionamento estavam sem vida em janeiro, com os tijolos e o macadame não suavizados pelos arbustos de verão. O céu cinzento de Jersey estava escuro o suficiente para as luzes da rua se acenderem.

Saí do carro e fui direto para a entrada dos fundos. Abri as portas duplas de vidro e me senti grata pelo súbito calor. Entrei no elevador e apertei o botão do segundo andar, perguntando-me o que havia deixado passar em minha pesquisa sobre Bedemier. Geralmente algo surgia na investigação inicial... uma namorada, um hobby, uma padaria ou loja de bebidas favorita. Hoje não havia surgido nada.

As portas do elevador se abriram e percorri a curta distância do corredor planejando telefonemas. Poderia checar a conta bancária de Mo para ver se havia retiradas recentes. Verificar a fatura do cartão de crédito. Às vezes ela revelava problemas ocultos. Poderia examinar contas de serviços públicos de uma possível segunda casa e telefonar para Sue Ann Grebek, que sabia tudo sobre todo mundo.

Abri a porta do meu apartamento, entrei no vestíbulo e examinei o ambiente. Meu hamster, Rex, estava dormindo na lata de sopa em sua gaiola de vidro. Não havia luzes piscando na secretária eletrônica nem sons de homens grandes cabeludos e com dentes tortos correndo para se esconder debaixo da minha cama.

Coloquei minha bolsa sobre o balcão da cozinha e meu casaco em uma cadeira. Despejei um pouco de leite em uma caneca, a levei ao micro-ondas por dois minutos e acrescentei algumas colheres de chocolate em pó instantâneo ao leite quente. Adicionei dois marshmallows e, enquanto derretiam, preparei um sanduíche de manteiga de amendoim com um pão branco macio.

Levei tudo isso, junto com meu telefone sem fio, para a mesa da sala de jantar e liguei para Sue Ann.

– Stephanie, Stephanie, Stephanie – disse Sue. – Meu telefone não para de tocar. Todos estão dizendo que você está tentando capturar tio Mo.

– Não estou tentando *capturar* tio Mo. Ele precisa marcar uma nova data para uma audiência. Isso não é grande coisa.

– Então por que todo mundo está tão irritado?

– Me diga você.

– Não sei – respondeu Ann. – Não tenho muito a dizer. Todos gostam de Mo. Ele não se mete onde não é chamado e é bom para as crianças.

– Deve haver alguma coisa. Você já ouviu boatos?

– Importa se eles são verdadeiros?

De modo algum.

– Então, em outras palavras, você está procurando sujeira não comprovada.

– Exatamente.

Silêncio.

– E aí? – perguntei.

– Minha sobrinha diz que às vezes a loja de Mo cheira a cocô.

– Eca.
– Isso é tudo – disse Sue.
– Não é muito.
– Ele é um santo. O que posso dizer?
– Os santos não cheiram a cocô – observei.
– Talvez os velhos sim.

Depois de falar com Sue Ann, comi meu sanduíche, bebi meu chocolate quente e pensei em Moses Bedemier. O apartamento dele estava organizado e sua mobília era velha, mas confortável. Como a minha. O aparelho de televisão era o ponto focal da sala de estar. O *TV Guide* na mesinha de centro era da semana anterior. A comida na geladeira era simples. Frios, pão, suco, leite.

Mo morava sozinho havia muitos anos, e eu suspeitava que sua vida se baseasse muito na rotina. Não havia realmente surpresas no apartamento dele. A única coisa estranha eram as revistas de cinema. Havia uma pilha delas no quarto. Moses Bedemier devia ler fofocas de novelas até dormir.

Telefonei para minha prima Bunnie no birô de crédito e novamente não cheguei a nenhuma conclusão. Não havia nada depreciativo ou recente nos arquivos pessoais e comerciais de Mo.

Recostei-me em minha cadeira e olhei desinteressadamente ao redor da sala. A janela de vidro estava escura e produzia reflexos. De vez em quando faróis brilhavam no estacionamento abaixo. Portas de carros eram batidas. Meus vizinhos estavam voltando de um dia difícil, em qualquer lugar.

Mo estava desaparecido, eu não tinha nenhuma pista e tampouco sabia como conseguir uma. Tinha seguido os procedimentos normais. O problema em encontrar uma pessoa desaparecida é que ela pode estar muito longe. Aqui estava eu procurando Moses Bedemier por toda Trenton quando ele podia estar em Guadalupe, usando óculos grossos e um nariz falso. A verdade é que, se esse fosse o caso, eu estaria sem sorte, então era melhor não pensar nisso. Melhor presumir que Mo estava perto de casa, para me sentir esperançosa.

De qualquer maneira, quase sempre as pessoas permanecem perto de casa. Ficariam muito melhor se fugissem para longe, mas isso não parece seguro. O lar sim. Cedo ou tarde, a maioria dos DDCs entram em contato com parentes, namoradas e vizinhos amigos. Geralmente cedo.

Troquei minha camisa de flanela por uma do Rangers e liguei a televisão. Provavelmente daria mais telefonemas, mas o Rangers estava jogando, e prioridades eram prioridades.

O despertador tocou às sete horas da manhã. Bati com a mão no botão de desligar e olhei para o relógio, perguntando-me por que havia regulado o alarme para aquela hora insana. Não havia sinal de sol em lugar algum e a chuva batia na minha vidraça. Mesmo quando as condições são favoráveis, a manhã não é minha parte favorita do dia, e as condições não eram nem um pouco favoráveis.

Acordei de novo às 8:30. A chuva ainda batia na vidraça, mas pelo menos o céu tinha passado de preto para cinza. Arrastei-me para fora da cama, entrei no banheiro e fiquei debaixo do chuveiro por um tempo. Pensei em Mel Gibson e Joe Morelli e tentei decidir qual deles tinha o melhor bumbum. Então pensei em Mike Richter, o goleiro do Rangers, porque ele também não era de se jogar fora.

Quando estava enxugando os cabelos, meus pensamentos tinham ido de Richter para tio Mo. A conclusão a que cheguei sobre tio Mo foi a de que eu não estava progredindo. A intuição me dizia que ele não tinha ido longe e com o tempo apareceria. Infelizmente, a expressão "com o tempo" não era apreciada no vocabulário dos caçadores de recompensas. "Com o tempo" não pagava o aluguel do mês.

Borrifei meus cabelos com laquê, vesti meu uniforme usual de jeans e camisa de flanela e abri as cortinas do quarto.

Cantarolei: "Chuva, chuva, vá embora, volte outro dia." Mas a chuva não foi embora, por isso revisitei minha cômoda e acrescentei meias grossas e uma blusa de moletom ao meu traje.

Por falta de algo melhor para fazer, fui para o escritório. No caminho passei pela revendedora de carros usados Blue Ribbon e olhei tristemente para o pátio. Todas as manhãs eu me levantava esperando que a fada dos carros tivesse me visitado durante a noite. E todas as manhãs ficava desapontada. Talvez fosse hora de eu mesma cuidar disso.

Estacionei no meio-fio e olhei através da chuva para a fila de carros. Todos muito sem graça... exceto por uma pequena picape Nissan azul no final do pátio. Era fofa. Saí para olhar mais de perto. A pintura estava nova. O banco um pouco gasto, mas não rasgado. Câmbio manual.

Um homem de capa impermeável amarela veio correndo.

– Quer comprar este carro?

– Quanto custa?

– É para você? Podemos fazer negócio. É 2004. Corre que é uma beleza.

Olhei para meu talão de cheques.

– Acho que não posso pagar por ele.

– Ei – disse ele. – Você tem um bom crédito aqui. Podemos financiar o carro. Em suaves prestações.

– Vou ter de fazer um *test drive*.

– Espere um minuto enquanto providencio as placas.

Fiz um *test drive* de quatro quarteirões e adorei. Precisaria parar de comer laranjas. E alugar menos filmes. O sacrifício valeria a pena. Eu teria uma picape!

Lula ergueu os olhos dos arquivos quando entrei pela porta pingando água no carpete.

– Espero que você não tenha passado muito tempo arrumando os cabelos esta manhã – disse ela.

Bati com a mão nos meus cabelos molhados.

– A beleza está nos olhos de quem vê.

– Ah – disse Lula. – Se não for um monte de merda.

– O homem está aí? – perguntei a Connie.

– Ainda não chegou.

Joguei-me no sofá de couro marrom.

– Não estou tendo sorte com tio Mo e preciso de dinheiro. Vocês têm algo para mim?

– Só recebemos um DDC ontem, Stuart Baggett, e a grana é uma mixaria. – Ela pegou uma pasta de papel pardo em sua caixa "moderna" e a abriu. – Idade: 22 anos. Homem branco caucasiano. Um metro e sessenta e sete. Três semanas atrás dirigiu bêbado com dois amigos tarde da noite e atirou em 14 carros estacionados, com uma espingarda de ar comprimido. Faltou à audiência e é um fugitivo... para não dizer idiota. Dois dos carros parados eram da polícia.

Fiquei surpresa por alguém ter notado o dano nos carros da polícia. Os azuis e brancos de Trenton não circulavam suavemente na noite. Pareciam sobreviventes da Bósnia.

Peguei o arquivo de Connie.

– Ele mora com os pais na Applegate – disse ela. – Trabalha vendendo cachorros-quentes no shopping. Parece que a mãe providenciou a fiança.

Telefonei para a casa de Stuart e a mãe dele atendeu. Perguntei-lhe se Stuart estava trabalhando, e ela respondeu que trabalharia até as quatro.

– Talvez eu possa ir ao shopping – disse Lula. – Sair para um intervalo e ver sua técnica de caçada.

– Não haverá nenhuma técnica para ver – disse eu. – Esse é apenas um imbecil que bebeu e fez uma coisa estúpida. Ou ele se esqueceu da audiência ou estava envergonhado demais para aparecer no tribunal.

– Sim, mas você vai usar alguma tática, não é? Para atrair Baggett para o estacionamento onde será algemado e chutado para dentro do carro.

– Vou informar Baggett muito gentilmente de seu erro e pedir que me acompanhe à delegacia para remarcarmos sua audiência.

– Este trabalho nunca vai virar uma série de TV – disse Lula.

– Se você passar perto da Macy's compre um esmalte de unha para mim. Algum bem vermelho – disse Connie.

Coloquei a pasta em minha bolsa preta a tiracolo e fechei o zíper do meu casaco. Lula abotoou seu sobretudo marrom-escuro de lona impermeável, na altura de seus tornozelos, e pôs um chapéu de caubói de couro combinando.

– Estou parecendo uma caçadora de recompensas ou o quê? – perguntou ela.

Só esperei que o pobre Stuart Baggett não caísse morto à visão de Lula.

A porta se abriu e Ranger entrou sob chuva.

Ranger foi meu mentor quando comecei na profissão, e era um caçador de recompensas. Nesse caso, bem ruim significava muito descolado. Ele havia sido um daqueles caras do Exército que andava camuflado à noite, comia cascas de árvores e besouros e apavorava os rebeldes emergentes do Terceiro Mundo. Agora era um cidadão quase comum que às vezes trabalhava para Vinnie como agente de captura. Supostamente vivia na vizinhança entre seus parentes cubanos, e sabia coisas que eu nunca saberia.

Ele usava os cabelos pretos presos em um rabo de cavalo, roupas pretas e cáqui, tinha uma barriga de tanquinho, bíceps de aço e os reflexos de uma cascavel.

Sua boca esboçou um sorriso à visão de Lula em suas roupas do Oeste Selvagem. Cumprimentou-me com um contato visual e quase imperceptível sinal de cabeça, o que para Ranger equivalia a um beijo nos dois lados do rosto.

– Parabéns – disse eu a ele. – Soube que você capturou Jesus Rodrigues. – Jesus Rodrigues fugira sob uma fiança de 500 mil dólares e era doido de pedra. Ranger sempre pegava os grandes. Por mim, tudo bem. Não queria morrer.

– Tive sorte – disse Ranger, tirando do bolso da jaqueta um recibo de entrega fornecido pela polícia, que atestava que entregara às autoridades alguém procurado.

Ele passou rapidamente por nós a caminho da escrivaninha de Connie e achei que Lula fosse desmaiar. Ela pôs uma das mãos no coração e saiu pela porta cambaleando atrás de mim.

– Sempre que ele vem me dá um troço – confidenciou-me. – Quando você chega perto desse homem é como se um raio tivesse caído ao seu lado. Seus pelos ficam todos eriçados.

– Parece que você anda vendo *Arquivo X*.

– Uhum – disse Lula, olhando para o chaveiro. – Talvez a gente deva ir de novo no meu carro. Aquele Buick que você dirige não transmite "Cumprimento da Lei". Entende o que quero dizer? Não é um carro como o de *Justiça em dobro*. Você tem de melhorar sua imagem. Precisa de um daqueles carros de durona. E, querida, ser loura está com tudo.

– Eu tenho uma picape – respondi, apontando para a Nissan. – Comprei esta manhã. – Depois de assinar os documentos eu havia feito meu pai dirigir de volta comigo, para levar o Buick para casa e eu prosseguir na minha nova picape.

– Você está cometendo um erro. – dissera ele. – Os japoneses não sabem fazer carros para os americanos. Esta picape não é metade do que o Buick é.

Era exatamente por isso que eu preferia a picape... ela não tinha nem a metade do tamanho do Buick.

– Não é fofa como uma joaninha? – disse Lula. – Uma caminhonete! – Ela olhou pela janela. – Acho que você não vai me deixar dirigir, não é? Sempre quis dirigir uma dessas caminhonetes pequenas.

– É claro que você pode dirigir – respondi, entregando-lhe as chaves. – Não tem problema nenhum.

Lula ligou o motor e se afastou do meio-fio. Agora a chuva vinha acompanhada de neve e lascas de gelo batiam no para-brisa. Neve suja e derretida grudava nos limpadores e traçava um arco no vidro.

Olhei para a foto presa aos papéis da fiança e memorizei o rosto. Não queria incomodar a pessoa errada. Dei uma olhada na minha bolsa e fiz um rápido inventário da parafernália que continha. Havia spray de defesa, totalmente absurdo em um shopping lotado. Uma arma paralisante, que ao examinar melhor vi que precisava de uma nova bateria. Meus dois pares de algemas estavam em bom estado e eu tinha uma lata quase cheia de laquê. OK, provavelmente eu não era a caçadora de recompensas mais bem equipada do mundo. Mas do que realmente precisava para capturar um velho com um nariz parecido com um pênis e um vendedor de cachorros-quentes?

– Temos de ser profissionais – disse Lula, seguindo na direção da Rodovia 1. – Precisamos de um plano.

– Que tal comprarmos o esmalte de unha primeiro e depois pegarmos o cara?

– Sim, mas como vamos fazer isso? Não podemos simplesmente ficar na fila e quando chegar a nossa vez dizer: "Dois cachorros-quentes com pimenta para viagem e você está preso."

– Não é assim tão complicado. Simplesmente vou chamar Baggett de lado, mostrar minha identificação e explicar o procedimento.

– Você acha que ele vai ficar parado ouvindo isso? Estamos falando de um fugitivo.

Lula acelerou e fez uma ultrapassagem. Espirramos neve suja em alguns motoristas cautelosos e voltamos para nossa pista.

O aquecedor do carro estava no volume máximo e senti minhas sobrancelhas começarem a fumegar.

– E aí, o que você está achando? – perguntei a Lula. – É boa de dirigir, não é? E tem um ótimo aquecedor.

Luzes de freio brilharam na nossa frente, borrões vermelhos para além do som dos limpadores de para-brisa. Lula olhava em silêncio para frente.

– Lula?

Nenhuma resposta.

– Aqueles carros estão parados aí na frente – disse eu, sem querer ofender, mas suspeitando que Lula pudesse estar tendo uma experiência extracorpórea.

Ela meneou a cabeça.

– Não que eu tenha medo de fugitivos...

– CARROS! – gritei. – CARROS PARADOS!

Lula arregalou os olhos e pisou no freio.

– Merda!

A Nissan derrapou 10 metros e se inclinou para o acostamento, deixando de bater por 1 centímetro em uma van. Fizemos uma curva em U e paramos de frente para a estrada.

– Está leve atrás – disse Lula. – Talvez você queira pôr um pouco de peso nas rodas.

Minha primeira escolha de lastro seria a arquivista de 100 quilos.

– Talvez eu deva dirigir.

– Estou bem agora – disse Lula, voltando para estrada. – É só que nunca estive junto quando você capturou alguém.

– Isso é como pegar roupa na lavanderia. Você vai lá, mostra seu recibo e leva o que é seu para casa. Só que nesse caso, levamos para a delegacia.

– Sei o caminho da delegacia – disse Lula.

Capítulo 3

LULA E EU ESTACIONAMOS NA ENTRADA DO SHOPPING, O MAIS perto possível do estande de cachorro-quente, e corremos através da lama sob nuvens baixas cinzentas, chuva e neve. Fomos direto para a Macy's, e as pessoas nos corredores ficavam boquiabertas à visão de Lula em seu sobretudo.

– Ah, veja isso – disse Lula. – Há bolsas em liquidação aqui. Vou levar aquela vermelha com corrente dourada.

Paramos para olhar a bolsa vermelha e Lula experimentá-la em seu ombro.

– É difícil dizer se fica bem com este grande sobretudo – disse Lula.

Uma vendedora rondava por perto.

– Se quiser posso tirar seu casaco e segurar para você.

– Eu adoraria – disse Lula –, mas isso pode não ser uma boa ideia. Somos caçadoras de recompensas atrás de um homem e estou com uma arma debaixo deste casaco.

– Caçadoras de recompensas – disse a mulher com uma voz entrecortada. O termo era sinônimo de "gente lunática".

Tirei a bolsa do ombro de Lula e a coloquei de volta no balcão. Agarrei Lula pelo cotovelo e a arrastei comigo.

– Não é verdade que você tem uma arma debaixo desse casaco, é?

– Uma mulher tem de se proteger.

Fiquei com medo de perguntar que tipo de arma ela portava. Provavelmente um rifle de assalto ou lança-foguetes de uso militar.

– Temos de comprar o esmalte para Connie – disse-lhe. – Algo vermelho.

Lula parou no balcão de perfumes e usou o borrifador para experimentar um.

– O que você acha?

– Se não sair até voltarmos para a picape, você vai de ônibus para casa.

Ela experimentou outro.

– Este é melhor?

– Chega de perfumes! Eles estão me deixando com o nariz entupido.

– Puxa, nada de bolsas, nada de perfumes. Você não entende muito de compras, não é?

– De qual destes esmaltes você gosta? – Eu lhe mostrei duas cores.

– O da direita é mais vermelho. Parece que alguém abriu uma veia e colocou o sangue no vidro. Drácula ficaria louco por esse vermelho.

Achei que se ele era bom o suficiente para Drácula, seria bom o suficiente para Connie.

Comprei o esmalte e depois vimos os batons. Testamos alguns no dorso das mãos, mas não encontramos nenhum que valesse a pena comprar.

Atravessamos o shopping e paramos um pouco para olhar para o estande de cachorro-quente. Graças às condições climáticas e à hora do dia, o shopping estava relativamente vazio. Isso era bom. Nós e Stuart atrairíamos menos atenção. Não havia nenhum cliente comprando cachorro-quente. Uma pessoa trabalhava no balcão. Era Stuart Baggett, pelo que se lia em seu pequeno crachá de plástico.

O que eu precisava era de um skinhead coberto de espinhas. Ou um cara grande e asqueroso como um ogro. Precisava de uma prisão em que as linhas estivessem claramente traçadas. Não de outro fiasco como Mo. Queria um homem mau contra a caçadora de recompensas boa.

O que eu tinha era Stuart Baggett, com 1,67m de altura, cabelos louros recém-cortados e os olhos de um cocker spaniel. Fiz uma careta mental. Pareceria uma idiota prendendo aquele cara.

– Lembre-se – disse eu para Lula. – Eu falo. E, acima de tudo, não atire nele.

– A não ser que ele faça alguma coisa.

– Ele não vai fazer nada, e mesmo se fizer, *não haverá tiros!*

– Uhum – disse Lula. – Nada de bolsas, nada de perfumes, nada de tiros. Você é cheia de regras, sabia?

Coloquei minhas mãos no balcão.

– Stuart Baggett?

– Sim, senhora – respondeu ele. – O que deseja? Cachorro-quente com pimenta? Cachorro-quente com queijo?

Eu lhe mostrei minha identificação e disse que representava seu agente de fianças.

Ele pestanejou.

– Agente de fianças?

– Sim – disse Lula. – O italiano pervertido que tirou sua bunda branca da cadeia.

Stuart ainda pareceu confuso.

– Você não compareceu ao tribunal – disse-lhe eu.

O rosto de Stuart se iluminou como se tivesse subitamente entendido.

– Sim! Minha audiência. Sinto muito, mas tive de trabalhar. Meu chefe, Eddie Rosenberg, não conseguiu ninguém para me substituir.

– Você informou o tribunal desse fato e pediu para marcarem uma nova data?

A expressão dele se tornou novamente confusa.

– Eu devia ter feito isso?

– Ai, meu Deus! – disse Lula. – Que idiota!

– Você precisa se apresentar – disse eu a Stuart. – Vou lhe dar uma carona para a cidade.

– Não posso simplesmente sair. Sou o único aqui hoje. Tenho de trabalhar até as nove.

– Talvez se você telefonar para seu patrão, ele encontre alguém para ficar em seu lugar.
– Amanhã é meu dia de folga – disse Stuart. – Posso ir amanhã.
Aquela ideia parecia razoável. Mas minha experiência de caçadora de recompensas, embora limitada, me dizia o contrário. Amanhã Stuart teria planos urgentes que não incluiriam uma ida à cadeia.
– É melhor irmos hoje – sugeri.
– Isso seria irresponsável – disse Stuart, começando a parecer em pânico. – Não posso ir agora.
Lula grunhiu.
– Você não está fazendo grandes negócios aqui. Estamos no meio de uma tempestade, Stuart. Caia na real.
– Ela também trabalha para meu agente de fianças? – perguntou Stuart.
– Pode apostar que sim – disse Lula.
Olhei para o corredor e depois para Stuart e o estande franqueado de cachorro-quente.
– Ela tem razão, Stuart – disse eu. – O shopping está vazio.
– Sim, mas olhe, tenho todos aqueles cachorros-quentes na grelha.
Procurei no fundo da minha bolsa e peguei uma nota de 20 dólares.
– Isto dá para pagar por eles. Jogue os cachorros-quentes no lixo e feche o estande.
– Não sei – disse Stuart. – Eles estão realmente bons. Não parece certo jogar fora.
Gritei em pensamento.
– Está bem, então embrulhe. Vamos levar os cachorros-quentes conosco.
– Quero dois com pimenta – disse Lula. – E dois com chucrute e mostarda. Você tem algum com batatas fritas?
Stuart olhou para mim.
– E você? Como quer o resto dos cachorros-quentes?
– Simples.

– Uhum – disse Lula. – É melhor levar alguns com pimenta para Connie. Ela vai ficar desapontada quando vir os meus e os dela forem simples.

– Está bem, está bem! Mais dois cachorros-quentes com pimenta – disse eu a Stuart. – E ponha o resto em uma sacola.

– E o refrigerante? – perguntou Lula. – Não posso comer todos esses cachorros-quentes sem refrigerante.

Pedi três batatas fritas médias e três refrigerantes Root Beer grandes e paguei mais 20 dólares.

Stuart telefonou para seu patrão. Disse que se sentia mal e estava vomitando por todo o lugar, havia vendido todos os cachorros-quentes e iria para casa porque não havia ninguém no shopping devido ao mau tempo.

Nós puxamos a porta da frente, trancamos o estande e saímos com nossas sacolas de comida e bebida.

Havia restos de lama no estacionamento. A neve tinha parado de cair, mas chovia muito. Acomodamos Stuart e as sacolas entre nós e dirigimos em silêncio de volta para Trenton. De vez em quando eu examinava a expressão de Stuart. Seu rosto estava pálido e suspeitei que não tivesse se esforçado muito para comparecer à audiência. Parecia uma pessoa que havia apostado na negação e perdido. Acho que ser pequeno e bonitinho não ajudava muito quando era hora de crescer.

Se ele não tivesse atirado em carros da polícia, talvez nem precisasse de fiança. E se tivesse seguido as regras, provavelmente estaria bem, sob condicional. Nova Jersey estava cheia de criminosos. Não havia muito espaço no sistema prisional para amadores como Stuart.

Lula pegou um desvio para o centro da cidade, parou em um sinal e a Nissan morreu. Ela ligou o motor de novo. Funcionou por alguns segundos e depois morreu outra vez.

– Talvez você não esteja usando a embreagem direito – comentei.

– Acho que sei usar a embreagem – disse Lula. – Parece que você comprou um carro com problemas.

– Me deixe tentar – disse eu abrindo a porta e correndo para o lado do motorista.

Lula ficou em pé na beira da estrada, olhando.

– Este carro deu defeito – disse ela. – Está entendendo?

Liguei o motor. O carro seguiu aos trancos por alguns metros e morreu.

– Talvez você deva abrir o capô – disse Lula. – Pode haver um gato no motor. Meu vizinho, Midgie, uma vez encontrou um no motor dele. O gato parecia ter passado por um processador de alimentos quando Midgie resolveu abrir o capô.

Stuart fez uma careta e disse:

– Eca!

– Isso acontece o tempo todo – disse Lula. – Os gatos ficam com frio e procuram o calor do motor. Então dormem e quando você liga o carro... tem gato cozido.

Abri o capô e Lula procurou gatos.

– Acho que não foi isso – disse ela. – Não estou vendo tripas de gatos.

Nós fechamos o capô e Lula voltou para trás do volante.

– Posso fazer isso – disse ela. – Só tenho de pisar no acelerador para o carro não morrer.

Dirigimos mais dois quarteirões e estremecemos quando o sinal ficou vermelho à nossa frente. Lula foi reduzindo a velocidade até parar atrás do último carro na fila.

– Tudo bem – disse ela. – Vou conseguir. – Ela acelerou o motor. A picape engasgou e começou a morrer. Lula acelerou um pouco mais e, de algum modo a picape deu uma guinada e bateu no carro da frente.

– Oops – disse Lula.

Saí para dar uma olhada. O carro da frente estava bem amassado no lado esquerdo do para-choque traseiro. A Nissan tinha um pedaço arrancado na frente e uma mossa profunda no para-choque dianteiro.

O motorista do carro à nossa frente não estava feliz.

– Por que você não olha para onde vai? – gritou para Lula. – Por que não aprende a dirigir?
– Não grite comigo – disse-lhe Lula. – Não admito que gritem comigo. Além disso, sei dirigir. Acontece que o carro não estava funcionando bem.
– Você tem seguro? – perguntou o homem.
– É claro que sim – disse Lula. – Não só tenho como vou preencher um boletim de ocorrência. E mencionar suas luzes de freio cobertas de sujeira e gelo, que contribuíram para o acidente.

Troquei informações com o homem e Lula e eu voltamos para a Nissan.

– Ei – disse Lula, abrindo a porta do motorista. – Não estou vendo Stuart Baggett. Ele se mandou.

Os carros se enfileiraram atrás de nós, contornando um de cada vez o local do acidente. Subi na picape e olhei em todas as direções, mas nem sinal de Stuart. Bati na cabeça com a mão fechada. Burra, burra, burra. Eu nem sequer o tinha algemado.

– Ele não parecia esperto o suficiente para fugir – disse Lula.
– Era enganadoramente fofo.
– Sim, isso mesmo. Enganadoramente fofo.
– Acho que deveríamos ir à delegacia fazer um boletim de ocorrência – disse eu.
– Sim, e não vamos nos esquecer das luzes de freio sujas. As seguradoras adoram essa merda.

Sentei-me ao lado de Lula e tentei encontrar Stuart enquanto dirigíamos, mas ele se fora.

Lula pareceu nervosa quando finalmente entramos com o carro barulhento no prédio municipal onde funcionava a corte judicial e a delegacia.

– Eu gostaria que você entrasse e preenchesse o formulário – disse Lula. – Não quero que ninguém interprete mal minha presença na delegacia. Se me virem sentada no banco, são capazes de tirar os cordões dos meus sapatos.

Coloquei a mão na maçaneta da porta.

– Você não vai me deixar a pé de novo, vai?
– Quem, eu?

Levei meia hora para preencher a papelada. Quando saí do prédio não havia nenhuma Nissan azul no estacionamento ou parada na rua. Não fiquei surpresa. Voltei para a delegacia e telefonei para o escritório.
– Fiquei a pé de novo – disse para Connie.
Ouvi embalagens sendo abertas e Connie comendo.
– O que é isso? – perguntei. – Estão comendo cachorros-quentes? Quero falar com Lula.
– Oi – disse Lula. – O que houve?
– Estou molhada, com frio e a pé... foi isso que aconteceu. E estou com fome. É melhor você não ter comido todos os melhores cachorros-quentes.
– A gente ia esperar por você, mas não pareceu certo não aproveitar toda essa comida.
Houve uma pausa e a ouvi bebendo refrigerante.
– Quer uma carona? – finalmente disse. – Posso ir buscar você.
– Isso seria ótimo.

Meia hora depois estávamos de volta ao escritório. Jackie, a prostituta amiga de Lula, estava lá comendo cachorro-quente.
– Oi, garota – gritou Lula para Jackie. – Veio me ver?
– Não – disse Jackie. – Vim ver Stephanie.
Connie me entregou um cachorro-quente frio.
– Jackie está com problemas com um homem.
– Sim – disse Jackie. – Um homem que desapareceu.
Lula se inclinou para frente.
– Está me dizendo que seu velho se mandou?
– Sim – disse Jackie. – Fico em pé naquela esquina congelando no frio, fazendo meu trabalho, sustentando em alto estilo aquele perdedor, e é assim que ele me agradece. Nenhum bilhete. Nenhuma despedida. Nada. E o pior não é isso. Aquele babaca levou meu carro.

Lula pareceu horrorizada.
– Ele levou o Chrysler?
– É isso aí, mulher. Levou. E ainda tenho de pagar dez prestações.

Terminei meu cachorro-quente e entreguei a pequena sacola com o esmalte de unha para Connie.
– Vinnie apareceu?
– Não. Ainda não chegou.
– Aposto que ele está trepando em algum lugar – disse Lula. – Esse homem tem um problema de testosterona. É do tipo que faz sexo com animais.
– Bem, vim pedir sua ajuda porque sei que você é boa em encontrar pessoas desaparecidas – disse-me Jackie. – Tenho dinheiro. Posso pagar.
– Ela é a melhor – disse Lula. – A Stephanie consegue encontrar o que você quiser. Se quer que encontre seu velho, ela vai encontrar.
– Maldito! Não dou a mínima para aquele traste. Quero que encontre meu carro – disse Jackie. – Como posso andar por aí sem carro? Tive de pegar um táxi para vir aqui hoje. E como posso trabalhar em um tempo desses sem um banco traseiro? Vocês acham que todos os clientes têm carro? Não mesmo. Meu negócio está sendo prejudicado por causa disso.
– Você registrou um boletim de ocorrência de roubo na polícia? – perguntei.

Jackie deslocou seu peso de um lado para o outro, pondo uma das mãos no quadril.
– Do que você está falando?
– Talvez seu carro tenha sido apreendido – sugeri.
– Já chequei isso – disse Connie. – Não foi.
– Era um Chrysler LeBaron 92. Azul-escuro. Comprei usado seis meses atrás – disse Jackie. Ela me entregou um cartão. – Este é o número da placa. A última vez que vi o carro foi dois dias atrás.
– Há mais alguma coisa faltando? Dinheiro? Roupas? Esse homem fez uma mala quando foi embora? – perguntei.

– Só está faltando o corpo inútil dele e meu carro.
– Talvez ele só esteja bêbado em algum lugar – disse Lula. – Talvez só tenha ido dar umas voltas.
– Não, não. Eu saberia. Ele foi embora, estou lhe dizendo.
Lula e eu trocamos olhares, e suspeitamos que Jackie estivesse certa sobre a parte do corpo inútil.
– Por que não levamos Jackie para casa? – disse-me Lula. – E depois a gente pode dar uma volta por aí e ver o que descobre.
Seu tom me surpreendeu. Suave e sério. Não era a mesma Lula que bancara a caçadora de recompensas no shopping.
– Podemos fazer isso – disse eu. – Talvez a gente descubra alguma coisa.
Todas nós observávamos Jackie. Ela não demonstrava muita raiva por perder seu carro. Esse era seu modo de ser.
Lula pôs seu chapéu e afivelou o sobretudo.
– Vou voltar mais tarde para arquivar os documentos – disse ela a Connie.
– Só não entre em bancos com essa roupa – observou Connie.

Jackie morava em um apartamento de dois quartos, alugado, a três quarteirões da loja de tio Mo. Já que estávamos no bairro, demos uma passada na rua Ferris para ver como estavam as coisas.
– Não há nada de novo aqui – disse Lula, dirigindo seu Firebird em marcha lenta no meio da rua vazia. – Nenhuma luz, nada.
Descemos a King e entramos no beco atrás da loja de Mo. Saí e olhei para dentro da garagem. Nenhum carro. Nenhuma luz nos fundos do apartamento no andar de cima.
– Há algo errado aqui – disse eu. – Isso não faz sentido.
Lula seguiu devagar para o prédio de Jackie. Dirigiu por quatro quarteirões de uma rua e depois retornou por outra, enquanto nós três procurávamos o carro dela. Havíamos percorrido boa parte do bairro quando chegamos ao prédio de Jackie, sem descobrir nada.
– Não se preocupe – disse Lula para Jackie. – Nós encontraremos seu carro. Entre e vá ver um pouco de TV. A única coisa

boa para fazer em um dia como este é ver TV. Vá ver as porcarias dos programas que passam de dia.

Jackie desapareceu atrás de uma cortina de chuva, entrando no prédio de dois andares com telhas marrons do conjunto residencial. Havia carros estacionados na rua. Nenhum deles era o Chrysler de Jackie.

— Como ele é? — perguntei a Lula.

— O velho de Jackie? Nada de especial. Vem e vai. Vende algumas drogas.

— Qual é o nome dele?

— Cameron Brown. O nome de guerra é Verme. Acho que isso diz alguma coisa.

— Ele iria embora com o carro de Jackie?

— Num piscar de olhos. — Lula se afastou do meio-fio. — Você é a especialista aqui. O que vamos fazer agora?

— Um pouco do mesmo. Vamos continuar a dirigir. Procurar nos lugares em que Brown iria.

Duas horas mais tarde a chuva fez Lula perder a entrada para uma rua. Antes de podermos corrigir o erro, estávamos perto do rio, passando por um complexo de prédios altos.

— Isto está ficando chato – disse Lula. — Como se não bastasse ter de ficar apertando os olhos para encontrar a droga de um carro, agora estou perdida.

— Nós não estamos perdidas — disse-lhe eu. — Estamos em Trenton.

— Sim, mas nunca estive nesta parte de Trenton. Não me sinto à vontade dirigindo ao redor de prédios sem pichações de símbolos de gangues. Olhe para este lugar. Não há janelas cobertas com tábuas. Lixo nas sarjetas. Caras vendendo coisas na rua. Não sei como as pessoas podem viver assim. — Ela apertou os olhos para enxergar através da chuva cinzenta e parou em um estacionamento. — Vou dar a volta – disse ela. — Vou levar a gente de volta para o escritório, comer alguns dos cachorros-quentes que sobraram e arquivar os documentos no meu arquivo.

Por mim, tudo bem, porque andar de carro sob chuva torrencial em bairros pobres não era meu passatempo favorito.

Lula passou por uma fila de carros e lá, na nossa frente, estava o Chrysler.

Nós ficamos mudas, sem acreditar em nossos olhos. Tínhamos vasculhado cada rua e beco provável e lá estava o carro, em um lugar muito improvável.

– Filho da puta – disse Lula.

Estudei o prédio na beira do estacionamento. Oito andares. Um cubo grande sem graça, de tijolos e janelas de vidro que economizavam energia.

– Parece um prédio de apartamentos.

Lula assentiu com a cabeça e voltamos nossa atenção para o Chrysler. Não estávamos especialmente ansiosas por investigar.

– Acho que devemos dar uma olhada – disse finalmente Lula.

Nós duas suspiramos e saímos do Firebird. A chuva diminuíra e a temperatura estava caindo. O frio entrou pela minha pele direto para meus ossos, e a possibilidade de encontrar Cameron Brown morto no porta-malas do carro de Jackie não ajudava a evitar os calafrios.

Olhamos atentamente pelas janelas e tentamos abrir as portas. Estavam trancadas. O interior do carro estava vazio. Nada de Cameron Brown. Não havia pistas óbvias... como bilhetes detalhando a vida de Brown ou mapas com um X cor de laranja brilhante marcando um ponto. Ficamos em pé uma do lado da outra, olhando para o porta-malas.

– Não estou vendo nenhum sangue pingando – disse Lula. – Isso é um bom sinal. – Ela se dirigiu ao seu próprio porta-malas e voltou com um pé de cabra. Passou-o por baixo da tampa do porta-malas e a abriu.

Pneu sobressalente, cobertor amarelo sujo e algumas toalhas encardidas. Nada de Cameron Brown.

Lula e eu demos um longo e ruidoso suspiro ao mesmo tempo.

— Há quanto tempo Jackie estava com esse cara? — perguntei.

— Uns seis meses. Jackie não tem sorte com os homens. Não quer ver a verdade.

Lula jogou o pé de cabra no banco traseiro de seu carro e nós entramos no Firebird.

— E qual é a verdade? — perguntei.

— Esse Verme sempre foi um aproveitador. Explora Jackie e usa o carro dela para traficar. Podia comprar um, mas usa o dela porque todos sabem que Jackie é uma prostituta, e se a polícia o parar e encontrar drogas no porta-malas é só ele dizer que não sabe como as drogas foram parar lá. Que pegou o carro da namorada emprestado. E todos sabem que Jackie usa drogas. O único motivo para uma mulher ser prostituta é usar drogas.

— Você acha que Brown estava vendendo drogas aqui?

Lula fez um sinal negativo com a cabeça.

— Ele não vende drogas para esse tipo de gente. Vende para garotos.

— Então talvez ele tenha uma namorada lá em cima.

Lula ligou o motor e saiu do estacionamento.

— Talvez, mas isto aqui parece de um nível muito alto para Cameron Brown.

Quando entrei em meu apartamento, às cinco horas, estava muito deprimida. Voltara a dirigir o Buick. Minha picape estava em uma oficina autorizada da Nissan esperando consertos depois que a revendedora de carros usados Blue Ribbon se eximiu de qualquer responsabilidade, citando uma cláusula no recibo de venda que afirmava que eu tinha comprado o carro "no estado". Sem possibilidade de devolução. Sem garantia.

Meus sapatos estavam encharcados, meu nariz escorria e eu não conseguia parar de pensar em Jackie. Encontrar o carro dela parecia totalmente inadequado. Eu queria melhorar a vida de Jackie. Tirá-la das drogas e fazê-la mudar de profissão. Droga, ela não era burra. Provavelmente poderia ser uma neurocirurgiã, se ao menos fizesse um corte de cabelo decente.

Deixei meus sapatos no vestíbulo e o resto das minhas roupas no chão do banheiro. Fiquei no chuveiro até descongelar. Enxuguei os cabelos e passei os dedos por eles para arrumá-los. Calcei meias brancas grossas e vesti calça e blusa de moletom.

Tirei um refrigerante da geladeira, peguei um bloco e uma caneta no balcão da cozinha e me sentei à mesa da sala de jantar. Queria rever minhas ideias sobre Mo Bedemier e descobrir o que estava faltando.

Acordei às nove horas com a marca da espiral do bloco no lado esquerdo do meu rosto e as páginas tão vazias quanto minha mente. Afastei os cabelos dos olhos, apertei a tecla 4 de discagem rápida e encomendei uma pizza – com queijo extra, azeitonas pretas, pimentão e cebola.

Peguei a caneta e tracei uma linha na página vazia. Desenhei um rosto feliz. Um rosto mal-humorado. Um coração com minhas iniciais nele, mas como não tinha as iniciais de ninguém para escrever perto das minhas, voltei a pensar em Mo.

Aonde Mo iria? Ele tinha deixado a maioria de suas roupas para trás. Suas gavetas estavam cheias de meias e cuecas. Seus produtos de higiene pessoal estavam intactos. Escova de dentes, barbeador e desodorante estavam no armário sobre a pia do banheiro. Isso tinha de significar algo, certo? A conclusão lógica era que tinha outro apartamento onde guardava uma escova de dentes sobressalente. O problema era... que a vida nem sempre era lógica. O exame das contas de serviços públicos não revelara nada. É claro que isso só significava que se Mo tinha uma segunda moradia, não estava registrada em seu nome.

A outra possibilidade – a de Mo ter sido sequestrado e estar morto em algum lugar à espera de ser encontrado – era deprimente demais para ser considerada. Decidi que por enquanto era melhor ignorá-la.

E quanto à correspondência de Mo? Eu não me lembrava de ter visto uma caixa de correio. Provavelmente o carteiro entregava

a correspondência para Mo na loja. Então o que estava acontecendo com a correspondência agora?
Verificar na agência de correio, escrevi no bloco.
Senti o cheiro de pizza saindo do elevador. Corri para o vestíbulo, soltei a corrente, puxei pra trás as trancas das duas fechaduras Yale, abri a porta e me deparei com Joe Morelli.
– Entrega de pizza – disse ele.
Apertei os olhos.
– Eu estava na Pino's quando você fez o pedido.
– Então isso aí é mesmo a minha pizza?
Morelli passou por mim e pôs a pizza sobre o balcão da cozinha.
– Pode apostar que sim. – Ele tirou duas cervejas da geladeira, equilibrou a caixa de pizza em uma das mãos, levou tudo para a sala de estar e pôs sobre a mesinha de centro. Pegou o controle remoto no sofá e ligou a TV para ver o jogo do Knicks.
– Sinta-se em casa – disse eu.
Morelli sorriu.
Coloquei dois pratos, um rolo de papel-toalha e um cortador de pizza perto da caixa. A verdade é que eu não estava totalmente infeliz em ver Morelli. Ele irradiava um calor físico que parecia me faltar hoje, e, como policial, tinha recursos úteis para uma caçadora de recompensas. Também poderiam existir outros motivos relacionados com ego e luxúria, mas eu não estava disposta a admiti-los.
Cortei a pizza e deslizei pedaços para os pratos. Entreguei um prato para Morelli.
– Você conhece um cara chamado Cameron Brown?
– Um cafetão – disse Morelli. – Muito malandro. Vende maconha. – Ele olhou para mim por cima de sua pizza. – Por quê?
– Você se lembra de Jackie? A amiga de Lula?
– Jackie, a prostituta.
– Sim. Bem, Jackie foi ao escritório de Vinnie hoje para ver se eu poderia encontrar o carro dela. Parece que o namorado, Cameron Brown, se mandou com ele.
– E?

– E Lula e eu demos umas voltas e finalmente encontramos o carro no estacionamento do condomínio RiverEdge.

Morelli parou de comer.

– Continue.

– É só isso. Jackie disse que não estava interessada em encontrar Cameron. Só queria o carro dela.

– Então qual é seu problema?

Mastiguei um pedaço de pizza.

– Não sei. A coisa toda parece... sórdida. Incompleta.

– Fique fora disso.

– Como assim?

– Isso é problema de Jackie – disse Morelli. – Não é da sua conta. Você encontrou o carro dela. Pare por aí.

– Ela é um pouco minha amiga.

– Ela é uma prostituta viciada. Não é amiga de ninguém.

Eu sabia que ele estava certo, mas ainda assim me surpreendi com o comentário áspero e o tom enfático. Um pequeno alarme soou em meu cérebro. Geralmente quando Morelli se opunha tanto a eu me envolver em algo era porque não me queria metida em coisas que ele resolvera investigar.

Morelli se recostou no sofá com sua garrafa de cerveja.

– O que aconteceu com toda aquela busca por Mo?

– Estou totalmente sem ideias. – Eu havia devorado dois pedaços de pizza e estava de olho em um terceiro. – Então me conte – disse eu a Morelli. – O que está acontecendo com Jackie e o velho dela? Por que não quer que eu me envolva?

– Como eu disse, não é da sua conta. – Morelli se inclinou para frente, ergueu a tampa da gaiola de Rex e jogou um pedaço de casca de pizza no pequeno prato de cerâmica do hamster.

– Me conte assim mesmo – disse eu.

– Não há muito a contar. Só acho que há um clima estranho nas ruas. Os traficantes estão recuando, ficando cautelosos. Há boatos de que alguns desapareceram.

Ele voltou sua atenção para a TV.

– Olhe isso – disse ele. – Veja o replay dessa jogada.
– Os caras na polícia devem estar em êxtase.
– Sim – disse Morelli. – Estão sentados jogando cartas e comendo donuts recheados por falta de crimes.

Eu ainda estava de olho no terceiro pedaço de pizza. Minhas coxas realmente não precisavam dele, mas a vida era curta e a gratificação física estava difícil nos dias de hoje. Que se dane. Coma a maldita coisa e acabe logo com isso, pensei.

Vi um sorriso se formando nos cantos da boca de Morelli.

– O que foi? – gritei.

Ele ergueu suas duas mãos no ar.

– Ei, não grite comigo só porque não tem força de vontade.

– Tenho muita força de vontade. – Droga, *odiava* quando Morelli estava certo. – Afinal de contas, por que você está aqui?

– Só estou sendo sociável.

– E quer saber se tenho alguma novidade sobre Mo.

– Sim.

Eu havia esperado que ele negasse isso, e agora não me restava nada de acusatório para dizer.

– Por que está tão interessado em Mo? – perguntei.

Morelli deu de ombros.

– Todos no Burgo estão interessados em Mo. Passei muito tempo naquela loja quando era criança.

O dia nasceu tarde sob uma nuvem tediosa da cor e textura de cimento. Acabei de comer a pizza no café da manhã e estava dando biscoitos Cheerios e passas para Rex quando o telefone tocou.

– Nossa, que manhã horrível! – disse Lula. – E está ficando pior a cada minuto.

– Está falando do tempo? – perguntei.

– Também. Mas principalmente da natureza humana. Estamos com um problema. Jackie está plantada naquele estacionamento chique tentando pegar o velho dela em flagrante. Eu disse para ela ir para casa, mas não adiantou. Falei que provavelmente ele nem estava lá. O que estaria fazendo com uma mulher que pode se dar ao luxo de morar em um lugar como aquele? Eu disse a Jackie que pegaram aquele filho da puta. Que era melhor ela procurar nas caçambas, mas ela não quis me ouvir.

– E?

– E eu achei que você podia falar com ela. Jackie vai morrer congelada. Ficou sentada lá a noite toda.

– Por que acha que ela vai me ouvir?

– Você pode dizer que tem alguém lá vigiando e ela não precisa ficar.

– Isso seria uma mentira.

– Qual é o problema, você nunca mentiu?

– Está bem – disse eu. – Vou ver o que posso fazer.

Meia hora depois, entrei com o Buick no estacionamento do condomíneo RiverEdge. Jackie estava lá, dentro de seu Chrysler. Parei atrás dela, saí e bati na janela.

– Sim? – disse Jackie, como se isso fosse um cumprimento, nem um pouco feliz.

– O que você está fazendo aqui?

– Estou esperando aquele ladrão de merda sair para fazer um buraco nele de um tamanho que vai dar para um caminhão passar no meio.

Eu não entendia muito de armas, mas o canhão no banco ao seu lado parecia capaz de fazer o trabalho.

– Essa é uma ótima ideia – disse eu. – Mas parece que você está com frio. Por que não me deixa ficar de vigia por um tempo?

– Obrigada, mas você encontrou o Cameron e agora tenho que matá-lo.

– Entendo perfeitamente. Só achei que talvez fosse melhor fazer isso quando estivesse um pouco mais quente. Afinal de contas, não há pressa. Não vale a pena ficar aqui e pegar uma gripe só para matar um cara.

— Sim, mas estou com vontade de matá-lo agora. Não estou a fim de esperar. Além disso, não vou conseguir trabalhar hoje com este tempo. Só os homens malucos saem para afogar o ganso num dia como este, e ninguém precisa desses lunáticos. Não, posso ficar sentada aqui. É melhor do que ficar em pé na minha esquina.

Talvez ela tivesse razão.

— Está bem — disse eu. — Tome cuidado.

— Uhum — disse Jackie.

Dirigi de volta para o escritório e disse a Lula que Jackie continuava de vigia.

— Uhum — disse Lula.

Vinnie saiu de seu escritório.

— E então? — perguntou.

Todas nós olhamos para ele. E então o quê?

Vinnie se dirigiu a mim.

— Onde está Mo? Por que não está sob custódia? É muito difícil pegar um velho que vende doces?

— Mo sumiu — disse eu. — Desapareceu temporariamente.

— Onde você procurou? No apartamento dele? Falou com a irmã dele? Com o namorado dele?

O escritório ficou subitamente silencioso.

Fui eu quem conseguiu falar primeiro.

— Namorado?

Vinnie sorriu com seus dentes brancos e alinhados se destacando na pele cor de azeitona.

— Você não sabia?

— Ah, meu Deus — disse Connie, fazendo o sinal da cruz. — Ah, meu Deus!

Minha cabeça estava zonza.

— Tem certeza? — perguntei a Vinnie. Como se eu duvidasse por um nanossegundo de sua experiência em comportamento sexual alternativo.

— Moses Bedemier é fruta — disse ele, com o rosto alegre e as mãos sacudindo moedas nos bolsos de suas calças de poliéster vincadas. — Ele usa calcinha.

Vincent Plum, agente de fianças. Especializado em sensibilidade e politicamente correto.

Virei-me para Lula.

– Achei que você tinha dito que Mo era um cliente.

– Não. Eu disse que conhecia Mo. Às vezes quando eu estava na esquina ele passava de carro tarde da noite e perguntava coisas a Jackie ou a mim. Queria saber onde encontrar Freddie, a Rã, ou o Pequeno Lionel. Acho que ele usava drogas.

– Ah, meu Deus! – disse Connie. – Um homossexual e usuário de drogas. Ah, meu Deus!

– Como você sabe? – perguntei a Vinnie.

– Ouvi boatos. E depois vi Mo e o namorado jantando em New Hope alguns meses atrás.

– Como você sabe que era um namorado e não apenas um amigo?

– Você quer detalhes? – disse Vinnie, dando um grande sorriso e apreciando o momento.

Fiz uma careta e um sinal negativo com a cabeça.

Connie apertou os olhos.

– Idiota – disse Lula.

– Você sabe o nome dele? – perguntei a Vinnie. – Como era esse homem?

– Era da idade de Mo. Mais baixo e magro. Tranquilo, como Mo. Cabelos escuros, careca no alto da cabeça. Não sei o nome, mas posso dar alguns telefonemas.

Não dei muito crédito à teoria do comprador de drogas, mas não queria que dissessem que eu não tinha examinado todas as possibilidades. Quando Lula era prostituta, trabalhava na rua Stark, alguns metros de bares, prédios velhos e conjuntos residenciais transformados em apartamentos e quartos abafados para alugar. Seria uma perda de tempo eu procurar na rua Stark. Ninguém falaria comigo. Isso me deixava com duas alternativas. Lula era uma delas. Ranger era a outra.

Capítulo 4

Eu podia pedir a Ranger para fazer perguntas sobre Mo. Ou a Lula. Isso era um dilema. Ranger seria minha primeira escolha, mas Lula estava bem ali na minha frente, farejando, lendo minha mente.

– E aí? – perguntou ela, deslocando seu peso de um lado para o outro. Nervosa. Beligerante. No estilo rinoceronte. Parecendo que ficaria magoada se eu não lhe pedisse para trabalhar comigo e que a qualquer momento poderia apertar os olhos e me esmagar como um inseto.

Então comecei a perceber a vantagem de usar Lula. Não havia nenhum motivo para magoá-la, certo? E provavelmente Lula se sairia bem nisso. Quero dizer, qual era o problema? Tudo que ela precisava fazer era mostrar a foto de Mo para traficantes de drogas e prostitutas. Ela não era sutil, mas e daí? Isso era um crime?

– Você tem muitos contatos na rua Stark – disse-lhe. – Talvez possa mostrar a foto de Mo. Ver se alguém pode nos dar uma pista.

O rosto de Lula se iluminou.

– Com certeza. Posso fazer isso.

– Sim – disse Vinnie. – Tire Lula do escritório por um tempo. Ela me deixa nervoso.

– E é para ficar mesmo – disse-lhe Lula. – Estou de olho nessa sua bunda caída. É melhor não me sacanear.

Vinnie cerrou os dentes e pensei ter visto nuvens de fumaça saindo de seus ouvidos e evaporando no alto de sua cabeça. Talvez tivesse sido apenas minha imaginação.

– Vou dar uns telefonemas. Ver se descubro o nome do namorado de Mo – disse Vinnie, retirando-se para seu covil particular e batendo a porta atrás dele.

Lula estava com um braço enfiado em seu casaco.

– Vou cuidar disso agora mesmo. Vou resolver a merda desse caso.

Com todos os demais em movimento, não parecia haver muito para eu fazer. Voltei para meu Buick e dirigi para casa no piloto automático. Parei no estacionamento do meu prédio de apartamentos e olhei para minha janela. Havia deixado a luz acesa em meu quarto, e agora tudo era agradável e acolhedor. Um retângulo de conforto flutuando bem acima do sombrio miasma do nevoeiro gelado da manhã.

O sr. Kleinschmidt estava na portaria quando abri a porta dupla de vidro.

– Ah – disse ele. – A caçadora de recompensas que acorda mais cedo é a que pega os vermes. Está atrás de algum assassino cruel hoje?

– Não. De nenhum assassino – respondi.

– Traficante de drogas? Estuprador?

– Não. Não.

– De quem então? O que fez você acordar e sair tão cedo?

– Na verdade estou procurando Moses Bedemier.

– Isso não tem graça – disse o sr. Kleinschmidt. – Não é uma boa piada. Eu conheço Moses Bedemier. Ele nunca faria nada ruim. Acho que você deveria procurar outra pessoa.

Entrei no elevador e apertei o botão do segundo andar. Fiz um pequeno aceno para o sr. Kleinschmidt, mas ele não me acenou de volta.

– Por que eu? – disse ao elevador vazio. – Por que eu?

Entrei em meu apartamento e olhei para Rex. Ele estava dormindo em sua lata de sopa. Bonito e calado. Essa é uma das coisas ótimas em se ter um hamster como companheiro de quarto; os hamsters guardam seus pensamentos para si mesmos. Se Rex tinha uma opinião sobre Moses Bedemier, não a manifestava.

Esquentei uma xícara de café e me sentei para telefonar. Comecei por minha prima Jeanine, que trabalhava na agência de correio. Jeanine me disse que o correio estava sendo guardado, e Mo não tinha deixado um endereço de encaminhamento nem ido buscar nada.

Falei com Linda Shantz, Loretta Beeber e Margaret Molinowsky. Ninguém tinha muito a dizer sobre Mo, mas descobri que minha arqui-inimiga, Joyce Barnhardt, estava com uma candidíase resistente a antibióticos. Isso me alegrou um pouco.

À uma hora da tarde telefonei para Vinnie para ver se ele tinha conseguido um nome para mim. A secretária eletrônica atendeu e me lembrei de que era sábado. O escritório só funcionava meio expediente no sábado.

Pensei em fazer algo atlético, como dar uma corrida, mas quando olhei pela janela da sala ainda era janeiro, por isso descartei a ideia de atividade física.

Voltei para o telefone e liguei para mais alguns fofoqueiros. Descobri que demoraria dias para ligar para toda a minha lista deles, e enquanto isso podia fingir que estava fazendo alguma coisa.

Às 15:30 meu ouvido estava inchado e eu não sabia por quanto tempo mais conseguiria ficar grudada no telefone. Estava pensando em tirar um cochilo quando alguém bateu na minha porta.

Eu a abri e Lula entrou apressadamente.

– Saia da frente – disse ela. – Estou tão congelada que nem consigo andar reta. Minha bunda preta ficou azul meia hora atrás.

– Você quer chocolate quente?

– Dispenso o chocolate. Preciso de álcool.

Não sou uma grande bebedora. Há muito tempo decidi que era melhor não embotar meu cérebro com bebida. Eu já tinha muita dificuldade em ser sensata quando estava sóbria.

– Não tenho muita coisa com álcool – disse a Lula. – Só cerveja light, vinho tinto e antisséptico bucal.

– Dispenso isso. Só queria mesmo falar com você sobre Mo. Carla, a prostituta na Seventh e Stark, diz que viu Mo dois dias atrás. Segundo Carla, ele estava procurando O Baixinho.

Fiquei boquiaberta. Mo estava na rua Stark dois dias atrás. Puta merda!

– Carla é confiável?

– Bem, Carla não estava tremendo nem nada hoje, por isso acho que conseguiu ver a foto que mostrei – disse Lula. – E ela não ia querer pisar na bola comigo.

– E quanto a O Baixinho? Você o conhece?

– Todos conhecem. É uma daquelas pessoas influentes na rua Stark. Faz alguns trabalhos de demolição quando é preciso. Eu ia falar com O Baixinho, mas não consegui encontrá-lo.

– Acha que Mo encontrou?

– É difícil dizer.

– Mais alguém viu Mo?

– Não que eu saiba. Perguntei a muitas pessoas, mas com este tempo elas não estão saindo por aí. – Lula bateu os pés e fez movimentos de aquecimento com os braços. – Preciso ir para casa. É sábado e tenho um encontro esta noite. Preciso arrumar o cabelo. Só porque tenho uma beleza natural, não significa que não preciso de uma ajuda extra de vez em quando.

Eu agradeci a Lula e a levei até o elevador. Voltei para meu apartamento e pensei nessa última notícia. Era difícil acreditar que Mo estava na rua Stark por qualquer que fosse o motivo. Mesmo assim, por enquanto não descartaria nada... por mais que fosse absurdo. Principalmente porque essa era minha única pista.

Apertei a tecla de discagem rápida para falar com Ranger e deixei uma mensagem na secretária eletrônica. Se alguém podia encontrar O Baixinho, era ele.

No domingo, acordei às dez horas da manhã. Fiz chocolate quente e rabanadas, levei tudo para a sala de estar e inseri a fita do Ursinho Pooh no videocassete. Quando Pooh acabou suas aventuras no Bosque dos Cem Acres já era quase meio-dia, e achei que estava na hora de ir trabalhar. Como eu não tinha uma vida social nem um escritório, a hora de trabalhar era quando eu queria.

E o que eu queria hoje era pegar o estúpido e fraco Stuart Baggett. Mo estava em banho-maria, mas Stuart não.

Tomei um banho de chuveiro, me vesti e resgatei o arquivo de Stuart. Ele morava com os pais no número 10 da rua Applegate, em Merceville. Espalhei meu mapa de ruas sobre a mesa da sala de jantar e localizei a Applegate. Parecia ficar a uns 3 quilômetros de onde Stuart trabalhava. Muito conveniente.

Disseram-me que há lojas no país que fecham no domingo. Isso nunca aconteceria em Jersey. Não o toleraríamos. Em Jersey, é parte dos direitos constitucionais fazer compras sete dias por semana.

Parei o Buick no estacionamento do shopping e ignorei propositalmente os olhares das pessoas com carros menos originais. Como minha conta bancária estava mais baixa do que nunca, fui direto para o estande de cachorro-quente. Era melhor não passear pelo departamento de sapatos da Macy's e sucumbir à tentação.

Duas mulheres jovens estavam atrás do balcão de cachorro-quente.

– Pois não, senhora – disse uma delas. – O que deseja?

– Estou procurando Stuart Baggett.

– Ele não trabalha mais aqui.

Ai, meu Deus. Senti uma pontinha de culpa. Tinha feito o pobre idiota ser despedido.

– Puxa, que pena – disse eu. – Você sabe o que aconteceu? Sabe onde posso encontrar Stuart?

– Ele foi embora. Fechou cedo alguns dias atrás e nunca mais voltou. Não sei onde ele está.

Um pequeno contratempo, mas não o fim do mundo porque eu ainda tinha a casa de Stuart para visitar.

A Applegate era uma rua agradável de residências unifamiliares bem cuidadas e árvores maduras. A residência dos Baggett era uma casa branca estilo Cape Cod, com venezianas azuis e porta azul-escura. Havia dois carros e uma bicicleta de criança na entrada para veículos.

A sra. Baggett atendeu a porta. Stuart tinha uma idade perto o suficiente da minha para podermos ser amigos. Decidi usar essa abordagem primeiro, dizendo muito pouco e deixando a sra. Baggett presumir o óbvio.

– Oi – disse eu. – Estou procurando Stuart.

Houve um momento de hesitação, que poderia ter sido preocupação, ou talvez ela só estivesse tentando descobrir quem eu era.

– Sinto muito – disse. – Stuart não está em casa. Ele ficou de encontrar você aqui?

– Não. Só achei que poderia estar em casa.

– Stuart está com um amigo – disse a sra. Baggett. – Se mudou ontem. Disse que tinha um novo emprego e ia dividir um lugar com esse amigo.

– Tem o endereço ou telefone do amigo de Stuart?

– Não. Nem sei o nome dele. Stuart discutiu com o pai e foi embora furioso. Quer deixar um recado?

Eu lhe dei meu cartão.

– Stuart não compareceu ao tribunal. Precisa remarcar sua audiência o mais rápido possível. Isso é muito importante.

A sra. Baggett emitiu um pequeno som de desagrado.

– Não sei o que fazer com Stuart. Ele está rebelde.

– Eu gostaria que a senhora me telefonasse se tiver notícias dele.

Ela fez um sinal afirmativo com a cabeça.

– Vou telefonar. Vou telefonar para você.

Eu poderia gastar muita energia procurando Stuart ou esperar que ele fosse para casa. Escolhi a segunda opção. A sra. Baggett parecia uma mulher responsável e inteligente. Eu me sentia bastante confiante de que me telefonaria. Se não telefonasse, voltaria a visitá-la de novo naquela semana.

Ranger me telefonou de volta um pouco depois das sete horas com notícias de que O Baixinho tinha ido passar o inverno no sul. Ninguém o via fazia dias, e isso provavelmente incluía Mo.

Às oito horas eu estava em pé do outro lado da rua da loja de tio Mo, sentindo-me nervosa. Embora tivesse uma chave do apartamento dele, algumas pessoas considerariam o que eu estava prestes a fazer uma invasão. É claro que eu sempre poderia mentir e dizer que tio Mo tinha me pedido para cuidar das coisas dele. Se fosse um juiz quem estivesse fazendo perguntas acho que minha resposta poderia se encaixar naquela área indesejável de perjúrio. Perjúrio parecia algo que era bom evitar. Embora em Jersey a lei escrita frequentemente se submetesse ao senso comum. O que significava que cometer perjúrio era melhor do que ser despachado para o depósito de lixo.

O céu estava escuro. A lua coberta de nuvens. Havia luzes acesas em casas por toda a rua de Mo, mas as janelas de seu apartamento estavam negras. Um carro passou e estacionou a três casas de distância. Eu estava oculta nas sombras e o motorista saiu do carro e foi para sua casa sem parecer me notar. Eu havia deixado o Buick na rua Lindal, a um quarteirão de distância.

Vi a sra. Steeger andando em sua sala da frente. Esperei que parasse antes de me aproximar. A sra. Steeger espiou para fora da janela de sua sala de estar e meu coração parou no peito. Ela se afastou da janela e tomei fôlego. Pequenos pontos pretos dançaram diante dos meus olhos. Bati no peito com uma das mãos. A mulher tinha feito meu sangue gelar.

Faróis surgiram na esquina e um carro parou na casa de Steeger. O motorista buzinou e a sra. Steeger abriu a porta e acenou. Um momento depois a trancou atrás dela. Prendi a respiração e desejei me tornar invisível. A sra. Steeger desceu cuidadosamente os degraus escuros e seguiu pela calçada até o carro. Sentou-se perto do motorista, fechou a porta e o carro se afastou.

Meu dia de sorte.

Atravessei a rua e experimentei a chave da casa de Mo na porta da loja de doces, sem sucesso. Fui até os fundos e experimentei a mesma chave na entrada de trás. Também não serviu.

Enquanto falava com Ranger, tinha me ocorrido que, devido à interrupção da polícia, não tinha vasculhado a loja de Mo. Não sabia o que esperava encontrar, mas aquilo parecia um negócio inacabado.

Como as chaves da casa não abriam as portas da loja, presumi que houvesse outro conjunto de chaves no apartamento de Mo. Subi as escadas como se fosse dona do lugar. Quando em dúvida, sempre pareça saber o que está fazendo. Tirei uma lanterna do bolso e bati duas vezes na porta. Chamei tio Mo. Nenhuma resposta. Abri a porta, dei um passo para dentro e projetei um raio de luz ao redor da sala. Tudo parecia em ordem, por isso fechei a porta atrás de mim e andei rapidamente pelo resto do apartamento. Não havia chaves em superfícies expostas e nenhum pequeno gancho para chaves nas paredes. Nenhuma evidência de que alguém estivera no apartamento desde minha última visita.

A cozinha era pequena. Armários de metal branco sobre um balcão de fórmica cinza e uma velha pia de porcelana, branca, com marcas pretas em alguns pontos lascados. Os armários continham um conjunto descombinado de copos, xícaras, pratos e tigelas. Não havia nenhuma chave. Procurei nas gavetas debaixo do balcão. Uma era destinada a talheres. Uma a panos de prato. Outra a filme plástico, papel-alumínio e sacolas plásticas. Uma a bugigangas. Ainda nada de chaves.

Olhei por um momento para as fotos na parede perto da geladeira. Eram de crianças. Todas do Burgo. Reconheci quase todo mundo. Procurei até encontrar a minha. Com 12 anos, tomando sorvete de casquinha. Lembrei-me de Mo tirando a foto.

Procurei na geladeira cabeças de repolhos cuidadosamente escavadas e latas de refrigerante falsas. Quando não encontrei nenhuma, fui para o quarto.

A cama de casal estava coberta com uma colcha matelassê com suas flores amarelas e marrons desbotadas e o algodão amolecido por anos de uso. A cama e mesinha de cabeceira eram de compensado de nogueira barato. Tio Mo vivia modestamente. Achei que as casquinhas de sorvete não davam muito lucro.

Comecei pela gaveta de cima da cômoda e lá estava o chaveiro em seu próprio compartimento, em uma bandeja de madeira removível para joias. Coloquei o chaveiro no bolso, fechei a gaveta e estava prestes a sair quando a pilha de revistas de cinema chamou minha atenção. *Premiere, Entertainment Weekly, Soap Opera Digest, Juggs.* Epa! *Juggs?* Não era o tipo de leitura que se esperaria encontrar no quarto de um homem homossexual.

Prendi a lanterna debaixo de minha axila, sentei no chão e folheei a primeira metade de *Juggs*. Chocante. Folheei a segunda metade. Igualmente chocante e fascinantemente nojento. A próxima revista na pilha tinha um homem nu na capa. Ele usava máscara e meias pretas e seu pênis chegava até quase os joelhos. Parecia filho de Thunder, o Cavalo Maravilha. Fiquei tentada a olhar dentro da revista, mas as páginas estavam coladas, por isso segui em frente. Encontrei algumas revistas das quais nunca tinha ouvido falar, dedicadas principalmente a fotos amadorísticas de pessoas em vários estágios de nudez e poses embaraçosas com as legendas "Mary e Frank de Sioux City" e "Rebecca Sue em Sua Cozinha". Havia mais algumas revistas *Entertainment Weekly* e, no fundo da pilha, alguns catálogos fotográficos que me lembraram de que eu tinha encontrado caixas de filmes fechadas na geladeira.

E isso me lembrou de que eu deveria estar fazendo uma busca ilegal, não comparando características anatômicas com mulheres usando calcinhas com fundos abertos e coleiras com pontas de metal.

Arrumei tudo e saí do quarto e do apartamento, pensando que tio Mo era um homem muito estranho.

Havia duas chaves no chaveiro. Experimentei uma na porta dos fundos da loja e não serviu. Experimentei a segunda e tive de reprimir um riso nervoso quando a porta abriu. Havia uma parte de mim que não queria que as chaves servissem. Provavelmente era a parte inteligente. A que sabia que eu não ficaria bem em roupas de presidiária.

A porta dava para um corredor estreito, com três portas, que levava à loja. Pude olhar por toda a extensão do corredor e da loja através da vitrine da frente de vidro laminado e vi luzes brilhando na casa do outro lado da rua. Isso significava que também poderiam ver luzes brilhando na loja, portanto teria de tomar cuidado com a maneira de usar minha lanterna. Projetei um rápido raio de luz no corredor e na loja e me certifiquei de que estava sozinha. Abri a primeira porta à minha direita e descobri escadas que levavam a um porão.

Gritei:
– Olá, tem alguém aí?

Ninguém respondeu. Gritar no escuro era o máximo de coragem que eu tinha para checar o porão.

A segunda porta era um banheiro. A terceira, um armário de vassouras. Apaguei a lanterna e dei um tempo para meus olhos se acostumarem. Provavelmente eu não ia à loja há dois ou três anos, mas a conhecia muito bem. E sabia que nada havia mudado. Nada nunca mudava na loja de tio Mo.

Um balcão se estendia da frente até o fundo. A metade posterior era no estilo lanchonete, com cinco bancos fixos. Atrás dessa parte do balcão, Mo tinha um pequeno fogão, um *cooler* de plástico com limonada, uma máquina com quatro torneiras para servir refrigerante, dois shakers para fazer milk-shake, uma máquina para servir sorvete de casquinha e duas chapas elétricas para fazer café. A metade anterior do balcão consistia em uma vitrine de baldes de sorvete e outra de doces.

Andei a esmo, sem saber bem o que estava procurando, mas bastante certa de que encontraria. Nada parecia fora de lugar. Mo deixara tudo arrumado antes de partir. Não havia pratos sujos ou colheres na pia. Nenhum indício de que ele havia sido interrompido ou saído às pressas.

Abri a gaveta de dinheiro. Vazia. Nenhum centavo. Também não havia encontrado nenhum dinheiro no apartamento. Uma sombra cruzou a luz ambiente que entrava pela janela da frente, e me abaixei atrás do balcão. A sombra passou, e fui rapidamente para o fundo da loja. Parei no corredor, prestando atenção.

Passos soaram na calçada de cimento. Prendi a respiração e vi a maçaneta da porta girar. A porta não abriu. Estava trancada. Ouvi o som de uma chave e fiquei plantada no chão, totalmente em pânico. Se não fosse Mo, eu estava ferrada.

Dei dois passos para trás em silêncio, ouvindo atentamente. A chave não estava servindo. Talvez porque não fosse uma chave! Talvez outra pessoa estivesse tentando invadir a loja de tio Mo!

Droga. Quais eram as chances de duas pessoas invadirem a loja de Mo ao mesmo tempo? Balancei a cabeça desgostosamente. O crime estava ficando fora de controle em Trenton.

Esgueirei-me para dentro do banheiro, fechei a porta silenciosamente e prendi a respiração. Ouvi o clique do trinco e a porta dos fundos se abrir. Dois passos. Alguém estava em pé no corredor, se acostumando com o escuro.

Vá até a gaveta de dinheiro e acabe logo com isso, pensei. Leve todo o sorvete do congelador. Faça uma festa.

Sapatos pisaram no chão de madeira e uma porta se abriu perto de mim. Devia ser a porta do porão. Ficou aberta tempo o suficiente para alguém olhar para a escuridão lá embaixo, e depois foi fechada devagar. Quem quer que estivesse na loja de Mo estava fazendo exatamente a mesma coisa que fiz, e eu soube com apavorante certeza de que minha porta seria aberta a seguir. Não havia como trancá-la e nenhuma janela pela qual fugir.

Fiquei com minha lanterna em uma das mãos e o spray de defesa na outra. Tinha um revólver na bolsa, mas sabia por experiência própria que demoraria a usá-lo. Além disso, não tinha certeza de que me lembrava de como carregá-lo. Era melhor usar o spray de defesa. Estava disposta a usá-lo em praticamente qualquer pessoa.

Ouvi a mão agarrando a maçaneta do banheiro e no momento seguinte a porta foi escancarada. Apertei o botão da lanterna com meu polegar e o raio de luz incidiu em olhos pretos zangados. O plano tinha sido cegar temporariamente o intruso, identificá-lo e decidir como agir.

O erro no plano fora presumir que cegueira levava a paralisia.

Menos de um milésimo de segundo depois de apertar o botão da lanterna, senti-me voando e batendo na parede de trás do banheiro. Houve um clarão vermelho, fogos de artifício explodiram em meu cérebro e depois tudo ficou preto.

Minha próxima lembrança foi de ter lutado para recuperar a consciência, abrir os olhos e me situar.

Estava escuro. Era noite. Levei a mão ao rosto. Estava pegajoso. Um líquido escuro descia pela minha bochecha. Olhei em silêncio para o líquido. Sangue, pensei. Acidente de carro. Não, não era isso. Então me lembrei. Estava na loja de Mo. Em um canto do pequeno banheiro com meu corpo inacreditavelmente torcido ao redor do vaso sanitário e minha cabeça sob a pequena pia.

Tudo estava em silêncio. Não me mexi. Ouvi o silêncio e esperei minha cabeça clarear. Passei a língua pelos dentes. Não havia nenhum quebrado. Toquei cuidadosamente o nariz. Parecia bem.

O sangue tinha de estar vindo de algum lugar. Eu estava deitada em uma poça dele.

Fiquei de quatro e vi a fonte do sangue. Um corpo deitado com o rosto para baixo no estreito corredor.

A luz de um poste no beco entrava pela porta aberta dos fundos da loja, permitindo-me reconhecer o homem no chão.

Era o que havia me atirado contra a parede.

Arrastei-me para frente para olhar mais de perto e vi o buraco nas costas da camisa do homem, onde a bala entrara, e um buraco parecido na parte de trás de sua cabeça. A parede à minha direita estava salpicada de sangue, cérebro e a metade esquerda do rosto do morto. Seu olho direito estava intacto e arregalado. A boca estava aberta, como se ele tivesse ficado um pouco surpreso.

O som que subiu pela minha garganta foi em parte um grito e em parte uma ânsia de vômito, enquanto eu me afastava atabalhoadamente do corpo, esticando os braços ao redor e procurando um apoio para as mãos onde não havia nenhum. Sentei-me no chão, de volta à parede, sem conseguir pensar, ofegante e apenas consciente de que o tempo estava passando. Engoli bile, fechei os olhos e um pensamento surgiu em meio ao horror. O pensamento era de esperança... de que isso não fosse tão ruim, tão definitivo. De que o homem pudesse ser salvo. De que acontecesse um milagre.

Abri os olhos e toda a esperança desapareceu. O homem no chão estava fora do alcance de um milagre da medicina. Havia pedaços de cérebro e fragmentos de ossos grudados em meus jeans. Meu agressor tinha sido assassinado, e eu não tinha visto isso. Estava inconsciente no banheiro. Essa ideia era absurda.

E o assassino? Deus, onde estava o assassino? Senti uma contração dolorosa no coração. Até onde eu sabia, ele ficou escondido na escuridão, me vendo lutar. Minha bolsa a tiracolo estava no chão, debaixo da pia. Procurei dentro e encontrei minha arma. Não estava carregada. Droga, eu era uma idiota.

Agachei-me e olhei através da porta dos fundos aberta. O jardim estava parcialmente iluminado, assim como o corredor. Senti frio de um modo que não tinha nada a ver com o clima. Estava banhada em suor, tremendo de medo. Enxuguei as mãos em meus jeans. Vá para a porta, pensei, e depois corra para a rua Ferris.

Cerrei os dentes e me precipitei para fora, tropeçando no corpo à minha frente. Saí rapidamente pela porta e corri por toda a extensão do prédio até o outro lado da rua. Fugi para a escuridão e parei, ofegante, examinando a vizinhança à procura de movimento ou do brilho de uma arma ou fivela de cinto.

Uma sirene soou a distância. No final da rua, vi luzes de radiopatrulha. Alguém chamara a polícia. Um segundo carro azul e branco veio pela esquina da Lindal. Os dois carros pararam na calçada em frente à loja. Os policiais saíram e projetaram a luz de uma lanterna pela vitrine da frente de Mo. Não reconheci nenhum dos policiais.

Eu tinha recuado para um canto entre um pórtico e uma varanda, duas casas abaixo. Fiquei de olho na rua e procurei o celular em minha bolsa. Encontrei e telefonei para Morelli. Sentimentos pessoais à parte, Morelli era um ótimo policial. Queria que ele fosse o primeiro da Homicídios a chegar à cena.

Passava muito da meia-noite quando Morelli me levou para casa. Ele parou seu Toyota em meu estacionamento e me escoltou para dentro do prédio. Apertou o botão do elevador e ficou em pé em silêncio ao meu lado. Nenhum de nós tinha dado uma só palavra desde que saímos da delegacia. Estávamos cansados demais para falar além do necessário.

Eu tinha feito um relato da cena para Morelli e sido levada para o Hospital St. Francis para ter minha cabeça examinada por dentro e por fora. Disseram-me que tinha uma concussão e um galo. Meu crânio estava intacto. Depois do hospital fui para casa tomar banho e trocar de roupa, e levada para a delegacia em uma radiopatrulha azul e branca para mais interrogatório. Havia feito o possível para me lembrar com exatidão de detalhes, exceto por um pequeno lapso de memória relativo à chave do apartamento e da loja de Mo e de como as duas portas abriram. Não precisava incomodar a polícia com coisas sem importância. Especialmente se pudessem transmitir uma ideia errada sobre invasão de domicílio. E houve a questão do meu revólver, que por acaso não estava mais na minha bolsa quando fui para a delegacia. Também não queria confundir a polícia com isso. Ou ficar constrangida com o fato de ter me esquecido de carregar a maldita coisa.

Quando fechava os olhos, via o intruso. Olhos pretos com pálpebras pesadas, pele escura, cabelo rastafári, bigode e cavanhaque. Um homem grande. Mais alto do que eu. E tinha sido forte e rápido. O que mais? Estava morto. Bem morto. Atingido à queima-roupa por um revólver calibre .45.

O motivo de terem atirado nele era desconhecido. Como também o de eu ter sido poupada.

A sra. Bartle, do outro lado da loja de Mo, telefonara para a polícia. Primeiro para dizer que tinha visto uma luz suspeita através da vitrine da frente da loja e, na segunda vez, quando ouviu os tiros.

Morelli e eu saímos do elevador e percorremos a curta distância do corredor para meu apartamento. Destranquei a porta, entrei e acendi a luz. Rex parou em sua roda e piscou os olhos para nós.

Morelli olhou casualmente para dentro da cozinha. Foi para a sala de estar e acendeu uma luminária de mesa. Entrou no quarto e banheiro e voltou para onde eu estava.

– Só estava procurando – disse ele.

– Procurando o quê?

– Acho que o agressor fantasma.

Desabei em uma cadeira.

– Eu não tinha certeza de que você havia acreditado em mim. Não tenho exatamente um álibi incontestável.

– Querida, você não tem *nenhum* álibi. O único motivo de eu não ter autuado você por assassinato é que estava cansado demais para preencher a papelada.

Não tive energia para me indignar.

– Você sabe que eu não matei aquele homem.

– Não sei de nada – disse Morelli. – O que tenho é uma opinião. E é a de que você não matou o homem com cabelo rastafári. Infelizmente, não há fatos para sustentar essa opinião.

Morelli estava usando botas, jeans e uma jaqueta verde-azeitona que parecia do Exército. A jaqueta tinha muitos bolsos e abas e estava um pouco gasta nos punhos e no colarinho. De dia Morelli parecia seco e predatório, mas às vezes, tarde da noite, quando suas feições estavam suavizadas pela exaustão e por 18 horas de barba por fazer, havia vestígios de um Morelli mais vulnerável. Descobri que o Morelli vulnerável era perigosamente encantador. Felizmente, o Morelli vulnerável não estava mostrando sua cara esta noite. Esta noite ele era apenas um policial cansado.

Morelli foi para a cozinha, ergueu a tampa do meu pote em forma de urso e olhou para dentro.

– Onde está seu .38? Não estava com você e não está em seu pote para biscoitos.

– Está meio que perdido. – Estava perdido duas casas abaixo na rua e do outro lado da loja de Mo, bem escondido dentro de um arbusto de azaleias. Quando parara em casa para tomar banho, tinha telefonado para Ranger e lhe pedido para pegá-lo discretamente para mim.

– Meio que perdido – disse Morelli. – Hum.

Eu o levei até a porta e a tranquei depois que ele saiu. Arrastei-me para o quarto e me joguei na cama. Fiquei deitada lá totalmente vestida com todas as luzes acesas, e finalmente dormi quando vi o sol brilhando através das cortinas.

Às nove horas acordei com batidas na porta do meu apartamento. Fiquei deitada por um momento, esperando que as batidas parassem se eu as ignorasse.

– Abra. É a polícia – gritou uma voz.

Eddie Gazarra. Meu segundo melhor amigo na escola primária, agora um policial casado com minha prima Shirley.

Rolei para fora da cama, caminhei vagarosamente até a porta e olhei com os olhos apertados para Gazarra.

– O que foi?

– Jesus – disse ele. – Você está com uma aparência péssima. Parece que dormiu de roupa.

Minha cabeça estava latejando e meus olhos pareciam cheios de areia.

– Isso facilita as coisas de manhã – disse eu. – Não é um grande problema.

Gazarra balançou a cabeça.

– Tsk, tsk, tsk.

Baixei os olhos para o saco branco de padaria em sua grande mão polonesa.

– Tem donuts no saco?

– Com certeza – disse Gazarra.

– Tem café também?

Ele ergueu um segundo saco.

– Deus te abençoe – disse eu. – Deus abençoe teus filhos e os filhos dos teus filhos.

Gazarra pegou alguns pratos e o rolo de papel-toalha na cozinha e levou tudo para a sala de jantar. Dividimos os donuts e o café e comemos em silêncio até só restar uma mancha de geleia de framboesa na frente do uniforme de Gazarra.

– Então o que é isso? – finalmente perguntei. – Visita social, festa de comiseração ou demonstração de fé?

– Todas as respostas acima – disse Gazarra. – Além de um relatório do tempo, que você não recebeu de mim.

– Espero que esteja quente e ensolarado.

Gazarra esfregou a sujeira na frente de sua camisa com um guardanapo de papel.

– Há membros do departamento que gostariam de ligar o homicídio da noite passada a você.

– Isso é loucura! Eu não tinha nenhum motivo. Nem mesmo conhecia aquele homem.

– Acontece que o nome dele era Ronald Anders. Foi preso no dia 11 de novembro por posse e venda de uma substância controlada e posse ilegal de armas de fogo. Não compareceu ao tribunal, duas semanas depois. Nunca foi encontrado... até a noite passada. Adivinhe quem era o agente de fianças dele?

– Vinnie.

– Sim.

Aquilo atingiu diretamente meu cérebro. Ninguém havia me dito nada sobre o DDC, inclusive Morelli.

Os donuts pesaram em meu estômago.

– E Morelli? Ele quer me acusar?

Gazarra pôs os copos de papel e guardanapos em um saco e levou para a cozinha.

– Não sei. Desconheço os detalhes. Só sei que, por via das dúvidas, você poderia querer estar preparada.

Nós ficamos de frente um para o outro na porta.

– Você é um bom amigo – disse eu a Gazarra.

– Sim. Eu sei.

Tranquei a porta atrás dele e apoiei minha testa no batente. A parte de trás dos meus globos oculares doía, e a dor se irradiava para o resto do crânio. Se havia uma hora em que era necessário ter um pensamento claro, era essa, e aqui estava eu sem nenhum em minha cabeça. Fiquei mais alguns minutos tentando pensar, mas nenhuma revelação maravilhosa ou dedução brilhante surgiu em minha consciência. Depois de algum tempo achei que havia cochilado.

Estava pensando em tomar um banho de chuveiro quando ouvi uma batida alta na porta. Espiei pelo olho mágico. Joe Morelli.

Merda.

Capítulo 5

– ABRA A PORTA – DISSE MORELLI. – SEI QUE ESTÁ AÍ. POSSO ouvir você respirando.

Achei isso uma grande mentira porque eu tinha parado de respirar à primeira batida.

Morelli bateu na porta de novo.

– Vamos, Stephanie. Seu carro está no estacionamento. Sei que você está em casa.

O sr. Wolesky, do outro lado do corredor, abriu sua porta.

– O que é, você nunca ouviu falar que as pessoas tomam banho? Dormem? Vão passear? Estou tentando ver um pouco de TV. Se continuar a fazer barulho, vou chamar a polícia.

Morelli deu um olhar ao sr. Wolesky que o mandou de volta correndo para seu apartamento. SLAM, clique, clique.

Morelli sumiu de vista e esperei grudada no olho mágico. Ouvi as portas do elevador abrindo e fechando, e depois tudo ficou em silêncio. Adiado. Morelli estava indo embora.

Eu não sabia o que Morelli queria e não parecia prudente descobrir, porque poderia ser minha prisão. Corri para a janela do meu quarto e olhei por entre as cortinas para o estacionamento lá embaixo. Vi Morelli sair do prédio e entrar em um carro sem marcas identificadoras da polícia.

Continuei olhando, mas nada aconteceu. Ele não estava indo embora. Parecia falar ao telefone de seu carro. Alguns minutos se passaram e meu telefone tocou. Deus, pensei, quem poderia ser? Devido à pequena possibilidade de ser Morelli, deixei a secretária eletrônica atender. Nenhuma mensagem foi deixada. Olhei para o estacionamento. Morelli não estava mais ao telefone. Estava apenas sentado lá, vigiando do lado de fora do prédio.

Tomei uma chuveirada, vesti roupas limpas, alimentei Rex e voltei à janela para ver Morelli. Ainda estava lá. Traidor.

Digitei o número de Ranger.

– Oi – atendeu Ranger.

– É a Stephanie.

– Tenho algo que é seu.

– Isso é um alívio – disse eu. – Mas esse não é meu problema mais urgente. Joe Morelli está sentado em meu estacionamento.

– Ele está vindo ou indo?

– Há uma pequena chance de que queira me prender.

– Esse não é um bom modo de começar o dia, meu bem.

– Acho que consigo sair pela porta da frente sem ser vista. Pode me encontrar no Bessie's daqui a meia hora?

– Estarei lá – disse Ranger.

Desliguei, telefonei para o escritório e pedi para falar com Lula.

– Pois não – disse Lula.

– É a Stephanie. Preciso de uma carona.

– Ah, puxa vida! É mais daquela merda de caçar recompensas?

– Sim – disse eu. – É mais daquela merda. Quero que você me pegue na minha porta da frente daqui a dez minutos. Não quero que pare no estacionamento. Quero que passe pela frente do prédio até me ver em pé na calçada.

Enxuguei os cabelos com o secador e dei outra olhada em Morelli. Nada havia mudado. Ele devia estar congelando. Mais 15 minutos e voltaria para o prédio. Fechei o zíper da minha jaqueta, peguei minha grande bolsa a tiracolo e desci as escadas para o primeiro andar. Atravessei rapidamente a pequena portaria e saí pela porta da frente.

Não havia nenhum sinal de Lula, por isso apoiei minhas costas no prédio, encolhida dentro do meu casaco. Era difícil de acreditar que Morelli estivesse ali para me prender, mas coisas estranhas aconteciam. Pessoas inocentes eram acusadas de crimes todos os dias. O mais provável era que Morelli quisesse fazer outra sessão de interrogatório. Isso também não era animador.

Ouvi Lula antes de vê-la. Para ser mais específica, senti as vibrações nas solas dos meus pés e em minhas costelas. O Firebird parou na minha frente, a cabeça e os lábios de Lula se moviam ao som da música. Bum-ba-ba. Bum-ba-ba.

Pulei para o lado dela e fiz um sinal para que partisse. O Firebird ganhou vida e disparou para o meio do trânsito.

– Para onde vamos? – gritou Lula.

Abaixei o volume.

– Para o Bessie's. Vou me encontrar com Ranger.

– Seu Buick também está com problemas?

– O Buick está bem. É minha vida que está com problemas. Você ouviu falar no homicídio na loja de tio Mo na noite passada?

– Quer dizer que você acabou com o Ronald Anders? É claro que ouvi falar. Todos ouviram.

– Não acabei com ele! Fui golpeada. Alguém matou Anders enquanto eu estava inconsciente.

– É claro. É isso que estão dizendo, mas eu achei... sabe como é, vivo ou morto, certo?

– Errado!

– Está bem, está bem. Não precisa ficar nervosa. Por que precisou de uma carona para o Bessie's?

– Joe Morelli está acampado no meu estacionamento, esperando para falar comigo, e não quero falar com ele.

– Dá para entender. Ele tem uma bela bunda, mas é um policial.

Bessie's era uma loja que vendia café e donuts na esquina dos escritórios da Previdência Social. Um lugar pequeno com chão empoeirado e janelas sujas, sempre cheio de desempregados crônicos e desocupados dependentes da Previdência Social. Era o lugar perfeito para tomar uma xícara de café horrível e desaparecer na multidão.

Lula me deixou na calçada, aumentou novamente o som para um volume ensurdecedor e se afastou ruidosamente. Abri caminho às cotoveladas até os fundos da loja, onde Ranger me esperava. Ele estava no último banco no balcão, com as costas viradas para a parede. Nunca perguntei por que ele sempre procurava ficar nessa posição. Às vezes é melhor não saber certas coisas.

Sentei-me no banco ao seu lado e ergui uma sobrancelha à visão do café e donut no balcão.

– Achei que você era contra poluição interna – observei. Ultimamente Ranger estava envolvido com aquela coisa de alimentação saudável.

– Isso é um disfarce – disse-me Ranger. – Eu não queria parecer deslocado.

E eu não queria acabar com a fantasia dele, mas o único lugar em que Ranger não pareceria deslocado seria em uma fila entre Rambo e Batman.

– Estou com um problema – disse-lhe. – Acho que entrei numa fria.

– Meu bem, desde que eu te conheço você está numa fria.

Pedi café e esperei minha xícara chegar.

– Desta vez é diferente. Posso ser suspeita em uma investigação de homicídio. O cara no chão de Mo era Ronald Anders. Um dos fugitivos de Vinnie.

– Me fale sobre isso.

– Fui dar uma olhada na loja de tio Mo.

– Espere – disse Ranger. – Você invadiu a loja?

– Bem, mais ou menos. Eu tinha uma chave. Mas acho que tecnicamente foi ilegal.

– Essa é boa.

– Seja como for, eu estava na loja e vi alguém passar pela vitrine da frente, por isso fui para a porta dos fundos para ir embora. Antes de conseguir sair, ouvi passos e depois alguém experimentando a fechadura. Então me escondi no banheiro. A porta dos fundos se abriu e fechou. A porta do sótão também. E depois a porta do banheiro se abriu e dei de cara com um sujeito grande, irritado e com cabelo rastafári que me atirou contra a parede. Fui nocauteada e quando voltei a mim o homem estava morto. O que isso significa?

— Significa que depois que você foi nocauteada alguém mais chegou e atirou em Ronald Anders — disse Ranger.

— Quem? Quem faria isso?

Nós nos entreolhamos, sabendo que estávamos pensando na mesma possibilidade. Mo.

— Não — disse eu. — Impossível.

Ranger deu de ombros.

— Essa é uma ideia ridícula — disse-lhe. — Mo não é o tipo de homem que sai por aí atirando nas pessoas.

— Quem mais poderia ter atirado em Anders?

— Qualquer um.

— Isso torna as coisas mais difíceis. — Ranger deslizou uma nota de cinco dólares sobre o balcão e se levantou. — Vou ver o que consigo descobrir.

— E o meu revólver?

Ele transferiu o .38 de seu bolso para minha bolsa a tiracolo.

— Não vai ajudar muito se você não puser balas nele.

— Mais uma coisa — disse eu. — Pode me dar uma carona até o escritório?

Connie levantou da cadeira quando atravessei a porta.

— Você está bem? Lula disse que foi nocauteada na noite passada.

— Sim, estou bem. Sim, fui nocauteada. Não, não matei Ronald Anders.

Vinnie saiu de sua sala.

— Cristo, vejam quem está aqui — disse ele. — A caçadora de recompensas diabólica. Suponho que tenha vindo buscar seu dinheiro por acabar com Anders.

— Eu não acabei com Anders! — gritei.

— Sim, certo — disse Vinnie. — Seja como for, da próxima vez tente não atirar em seu DDC pelas costas. Não pega bem.

Fiz um gesto obsceno com a mão para Vinnie, mas ele já estava de volta em sua sala com a porta fechada.

– Detalhes – disse Connie, inclinando-se para frente com os olhos arregalados. – Quero saber tudo.

A verdade é que não havia muito a contar, mas cumpri a rotina mais uma vez.

Quando terminei, Lula deu um suspiro desgostoso.

– Essa é uma história muito pouco convincente – disse. – Os policiais vão voar atrás de você como moscas sobre uma torta de feijão estragada.

– Vamos ver se entendi direito – disse Connie. – Você nunca viu o assassino. Não sentiu o cheiro dele. Não o ouviu. Na verdade, não tem a menor ideia de quem possa ser.

– Sei que o assassino veio de fora – respondi. – E acho que Ronald Anders o conhecia. Acho que Anders deixou o assassino entrar na loja e depois ficou de costas para ele.

– Um parceiro?

– Talvez.

– Talvez tenha sido o Velho Nariz de Pênis – disse Lula. – Talvez Ronald Anders tenha feito uma conta na loja e depois não pôde pagar suas barras Snickers, e então nosso homem atirou nele.

– Isso é nojento – disse Connie. – Não tem a menor graça.

– Uhum – disse Lula. – Você tem uma ideia melhor?

– Sim – disse Connie. – Minha ideia é que é melhor você ir trabalhar em vez de ficar dizendo bobagens sobre tio Mo.

– Eu gostaria de trabalhar – observei. – Mas não sei o que fazer. Estou em um beco sem saída. Sou um fracasso como caçadora de recompensas.

– Você não é um fracasso – disse Connie. – Fez uma captura este mês. Pegou Ronald Anders.

– Ele estava morto!

– Ei, às vezes é assim que as coisas são. – Connie puxou uma pilha de pastas de papel pardo de sua gaveta de baixo. – É só que você está fixada no Mo. Deveria continuar a trabalhar em outros casos. – Ela abriu uma pasta de cima da pilha. – Eis um bom. Leroy Watkins. Chegou ontem e ainda não entreguei a ninguém. Pode ficar com ele, se quiser.

– Ele não é bonitinho, é? – perguntei a Connie. – Minha imagem nunca esteve tão ruim. Não vou aceitar mais casos em que o DDC é o sr. Popularidade.

– Conheço o Leroy – disse Lula. – Todos o chamam de Cobra porque o pau dele é...

Eu apertei os olhos.

– Não me conte. – Depois olhei para Connie. – O que Leroy fez para ser preso?

– Tentou vender drogas para um policial da Narcóticos.

– Ele resistiu à prisão? – perguntei.

– Não que eu saiba – respondeu Connie. – Não há nada em seu documento de acusação sobre atirar em policiais.

Peguei o arquivo de Connie. Se Leroy Watkins fosse realmente feio, eu poderia me arriscar. Animei-me ao ver a foto. Uau! Ele era.

– OK. Vou ver se consigo encontrar o Watkins. – Olhei para Connie. – Há mais alguma coisa que eu deva saber? Tipo, ele estava armado quando foi preso?

– Nada fora do comum – respondeu Connie. – Uma arma calibre .45, uma .22 e uma faca de 17 centímetros.

Minha voz revelou incredulidade.

– Duas armas e uma faca? Pode esquecer! O que eu pareço, uma suicida esperando pela morte?

Todas nós ficamos caladas por um minuto pensando em minhas chances de sucesso.

– Posso ir com você – disse Lula. – Podemos ser discretas.

Lula? Discreta?

– Você acha que ele é perigoso? – perguntou Connie a Lula.

– Ele não é nenhum escoteiro. Mas não sei se iria querer atirar em nós. Provavelmente é só um DDC para poder ficar nas ruas e lucrar o máximo possível antes de ser preso. Conheço a mulher dele, Shirlene. Poderíamos ir falar com ela.

Falar com a mulher dele. Parecia razoável. Achei que poderia fazer isso.
– Está bem – disse. – Vamos tentar.

Shirlene morava no terceiro e último andar de um prédio sem elevador na extremidade sul da rua Stark. A varanda de cimento estava cheia de grãos de sal que haviam derretido o gelo da véspera, formando um tapete de lama cinza gelada. A velha porta da frente estava entreaberta e o pequeno hall interno úmido e gelado.
– Isto aqui parece um frigorífico – observei.
Lula bufou.
– E é isso que é... um frigorífico. Puro e simples. Esse é o problema com a rua Stark. Tudo é um grande frigorífico.
Nós duas estávamos ofegantes quando chegamos ao terceiro andar.
– Tenho de ficar em melhor forma – disse eu a Lula. – Preciso entrar para uma academia ou algo no gênero.
– Eu estou em ótima forma – disse Lula. – É a altitude que me faz mal. Se não fosse por isso, não estaria sem fôlego. – Ela olhou para a porta de Shirlene. – O que vamos fazer se Cobra estiver em casa? Acho que deveria perguntar, já que você não gosta de violência, exceto quando está inconsciente.
– Cobra em casa? Está me dizendo que Cobra mora aqui?
Lula piscou seus grandes olhos de pata para mim.
– Não sabia disso?
– Pensei que estivéssemos visitando a casa da mulher dele.
– Bem, sim – disse Lula. – Mas acontece que também é a casa dele.
– Ai, meu Deus!
– Não se preocupe – disse Lula. – Se Cobra nos der trabalho, vou meter uma bala na bunda dele. – Ela bateu na porta. – Não tenho dificuldade em lidar com nenhum tipo de Cobra.
Ninguém respondeu e Lula bateu com mais força.
– EI! – gritou ela à porta.

Nós ficamos paradas por um momento, ouvindo em total silêncio. Depois, de dentro do apartamento e a centímetros da porta fechada, veio o som inconfundível de uma espingarda sendo engatilhada.

Lula e eu nos entreolhamos por uma fração de segundo e pensamos ao mesmo tempo: AH, MERDA! Giramos nos calcanhares, descemos correndo o primeiro lance de escadas e deslizamos pelo chão do segundo andar.

BUM! Uma arma fez um buraco de 50 centímetros na porta da frente de Shirlene e o reboco saltou da parede oposta.

– Saia da minha frente! – gritou Lula. – Pés não me falhem agora!

Eu estava mais na frente, no lance da escada seguinte, mas Lula pisou em falso no primeiro degrau, escorregou de bunda por três degraus e me derrubou como se eu fosse um pino de boliche. Nós duas rolamos pelo resto do caminho até embaixo, gritando e xingando, e caímos uma por cima da outra no chão do hall.

Levantamos-nos desordenadamente e quase arrancamos a porta da frente das dobradiças tentando sair. Corremos os dois quarteirões e meio até o Firebird de Lula e ela partiu cantando pneus. Nenhuma de nós disse nada até estacionarmos na frente do escritório de Vinnie.

– Não é que eu tenha ficado com medo – disse Lula. – Só não queria manchar de sangue esta blusa nova de moletom. Você sabe como é difícil tirar sangue desta coisa.

– Sim – respondi, ainda ofegante. – Sangue é complicado.

– OK, talvez eu tenha ficado com um pouco de medo – disse Lula. – Quero dizer, droga, aquele filho da puta ia nos matar! Merda. O que ele estava pensando? Qual é o problema com ele?

– Vou ter de arranjar um novo emprego – disse eu a Lula. – Não quero que atirem em mim.

– Sabe, agora que estou pensando sobre isso, começo a ficar irritada. Quem diabos aquele idiota pensa que é? Tenho vontade de ligar para ele e dizer tudo que penso.

Entreguei a Lula a pasta do arquivo.

– Fique à vontade. O número do telefone está na primeira página. Aproveite e diga a ele que é melhor se mandar daqui, porque da próxima vez em que alguém bater na porta dele será Ranger.

– Pode crer – disse Lula. – Ranger vai arrancar aquele verme de lá. Vai pisar na bunda do desgraçado.

– Puxa, realmente odeio que atirem em mim – disse eu. – *Odeio!*

Lula abriu a porta com violência.

– Não vou tolerar essa merda. Não vou aceitar esse tipo de tratamento.

– Nem eu – respondi, deixando-me levar pelas emoções do momento. – Aquele verme precisa ser preso.

– Sim – disse Lula. – E somos nós que vamos prendê-lo.

Eu não estava certa quanto a essa última parte, mas não disse nada, e Lula e eu marchamos para o escritório como tropas de assalto invadindo a Polônia.

Connie ergueu os olhos de sua papelada.

– Ué, o que houve?

– Acabaram de atirar em nós – disse Lula, com o lábio inferior se projetando para frente uns bons 5 centímetros. – Dá para acreditar? Quero dizer, já fiquei no meio de tiroteios. Estou acostumada com essa merda. Desta vez foi diferente. Dirigido a mim pessoalmente. Não gostei nem um pouco disso. Foi ofensivo, entende o que quero dizer?

Connie ergueu as sobrancelhas.

– Leroy Watkins?

– Ele atirou em nós através de uma porta fechada – disse eu.

Connie fez um sinal afirmativo com a cabeça.

– E?

– E nós fugimos – respondi. – Lula não queria manchar de sangue sua blusa nova.

Lula estava com o arquivo em uma das mãos e o telefone de Connie na outra.

– Aquele Leroy Watkins não vai escapar impune. Vou telefonar para ele e dizer o que penso. Dizer que não vou tolerar essa merda.

Lula apertou alguns números e ficou em pé com a mão no quadril.

– Quero falar com Leroy – disse pelo telefone.

Alguém respondeu do outro lado e Lula se inclinou para frente.

– O que quer dizer com "eu não posso falar com ele"? Ele quase enfiou uma bala em mim e agora não pode me atender? Não pode me atender o cacete!

O telefone foi devolvido a Connie depois de mais cinco minutos de discussão.

– Cobra disse que não sabia que éramos nós – comentou Lula. – Que irá conosco ao tribunal se voltarmos.

– Em quem ele pensava que estava atirando? – perguntei a Lula.

– Ele disse que não sabia em quem estava atirando. Mas que hoje em dia é preciso ser cauteloso.

– Ele destruiu a própria porta!

– Acho que um homem no negócio de Cobra tem motivos para se preocupar.

Agarrei minha bolsa e a pendurei no ombro.

– OK, vamos acabar com isso.

– O arquivo está começando a ficar fora de controle – disse Connie para Lula. – Isso não vai demorar o dia inteiro, vai?

– É claro que não – garantiu Lula. – Voltaremos antes do almoço.

Coloquei luvas, mas pensei duas vezes antes de pôr um chapéu. Você usa um chapéu de manhã e parece uma idiota durante o resto do dia. Não que eu estivesse com uma aparência maravilhosa esta manhã. Só não queria piorar o problema. Especialmente porque Morelli estava sentado em meu estacionamento. No caso de o impensável acontecer e eu ser presa... não queria ficar com o cabelo achatado em minha foto para o arquivo policial.

Partimos para a rua Stark, perdidas em nossos próprios pensamentos. Meus pensamentos eram principalmente sobre praias quentes e homens seminus me servindo drinques longos e gelados. Pela expressão dura no rosto de Lula, suspeitei que os dela fossem muito mais sombrios.

Lula parou no meio-fio na frente do prédio de Shirlene e saiu pesadamente do carro. Ficamos em pé na calçada e olhamos para as janelas do terceiro andar.

– Ele disse que não atiraria em nós, certo? – perguntei, apenas para ter certeza.

– Foi o que disse.

– Você acredita nele?

Lula deu de ombros.

Ranger entraria de arma em punho, mas esse não era meu estilo. Sentia-me estúpida com uma arma na mão. Afinal de contas, para que ela serviria? Eu atiraria em Leroy Watkins se ele se recusasse a entrar no carro comigo? Acho que não.

Fiz uma careta para Lula. Ela fez outra de volta. Entramos no prédio e subimos as escadas devagar, atentas a qualquer som de arma sendo engatilhada.

Quando chegamos ao terceiro andar, Shirlene estava no corredor escuro, olhando para sua porta arruinada. Ela era de estatura mediana, magra e musculosa. Podia ter entre vinte e cinquenta anos. Usava chinelos felpudos cor-de-rosa, calças cor-de-rosa desbotadas um número menor que o seu e uma blusa de moletom combinando, com manchas de comida de vários tons, nenhuma das quais parecia recente. Seus cabelos eram curtos e repicados. Tinha a boca caída nos cantos e olhos inexpressivos. Ela segurava uma caixa de papelão em uma das maos e um martelo na outra.

– Você não vai conseguir pregar nada nessa maldita porta – disse-lhe Lula. – Precisa de buchas. Só vai conseguir segurar essa caixa no lugar com buchas.

– Não tenho nenhuma bucha – disse Shirlene.

– Onde está Leroy? – perguntou Lula. – Ele não vai atirar em nós de novo, vai?
– Leroy se foi – disse Shirlene.
– Se foi? O que quer dizer com se foi?
– Foi embora – respondeu Shirlene.
– Para onde?
– Não sei – disse Shirlene.
– Quando vai voltar?
– Também não sei.
Lula pôs as mãos nos quadris.
– Bem, *o que* você sabe?
– Sei que tenho de consertar esta porta – respondeu Shirlene.
– E você está aqui tomando meu tempo.
Lula entrou na sala da frente.
– Você não se importa de eu dar uma olhada, não é?
Shirlene ficou calada. Ambas sabíamos que nada além daquela espingarda calibre .12 impediria Lula de olhar ao redor.
Lula desapareceu por um momento no quarto dos fundos.
– Você está certa – disse ela a Shirlene. – Leroy se foi. Ele levou roupas? Acha que vai ficar fora por muito tempo?
– Leroy levou sua bolsa de ginástica, e você sabe o que ele carrega lá dentro.
Olhei para Lula com as sobrancelhas erguidas em silenciosa indagação.
Lula pôs a mão em forma de revólver e a apontou para mim.
– Ah! – disse eu.
– Meu tempo é valioso – disse Lula para Shirlene. – Qual é a desse cara de ficar me sacaneando desse jeito? Ele acha que não tenho nada melhor para fazer do que subir essas escadas?
Dei a Shirlene meu cartão, e Lula e eu descemos as escadas com ela resmungando o tempo todo.
– Sobe, desce. Sobe, desce. É melhor pro Leroy que eu nunca ponha as mãos nele.

De volta à rua, não me senti triste por não ter feito uma captura. Isto teria significado uma ida à delegacia. E a delegacia era o último lugar ao qual eu queria ir agora.

– Acho que poderíamos tentar alguns bares – disse eu sem entusiasmo.

– Cobra não vai estar em um bar a esta hora do dia – disse Lula. – É mais provável que esteja rondando uma escola, conferindo sua força de vendas.

Isso me deu um pouco de incentivo.

– Está bem. Vamos passar perto de algumas escolas.

Uma hora depois estávamos sem escolas e ainda não tínhamos encontrado Cobra.

– Você tem alguma outra ideia? – perguntei a Lula.
– Quem é mencionado no documento de fiança dele?
– Shirlene.
– Mais ninguém? Nem a mãe?
– Não. Apenas Shirlene.
– Sei não – disse Lula. – Geralmente um homem como Cobra está na rua. Mesmo em um tempo como este pode estar na rua.
– Ela dirigiu devagar pela Stark. – Não há ninguém aqui hoje. Não vejo ninguém a quem a gente possa perguntar.

Passamos pela esquina de Jackie, e também estava vazia.

– Talvez ela esteja com um cliente – sugeri.

Lula balançou a cabeça.

– Não, não. Jackie não está com algum cliente. Está naquele estacionamento chique, esperando pelo velho dela. Aposto minha vida nisso.

Lula percorreu o quarteirão do meu prédio enquanto eu procurava por Morelli. Não vi o carro dele, ou nada que parecesse um policial ou carro de policial, por isso pedi para Lula me deixar na porta da frente. Entrei na portaria com cautela, não totalmente convencida da partida de Morelli. Fiz uma rápida inspeção e me dirigi às escadas. Até ali tudo bem. Subi, abri a porta para o segundo andar, olhei para o corredor vazio e suspirei de alívio. Nada de Morelli.

Não podia evitar Morelli para sempre, mas achava que se o evitasse por tempo suficiente ele encontraria algo mais para fazer e largaria do meu pé.

Abri minha porta e ouvi o som de Rex correndo em sua roda. Aferrolhei-a atrás de mim, pendurei minha bolsa e jaqueta em um dos quatro ganchos para casacos que instalara em meu diminuto vestíbulo e virei à esquerda para a cozinha. A luz da secretária eletrônica estava piscando. Quatro mensagens.

A primeira era de Morelli.

– Ligue para mim.

Eu sabia que era Morelli porque meus mamilos se contraíram ao som da voz dele. Seu tom tinha algo de irritação. Não era surpreendente.

A segunda mensagem era igualmente enigmática.

– Deixe Mo em paz. Se não... – Uma voz de homem, disfarçada. Irreconhecível. Ótimo. Justamente do que eu precisava. Mensagens de ameaças anônimas.

A terceira era da oficina autorizada da Nissan me dizendo que eu tinha novos pontos e plugues. A sincronização fora restabelecida. E meu carro estava pronto para ser apanhado.

A quarta era da minha mãe.

– Stephanie! Você está aí? Você está bem? O que é isso que ouvi falar sobre um tiroteio? Alô? Alô?

As boas notícias chegam rápido no Burgo. As ruins mais rápido ainda. E se houver escândalo envolvido, a vida como a conhecemos para, até todos os detalhes do grande evento serem recontados, examinados, comentados e realçados.

Se eu fosse pensar no que estava sendo dito sobre mim neste momento, provavelmente cairia desmaiada.

Digitei o número dos meus pais e ouvi o sinal de ocupado. Pensei brevemente sobre se isso me eximiria do telefonema explicativo obrigatório e concluí que não.

Fiz um sanduíche de atum, batata frita e picles e o comi no balcão da cozinha.

Tentei novamente telefonar para minha mãe. Ainda ocupado.

Coloquei Rex na banheira enquanto limpava sua gaiola. Depois limpei a banheira. E o resto do banheiro. Passei o aspirador. Passei detergente no chão da cozinha. Tirei um pouco da crosta do fogão. No caso de ser presa, não queria que minha mãe fosse ao meu apartamento e o encontrasse sujo.

Às três horas desisti da limpeza e tentei novamente telefonar para minha mãe. Não consegui.

Telefonei para Sue Ann para me informar dos acontecimentos e acabar com os mal-entendidos. Você sempre conseguia falar com Sue Ann. Ela tinha chamada em espera.

– Você já ouviu falar que tio Mo é... estranho? – perguntei a Sue Ann.

– Estranho?

– Romanticamente.

– Você sabe de alguma coisa! – gritou Sue Ann pelo telefone. – O que é? O que é? Qual é a fofoca sobre tio Mo? Ele está tendo um caso, não é?

– Não sei. Só estava querendo saber. É melhor você se esquecer do que eu disse.

Desliguei e tentei mais uma vez telefonar para minha mãe. A linha ainda estava ocupada. Eram quase quatro horas e a luz estava diminuindo. Fui até a janela e olhei para o estacionamento. Nenhum sinal de Morelli.

– Então o que você acha? – perguntei a Rex. – Eu devo continuar tentando telefonar ou dar um pulo lá?

Rex sugeriu por telepatia que falar pessoalmente com minha mãe me daria a vantagem extra de filar o jantar.

Achei isso bastante inteligente, considerando que Rex tinha um cérebro do tamanho de um caroço de ervilha.

Peguei minha bolsa a tiracolo e, por medida de segurança, espiei pelo olho mágico. Ninguém à vista. Abri a porta e olhei para o corredor. Vazio. Desci as escadas, atravessei a pequena portaria e saí pela porta dos fundos para o estacionamento.

As pessoas mais velhas sempre pegavam todas as boas vagas perto da entrada dos fundos, por isso meu Buick estava estacionado na extremidade distante, perto da caçamba.

Pude ouvir o zumbido constante de carros na St. James. Os postes de luz haviam acabado de se acender. Já tinha quase alcançado o Buick quando um jipe Cherokee preto subitamente entrou no estacionamento e parou.

A janela escura do motorista deslizou para baixo e um homem usando uma máscara de esquiador olhou para mim, ergueu uma .45 e disparou duas rodadas de tiros que zuniram no asfalto a 15 centímetros dos meus pés. Fiquei paralisada de medo e surpresa.

– Isto é um aviso – disse o homem. – Pare de procurar Mo. Da próxima vez essas balas entrarão em seu cérebro. – Ele descarregou três rodadas no lado da caçamba de lixo. Eu me abaixei para me proteger. Uma quarta rodada zuniu acima da minha cabeça.

A janela foi fechada e o carro saiu a grande velocidade do estacionamento.

Capítulo 6

Quando meu coração voltou a bater, levantei-me e olhei cautelosamente por cima da borda da caçamba. A sra. Karwatt estava vindo na minha direção, na metade do caminho do estacionamento, se desviando de pontos de gelo no macadame e segurando junto ao peito uma pequena sacola plástica de lixo.

– A senhora viu aquilo? – perguntei, minha voz em um nível que somente os cães poderiam ouvir.

– O quê?

– Aquele homem no carro. Ele atirou em mim!

– Não!

– A senhora não ouviu?

– Pelo amor de Deus! – disse ela. – Isso não é terrível? Achei que era uma explosão de cano de descarga. Estava com os olhos fixos no gelo. Sabe, preciso tomar cuidado. Minha irmã escorregou e quebrou o quadril no inverno passado. Tive de colocá-la em um asilo. Nunca se recuperou direito. Mas o asilo não é tão ruim. Ela come gelatina verde de sobremesa no almoço duas vezes por semana.

Passei um dedo trêmulo sobre os buracos na caçamba onde as balas haviam entrado.

– É a segunda vez que atiram em mim hoje!

– Não se pode mais sair de casa – disse a sra. Karwatt. – Há gelo e tiroteios. Desde que mandamos um homem para a Lua, todo o planeta caminha para a destruição.

Eu procurava alguém em quem pôr a culpa de minha triste vida, mas não achava justo pô-la toda em Neil Armstrong.

A sra. Karwatt jogou sua sacola na caçamba e voltou para o prédio. Tive vontade de ir com ela, mas meus joelhos estavam trêmulos e os pés não se moviam.

Abri a porta do Buick e desabei no banco, com as mãos agarradas ao volante. OK, disse para mim mesma. Entenda que esses foram dois incidentes isolados. O primeiro foi um erro de identidade. E o segundo foi... O quê? Uma ameaça de morte.

MERDA.

Peguei o celular na bolsa a tiracolo e liguei para Morelli.

– Alguém acabou de atirar em mim! – gritei-lhe pelo telefone. – Estava no estacionamento indo para meu Buick e um homem com máscara de esquiador veio de carro e me disse para parar de procurar Mo. E depois atirou em mim. Disse que foram tiros de aviso. Depois foi embora.

– Você está ferida?

– Não.

– Está em perigo imediato?

– Não.

– Borrou suas calças?

– Cheguei perto disso.

Nós ficamos em silêncio por alguns segundos enquanto digeríamos tudo aquilo.

– Você anotou a placa? – perguntou Morelli. – Pode me fazer uma descrição do cara?

– Eu estava nervosa demais para pensar em anotar a placa. O cara era de estatura mediana. Branco. É só isso que sei.

– Você vai ficar bem?

– Sim – respondi, fazendo um sinal afirmativo com a cabeça no carro. – Estou me sentindo melhor agora. Só... tinha de contar a alguém.

– Enquanto estou com você no telefone... – disse Morelli.

Droga! Eu havia me esquecido de que estava evitando Morelli! Fechei o celular. Não se preocupe, disse a mim mesma. Não aconteceu nada. Mas provavelmente não era uma boa ideia ficar no estacionamento. Isso me deixava com duas opções. Poderia prosseguir com meu plano de visitar meus pais ou voltar para meu apartamento e me esconder no armário. O armário parecia muito interessante a curto prazo, mas em algum momento teria de me aventurar a sair, e então provavelmente teria perdido o jantar.

Vá jantar, pensei. Vá para o armário depois.

Minha mãe não estava sorrindo quando abriu a porta.

– O que foi agora?

– Eu não fiz isso.

– Você sempre dizia isso quando era criança, e sempre era mentira.

– Juro! – disse eu. – Não atirei em ninguém. Fui acidentalmente nocauteada e quando voltei a mim estava em um corredor com um homem morto.

– Você nocauteada! – Minha mãe bateu com a base da mão na testa. – Tenho uma filha que anda por aí sendo nocauteada.

A vovó Mazur estava bem atrás dela.

– Tem certeza de que não deu um tiro nele? Sabe que sei guardar um segredo.

– Eu não dei um tiro nele!

– Bem, isso é uma grande decepção – disse ela. – Eu já tinha uma boa história pronta para contar para as garotas no salão de beleza.

Meu pai estava na sala de estar, escondido na frente da TV.

– Hum – disse ele, sem mover um músculo.

Cheirei o ar.

– Bolo de carne.

– Peguei uma nova receita com Betty Szajack – disse minha mãe. – Ela coloca azeitonas fatiadas no bolo de carne e usa pão umedecido em vez de farinha de rosca.

O melhor modo de desarmar minha mãe é falar sobre comida. Durante trinta anos, expressamos amor e raiva em termos de molhos e purê de batata.

– Então você vai ficar para o jantar? – quis saber minha mãe.
– A sobremesa é bolo de especiarias com glacê de chocolate e café.
– Claro – respondi. – Isso seria ótimo.

Ajudei vovó Mazur a pôr a mesa enquanto minha mãe acabava seus afazeres na cozinha. Estávamos prestes a nos sentar quando a campainha tocou.

– Deve ser o entregador de jornais tentando nos arrancar mais dinheiro – disse vovó. – Ele é bom nisso.

Atendi a porta e me deparei com os olhos castanhos de Morelli.

Ele deu um sorriso largo ao me ver.

– Surpresa!
– O que você quer?
– Quer saber pela lista longa ou curta?
– Não quero nenhuma lista. – Tentei fechar a porta, mas ele a empurrou e entrou no vestíbulo. – Vá embora! – disse eu. – Este não é um bom momento.

Morelli me ignorou e foi para a sala de jantar.

– Boa-noite – disse para minha mãe. Cumprimentou meu pai com a cabeça e piscou um olho para minha avó.

– Vamos ter bolo de carne com azeitonas no jantar – disse vovó Mazur para Morelli. – Está servido? Temos bastante.

– Não quero incomodar – disse Morelli.

Isso me fez revirar os olhos.

Minha mãe puxou uma cadeira extra para perto de mim e pôs outro prato na mesa.

– Nem pensaríamos em deixar você sair sem jantar – disse ela.
– Eu pensaria – disse eu.

Minha mãe bateu no alto da minha cabeça com uma colher de servir de madeira.

– Srta. Insolente.

Morelli se serviu de duas fatias grossas de bolo de carne, purê de batata, vagem e molho de maçã. Conversou educadamente com minha mãe e avó e discutiu notícias esportivas com meu pai.

À primeira vista Morelli parecia relaxado e sorridente, mas havia momentos de descuido em que eu o pegava me observando com a intensidade de um sapo olhando para um inseto apetitoso.

– Então o que está havendo entre você e minha neta? – perguntou vovó a Morelli. – Como está aqui jantando conosco, acho que é algo bastante sério.

– Fica mais sério a cada minuto que passa – disse Morelli.

– Morelli e eu temos um relacionamento de trabalho – disse eu para minha avó. – Nada mais do que isso.

Morelli se inclinou para trás.

– Você não devia mentir para sua avó. Sabe que é louca por mim.

– Bem, ouçam isso – disse vovó, claramente encantada. – Ele é a pessoa certa.

Morelli se inclinou na minha direção e abaixou a voz.

– Por falar em trabalho, tenho um assunto que gostaria de discutir com você em particular. Talvez a gente possa dar uma volta juntos depois que a mesa for tirada.

– Claro – respondi. E talvez eu deva furar meu olho com a seringa para temperar peru.

Juntei e levei os pratos para a cozinha. Minha mãe e vovó Mazur me seguiram com as travessas.

– Vá na frente e corte o bolo – disse eu a minha mãe. – Vou fazer o café.

Esperei um momento até ficar só na cozinha e depois saí de fininho pela porta dos fundos. Não tinha a menor intenção de dar uma volta que terminaria em uma busca nas minhas cavidades corporais. Não que uma busca nas minhas cavidades corporais fosse uma experiência nova. Morelli já tinha realizado esse procedimento comigo em várias idades, com vários graus de sucesso. A novidade seria que desta vez a busca poderia ser feita por uma carcereira – e isso era ainda pior do que cair nas mãos de Morelli.

Eu estava usando jeans, botas e uma camisa de flanela sobre uma camiseta, e meus dentes batiam de frio quando cortei caminho pelo quintal dos meus pais e corri por dois quarteirões até a casa de Mary Lou. Mary Lou era minha melhor amiga, até onde eu podia me lembrar. Fazia cinco anos que estava razoavelmente feliz casada com Leonard Stankovic, da empresa de serviços de encanamento e aquecimento Stankovic & Filhos. Tinha dois filhos, uma hipoteca e um emprego de meio expediente como guarda-livros em uma revendedora Oldsmobile.

Não me preocupei com a formalidade de bater na sua porta. Apenas entrei sem pedir licença e fiquei na sala de estar batendo os pés, balançando os braços e dizendo:

– Droooga, que frrrio!

Mary Lou estava de quatro pegando no chão pequenos carros e bonecos de plástico.

– Podia ajudar se você usasse um casaco.

– Eu estava na casa dos meus pais e Morelli apareceu, por isso tive de sair de fininho pela porta dos fundos.

– Não vou engolir essa – disse Mary Lou. – Se você estivesse com Morelli, estaria com muito menos roupas faltando do que apenas seu casaco.

– Isso é sério. Estou com medo de que ele queira me prender.

O filho de dois anos de Mary Lou, Mikey, veio hesitantemente da cozinha e se agarrou à perna dela como se fosse um cachorrinho.

Eu gostava de crianças de longe, mas não me animava muito com o cheiro que tinham de perto. Acho que é diferente quando elas são suas.

– Talvez você devesse parar de atirar nos caras – disse Mary Lou. – Você atira em muitos caras e acaba irritando os policiais.

– Não atirei nesse. De qualquer modo, tive de sair de fininho e deixar meu casaco e tudo para trás.

Lenny e o filho de quatro anos estavam sentados diante da TV assistindo a uma reprise de *Os Monstros*. Lenny era uma boa pessoa, mas um pouco bronca. Mary Lou sempre havia procurado esse tipo, preferindo força muscular a cérebro. Não que Lenny fosse totalmente estúpido. Mas você nunca o confundiria com Linus Pauling.

Mary pôs os bonecos em uma cesta de lavanderia de plástico cheia de brinquedos e a criança de dois anos deixou escapar um lamento. Gritou, fechando e abrindo as mãos, tentando alcançar só Deus sabia o quê. Mary Lou, suponho. Ou talvez seus brinquedos que estavam sendo guardados por aquela noite. Chorou com a boca escancarada e os olhos apertados, e entre soluços berrou:

– Não, não, não!

Mary Lou pegou um biscoito integral no bolso e o deu a Mikey.

Mikey empurrou o biscoito para dentro da boca e continuou a chorar, mastigando e esfregando o rosto com suas mãos gordas de bebê. Biscoito misturado com lágrimas e meleca foram parar em seu cabelo e rosto. Uma baba escura escorreu por sua bochecha e manchou sua camisa.

Mary Lou deu a Mikey um olhar de "chega disso".

– Mikey está cansado – disse.

Como já disse, eu gostava de crianças de longe, mas achava que elas nunca substituiriam os hamsters.

– Preciso usar seu telefone para ligar para casa – disse eu a Mary Lou.

Ela limpou a baba com a barra de sua camisa.

– Fique à vontade.

Telefonei da cozinha, tentando ouvir por sobre a algazarra na sala de estar.

– Morelli ainda está aí? – perguntei a minha mãe.

– Acabou de sair.

– Tem certeza? Ele não está rondando lá fora, está?

– Ouvi o carro dele indo embora.

Peguei uma blusa de moletom de Mary Lou emprestada e voltei correndo para a casa dos meus pais. Cortei caminho pelo quintal e corri pela entrada para veículos para checar a rua. Parecia vazia. Nenhum sinal de Morelli. Voltei meus passos para a porta da cozinha e entrei.

— O que está acontecendo? — perguntou minha mãe.

— Você nunca me verá abandonando um bonitão como Joe Morelli — observou vovó. — Acho que eu saberia o que fazer com um homem como esse.

Achei que também sabia o que fazer com ele, mas provavelmente era ilegal castrar um policial.

— Você não deu nenhum pedaço de bolo de especiarias para ele levar para casa, deu? — perguntei à minha mãe.

Minha mãe ergueu o queixo um milímetro.

— Dei o bolo inteiro. Era o mínimo que podia fazer depois que você o deixou sentado aqui sozinho.

— O bolo inteiro! — gritei. — Como você pôde fazer isso? Eu não comi nenhum pedaço!

— É isso que acontece quando se vai embora. E como eu ia saber onde você estava? Podia ter sido sequestrada. Ter tido um ataque apoplético e estar perambulando por aí com amnésia. Como eu ia saber que iria voltar e querer bolo de especiarias?

— Tive motivos para ir embora — gemi. — Ótimos motivos.

— Quais?

— Morelli ia me prender... talvez.

Minha mãe respirou profundamente.

— Prender você?

— Há uma pequena possibilidade de eu ser suspeita de homicídio.

Minha mãe fez o sinal da cruz.

Vovó não pareceu nem de longe tão abatida.

— Outro dia havia uma mulher na TV. Em um daqueles programas de entrevistas. Ela contou que tinha sido presa por fumar maconha. Disse que os policiais trancam você em uma pequena cela com um circuito fechado de TV e ficam sentados olhando, esperando que vá ao banheiro. Ela falou que há uma privada de aço inoxidável sem assento ou nada em um canto da cela, e é aí que você tem de ir. E que a privada fica de frente para a câmera de TV para que eles possam ter uma boa visão da coisa toda.

Senti um vazio no estômago e pontinhos pretos dançaram diante dos meus olhos. Perguntei-me se tinha dinheiro suficiente em minha conta bancária para comprar uma passagem para o Brasil.

A expressão de vovó se tornou matreira.

– A mulher na TV disse que tudo que você precisava fazer antes de ser presa era tomar muito Kaopectate. Prender o intestino para poder esperar até sair sob fiança.

Sentei-me em uma cadeira e coloquei a cabeça entre os joelhos.

– É nisso que dá trabalhar para o primo do seu pai – disse minha mãe. – Você é uma garota inteligente. Deveria ter um emprego decente. Ser professora.

Pensei no filho de Mary Lou com o biscoito grudado no cabelo e me senti melhor em relação a ser uma caçadora de recompensas. Sempre podia ser pior, pensei. Eu podia ser uma professora.

– Preciso ir para casa – disse eu, pegando meu casaco no armário do corredor. – Tenho muito trabalho para fazer amanhã. Tenho de ir para a cama cedo.

– Tome – disse minha mãe, entregando-me uma sacola de supermercado. – Um pouco de bolo de carne. O suficiente para um belo sanduíche.

Olhei para a sacola. Bolo de carne. Nenhum bolo de especiarias.

– Obrigada – disse eu. – Tem certeza de que não sobrou nem um pouco de bolo de especiarias?

– Suspeita de homicídio – disse minha mãe. – Como isso pôde acontecer?

Eu não sabia. Perguntava-me a mesma coisa. De fato, perguntei-me isso durante todo o caminho para casa. Eu não era uma pessoa tão ruim. Só sonegava alguns impostos, e pagava a maioria das minhas contas. Não xingava as pessoas mais velhas (pelo menos não na cara delas). Não usava drogas. Então por que estava tendo tanto azar? Era verdade que eu não ia à igreja com a frequência com que deveria ir, mas minha mãe ia regularmente. Achava que isso devia contar para alguma coisa.

Entrei com o Azulão no estacionamento. Era tarde. Todas as vagas boas estavam ocupadas, então voltei para perto da caçamba. Mas isso não era nenhuma novidade. Pelo menos a caçamba me ofereceria proteção se um motorista passasse atirando. Talvez eu passasse a estacionar ali sempre.

Olhei para meu apartamento e percebi que minhas luzes estavam acesas. Isso era estranho, porque eu tinha quase certeza de que as havia apagado ao sair naquela tarde. Saí do carro e caminhei para o meio do estacionamento. Olhei para minhas janelas de novo. As luzes continuavam acesas. O que isso significava? Podia significar que tinham ficado acesas quando saí e eu estava sofrendo de demência precoce. Provavelmente podia acrescentar a isso um toque de paranoia.

Uma sombra surgiu brevemente na parede distante de minha sala de estar, e meu coração se sobressaltou. Havia alguém em meu apartamento. Fiquei aliviada em poder excluir a demência, mas ainda estava com um problema. Realmente não queria fazer minha própria investigação, e que atirassem em mim pela terceira vez hoje. Infelizmente, a alternativa era chamar a polícia. Como eu não tinha tomado Kaopectate, achei que essa não era uma boa alternativa.

A figura reapareceu. Tempo o suficiente para eu concluir que era um homem. Ele se aproximou da janela e pude ver seu rosto.

Era o rosto de Morelli.

Cara de pau! Morelli tinha entrado no meu apartamento. E isso não era o pior. Ele estava comendo alguma coisa. Suspeitei que era bolo de especiarias.

– PORCO! – gritei. – Nojento!

Ele não pareceu ouvir. Provavelmente a TV estava ligada.

Dei uma rápida volta pelo estacionamento e encontrei o Toyota 4x4 de Morelli. Dei um chute no para-choque traseiro e o alarme disparou.

Rostos apareceram nas janelas acima de mim enquanto o alarme soava.

A sra. Karwatt abriu sua janela no segundo andar e se inclinou para fora.

– O que está acontecendo aí?

O cano de uma espingarda de caça apareceu na janela do sr. Weinstein.

– De quem é esse alarme? Não é do meu Cadillac, é?

A única janela sem um rosto era a minha. Imaginei que era porque Morelli estava descendo rapidamente as escadas.

Corri para meu carro com as chaves na mão.

– Fique longe desse carro ou atiro – gritou o sr. Weinstein.

– É o *meu* carro – gritei de volta.

– Uma ova que é – disse o sr. Weinstein, olhando para mim com os olhos apertados através de suas lentes trifocais de 2 centímetros de espessura. BUM! O sr. Weinstein disparou e arrancou o para-brisa do carro perto de mim.

Disparei através do bulevar para a rua e as casas do outro lado. Parei e olhei para trás. Morelli estava andando de um lado para o outro sob a aba do telhado de trás gritando com o sr. Weinstein, obviamente com medo de se aventurar no estacionamento e levar um tiro.

Deslizei para as sombras entre duas casas, pulei uma cerca de quintal e saí na rua Elm. Atravessei a Elm e repeti o padrão, chegando à Hartland. Corri por um quarteirão da Hartland, atravessei a Hamilton e me colei na parede de tijolos de uma loja de conveniência que ficava aberta a noite toda.

O antigo dono da loja era Joe Echo. Ele a havia vendido em novembro e o novo dono asiático, Sam Pei, tinha mudado o nome para A Loja Americana. Achei o nome apropriado. A Loja Americana tinha tudo de que um americano poderia precisar por o quádruplo do preço. Uma caixa de figos Newton custava 7,5 dólares. Mesmo contendo apenas 12. Acho que quando você precisava de figos Newton no meio da noite não se importava com quanto custavam.

Peguei uma touca de tricô em meu bolso e a puxei sobre minhas orelhas. A bateria do meu telefone celular estava baixa, por isso procurei uma moeda de 25 centavos em minha bolsa a tiracolo, encontrei uma, a inseri no telefone público e digitei meu número. Morelli atendeu no quarto toque.
Descerrei os dentes o suficiente para dizer umas poucas palavras.
– Que diabos está fazendo no meu apartamento?
– Esperando você – respondeu Morelli.
– O que estava comendo ainda agora?
– Bolo de especiarias. Sobrou um pouco, mas é melhor você se apressar.
Coloquei o fone cuidadosamente de volta no receptor. *Argh!* Comprei uma barra Snickers do sr. Pei e a comi enquanto caminhava. Estava na hora de ser realista. Morelli era muito melhor do que eu naquela coisa de polícia e ladrão. Achei que se ele quisesse me prender já teria prendido. Se realmente quisesse me levar para mais interrogatório, teria levado. Provavelmente não havia nenhuma necessidade imediata de Kaopectate.

Então por que Morelli estava me atormentando? Porque queria alguma coisa. O que ele queria? Informações que eu poderia estar escondendo? Talvez ele achasse que poderia arrancar alguns detalhes de mim mais facilmente em circunstâncias casuais. Ou quisesse me ameaçar sem testemunhas. Ou me convidar para um encontro.

Dobrei a esquina na Hartland e decidi que devia falar com Morelli. Isso não era mais uma simples captura. Mo ainda estava desaparecido. Um homem havia sido morto. Eu tinha sido ameaçada. E havia alguns detalhes que eu não contara a Morelli quando fui interrogada na delegacia. Para não falar no bolo de especiarias.

Tudo parecia normal quando cheguei ao meu estacionamento. As luzes do meu apartamento estavam acesas. O carro de Morelli continuava no mesmo lugar. Um pequeno grupo de pessoas estava reunido ao redor do Chrysler que o sr. Weinstein usara para

praticar tiro ao alvo. O sr. Weinstein estava lá com um grande pedaço de plástico e um rolo de fita vedante na mão.
– Mais um minuto e ele teria saído dirigindo este carro, estou lhes dizendo – comentava o sr. Weinstein. – É melhor um parabrisa quebrado do que um carro roubado.
– Isso é verdade – disse Arty Boyt. – Que bom que o senhor tinha essa arma à mão.
Todos os demais assentiram com a cabeça. Que bom, disseram.
Entrei furtivamente no prédio e me dirigi ao telefone público na frente da pequena portaria. Inseri uma moeda de 25 centavos e liguei para meu apartamento.
– Sou eu de novo – disse quando Morelli atendeu.
– Onde você está?
– Longe.
– Mentirosa. – Pude sentir o sorriso na voz dele. – Vi você atravessar o estacionamento.
– Por que está me caçando?
– Policiais não caçam. Perseguem.
– Está bem. Por que está me perseguindo?
– Precisamos conversar – respondeu Morelli.
– Só isso? Só conversar?
– Você tinha outra coisa em mente?
– Não.
Nós dois ficamos em silêncio por um momento, pensando na outra coisa.
– Bem – disse eu. – Sobre o que quer falar?
– Quero falar sobre Mo, e não quero fazer isso pelo telefone.
– Ouvi dizer que algumas pessoas poderiam querer me prender.
– É verdade – disse Morelli. – Mas não sou uma delas.
– Jura?
– Não vou prender você esta noite. Prefiro não fazer um juramento por toda a eternidade.
Morelli estava esperando com a porta aberta quando saí do elevador.

– Você parece com frio e cansada – disse ele.
– Fugir de balas é exaustivo. Não sei como vocês policiais fazem isso todos os dias.
– Presumo que está falando sobre o sr. Weinstein.

Pendurei minha jaqueta e bolsa a tiracolo em um gancho na parede.

– Estou falando sobre todo mundo. As pessoas não param de atirar em mim. – Cortei um grande pedaço de bolo de especiarias e contei a Morelli sobre Cobra.
– O que você acha? – perguntei.
– Acho que os caçadores de recompensas deviam ser testados e licenciados. E que você não passaria no teste.
– Estou aprendendo.
– Sim – disse Morelli. – Vamos esperar que não morra nesse processo.

Normalmente eu consideraria um comentário como esse um insulto, mas na verdade também vinha pensando o mesmo.

– Qual é o problema com o tio Mo?
– Não sei – disse Morelli. – No início fiquei preocupado com ele estar morto. Agora não sei o que pensar.
– Que impressões digitais você encontrou na loja dele?
– As suas, as de Mo e as de Anders nas maçanetas dos fundos. Não procuramos nas áreas públicas, porque teríamos encontrado as de dois terços do Burgo.
– Os vizinhos viram alguma coisa?
– Somente a mulher do outro lado da rua que falou sobre a lanterna. – Morelli estava encostado no balcão da cozinha com os braços cruzados sobre o peito. – Mais alguma pergunta?
– Você sabe quem matou Anders?
– Não. Você sabe?

Passei água no meu prato e o coloquei na máquina de lavar louça.

– Não. – Olhei para Morelli. – Como Anders entrou na loja? Eu o ouvi se movimentando lá fora, tentando abrir a maçaneta.

No início achei que ele tinha uma chave, mas a porta não abriu. Então concluí que devia estar arrombando a porta.
— Não havia nenhum sinal de arrombamento.
— Podemos falar sobre isso extraoficialmente?
— Você deve estar lendo minha mente — respondeu Morelli.
— Não estou dizendo nada disto para um policial, certo?
— Certo.
Servi-me de um copo de leite.
— O que eu sei é que a porta dos fundos da loja de Mo estava trancada. Eu a abri com uma chave que peguei no apartamento dele. Entrei na loja e fechei a porta. Quando Ronald Anders tentou entrar, a porta estava trancada. No começo parecia que ele tinha uma chave, mas a porta não abriu. Ele ficou mexendo nela por alguns minutos e a porta abriu. Você encontrou alguma coisa nele que poderia ter usado como gazua?
— Não.
— Achou uma chave da loja nele?
— Não.
Ergui minhas sobrancelhas.
Morelli ergueu suas sobrancelhas.
— Ou alguém precisou de um conjunto de gazuas ou roubou uma chave que não funcionava muito bem — disse eu. — Ou talvez alguém tenha aberto a porta com uma chave fixa, deixado Ronald Anders entrar na loja, desaparecido por alguns minutos e voltado e matado Anders.
Morelli e eu suspiramos. A pessoa lógica a ter uma chave fixa seria tio Mo. E não era tão absurdo que Mo conhecesse Anders, diante do fato de que Mo ocasionalmente tinha sido visto na rua Stark. Talvez aquilo estivesse relacionado com drogas. Talvez Mo estivesse comprando. Merda, talvez estivesse vendendo. Depois de ver o que Mo lia na hora de dormir, eu estava disposta a acreditar em quase tudo sobre ele.
— Você mandou alguém falar com as crianças que frequentam a loja? — perguntei a Morelli. — Quando você estava trabalhando

no Departamento de Atentado ao Pudor e Prostituição ouviu falar algo sobre drogas saindo da loja de Mo?

– Justamente o contrário – disse Morelli. – A loja de Mo era uma zona segura. Mo militava contra as drogas. Todos sabiam.

Tive outra ideia.

– O quanto ele militava? – perguntei. – O suficiente para matar um traficante?

Morelli me olhou com seu imperscrutável rosto de policial.

– Isso seria estranho – disse eu. – O amável vendedor de sorvete fora de forma se torna um assassino. A vingança do pequeno empresário.

Anders tinha sido atingido nas costas. Portava uma arma, mas não a usou. Foi encontrada quando a polícia virou o corpo. Estava na cintura de suas calças de rapper. Quem fosse acusado do assassinato teria dificuldade em alegar autodefesa.

– Isso é tudo? – perguntei a Morelli.

Morelli usava jeans, botas e uma camisa de manga comprida com as mangas enroladas. Estava com sua pistola presa no cinto. Ele pegou sua jaqueta cáqui em um dos ganchos na parede no vestíbulo de entrada e a vestiu.

– Eu gostaria que você não tirasse férias no estrangeiro durante alguns dias – disse ele.

– Puxa, logo agora que tenho passagens para Mônaco.

Ele deu uma pancadinha debaixo do meu queixo, sorriu e foi embora.

Olhei por um momento para a porta da frente fechada. Uma pancadinha debaixo do queixo. O que era aquilo? No passado, Morelli tinha tentado enfiar sua língua na minha garganta. Ou pelo menos feito uma insinuação lasciva. Fiquei desconfiada de uma pancadinha debaixo do queixo. Agora que pensava a respeito disso, ele tinha sido um perfeito cavalheiro quando trouxe a pizza. E quanto à noite passada? Tinha ido embora sem ao menos um aperto de mão.

Eu me olhei no espelho do vestíbulo. Meu cabelo ainda estava amassado sob a touca de tricô. Realmente nada sexy, mas isso nunca fora um empecilho para Morelli. Tirei a touca e meu cabelo se espalhou. Ufa. Ainda bem que tinha ficado com ela.

Voltei para a cozinha e telefonei para Ranger.

– Oi – disse ele.

– Alguém está se gabando de ter matado Ronald Anders?

– Ninguém está se gabando de nada nestes dias. As ruas estão quietas.

– Jogo estratégico?

– Não sei. Alguns jogadores estão faltando. Alguns viciados estão mortos. Tem coisa braba aí matando pessoas.

– Overdose?

– É o que dizem os atestados de óbito.

– Você acha que é algo diferente?

– Isso parece estranho, meu bem.

Desliguei, e um minuto depois o telefone tocou.

– Estamos com um problema – disse Lula.

– Um problema?

– Acabei de receber um telefonema de Jackie e não consegui entender o que dizia. Algo sobre seu velho ter passado ela para trás de novo.

– Onde ela está?

– No estacionamento chique. Fica lá noite e dia e parece doida. Eu disse para esperar onde estava que a gente ia para lá o mais rápido que pudesse.

Quinze minutos depois entrei no estacionamento de River-Edge. O céu estava preto e denso acima dos postes de luz uniformemente espaçados. Jackie estacionara seu Chrysler perto de um desses postes. O rio ficava a um quarteirão de distância e a névoa gelada girava em torno das lâmpadas e se depositava sobre os carros.

Jack estava em pé ao lado do seu carro, agitando os braços e gritando para Lula, que lhe gritava de volta.

– Calma – dizia Lula. – Calma!

– Ele está morto – gritou Jackie. – Morto, morto, morto. Totalmente morto. Morto como uma maldita porta. Merda!

Olhei para Lula e ela encolheu os ombros, sugerindo que não sabia do que se tratava.

– Acabei de chegar – disse Lula. – Não consigo fazer Jackie dizer nada além de que o filho da puta está morto. Talvez ela esteja cheia de cocaína. Talvez a gente tenha de conseguir algo para ela desacelerar.

– Não estou cheia de cocaína, sua idiota – disse Jackie. – Estou tentando dizer que ele está morto e você não está ouvindo.

Olhei ao redor do estacionamento.

– Ele está morto em algum lugar aqui perto?

Eu realmente queria ouvir um não como resposta. Já tinha tido minha cota de mortes do milênio.

– Está vendo aquela grande moita perto da caçamba? – perguntou Jackie.

– Sim.

– Está vendo aquele pé horrível para fora daquela grande moita?

Ai, meu Deus. Ela estava certa. Havia um pé para fora da moita.

– Merda, Jackie – disse eu. – Você não matou o dono daquele pé, matou?

– Não, não matei o dono daquele pé. É isso que estou tentando dizer. Alguém me passou para trás. Fiquei sentada aqui congelando, esperando para matar aquele filho da puta do Cameron Brown e alguém matou por mim. Isso não é justo!

Jackie dirigiu para a caçamba com Lula e eu tentando acompanhá-la.

– Decidi limpar o carro – disse Jackie. – Por isso vim aqui com um saco de lixo que ia jogar na caçamba. Então vi uma coisa refletindo luz. Olhei melhor e vi um relógio. E depois um pulso. E disse: Merda, eu conheço aquele relógio e aquele pulso. Aí cavei um pouco ao redor e olhem o que encontrei! Olhem o que tirei do maldito lixo!

Ela parou na moita, se abaixou, agarrou o pé e puxou o corpo de um homem para fora.

– Vejam. Ele está morto. E se isso já não fosse bastante ruim, está congelado. Este filho da mãe é um grande picolé. Nem mesmo pude vê-lo apodrecer. Merda.

Jackie deixou o pé cair e deu um forte chute nas costelas de Cameron.

Lula e eu pulamos para trás e tomamos fôlego.

– Maldição – disse Lula.

– E isso não é nem a metade – disse Jackie. – Fiquei sentada aqui esperando para atirar nele, e é o que vou fazer.

Jackie abriu seu casaco, tirou uma Beretta 9 milímetros de sua calça de moletom e disparou meio pente em Cameron Brown. Cameron pulou com o impacto, mas as balas não tiveram muito efeito, exceto o de fazer alguns buracos extras em várias partes do corpo dele.

– Você está louca? – gritou Lula. – Esse cara já está morto! Está atirando em um homem morto!

– A culpa não é minha – disse Jackie. – Eu queria atirar nele enquanto estava vivo, mas alguém chegou na minha frente. Só estou tirando o melhor de uma situação ruim.

– Você andou bebendo – disse Lula.

– É claro que sim. Eu ia congelar até a morte se não tomasse uns tragos de vez em quando.

Jackie ergueu a arma, tentando descarregar mais algumas balas em Cameron.

– Espere – disse Lula. – Estou ouvindo sirenes.

Nós ficamos paradas ouvindo.

– Estão vindo nesta direção! – disse Lula. – Cada uma por si!

Todas nós corremos para nossos carros e partimos ao mesmo tempo, quase batendo umas nas outras ao tentar sair do estacionamento.

Capítulo 7

JACKIE, LULA E EU NOS ENCONTRAMOS EM UM ESTACIOnamento da Dunkin'Donuts, a uns 400 metros de RiverEdge. Paramos nossos carros um ao lado do outro e saímos para uma conferência secreta.

– Preciso de um donut – disse Jackie. – Quero um daqueles bonitos, com granulado colorido em cima.

– Você precisa de mais do que um donut – disse-lhe Lula. – Precisa de um exame de cabeça. Acabou de atirar em um homem morto. O que estava pensando?

Jackie remexia nos bolsos, procurando dinheiro para o donut.

– Acho que tenho o direito de atirar em quem eu quiser.

– Não mesmo – disse Lula. – Há regras. Aquele homem já estava morto e você demonstrou desrespeito com o falecido.

– O falecido não merecia nenhum respeito. Ele roubou meu carro.

– Todos merecem respeito quando estão mortos – disse Lula. – Isso é uma regra.

– Quem disse?

– Deus.

– Ah, é? Bem, Deus não sabe porra nenhuma sobre regras. Estou te dizendo, essa é uma regra estúpida.

Lula estava com as mãos nos quadris e os olhos esbugalhados.

– Não fale assim de Deus, sua puta desprezível. Não vou ficar em pé aqui deixando você blasfemar contra Deus.

– Parem! – gritei. – E quanto à polícia?

– O que tem a polícia? – quis saber Jackie.

– Precisamos telefonar para eles.

Jackie e Lula olharam para mim como se eu estivesse falando uma língua estrangeira.

– Alguém matou Cameron Brown antes de Jackie fazer dele um queijo suíço. Não podemos apenas deixar Brown deitado lá, ao lado da caçamba – disse-lhes.

– Não precisa se preocupar com isso – disse Lula. – A esta altura aquele lugar está cheio de policiais. Eles vão encontrar Cameron. Ele está bem à vista.

– Sim, mas atirar em mortos provavelmente é crime. Isso nos torna cúmplices, se não notificarmos.

– Não vou à polícia – disse Jackie. – Não mesmo. Nem pensar.

– É a coisa certa a fazer – afirmei.

– Uma ova! – disse Jackie. – É a coisa estúpida a fazer.

– Stephanie está certa – disse Lula a Jackie. – A droga e a bebida é que estão impedindo você de fazer a coisa certa. Assim como estão fazendo você blasfemar contra Deus. Você tem de fazer algo por si mesma – disse Lula a Jackie. – Tem de se desintoxicar.

– Não preciso de desintoxicação – disse Jackie.

– Precisa sim – disse-lhe Lula.

– Não.

– Sim.

– Eu sei o que você está fazendo – disse Jackie. – Está tentando fazer eu me desintoxicar desde que ficou careta. Isso é só um truque.

– Pode apostar sua bunda que sim – disse Lula. – E se não se desintoxicar, vamos entregar você à polícia. – Lula olhou para mim. – Não é verdade?

– Sim – respondi. – É. – De qualquer modo, eu achava que era isso que o tribunal iria fazer. Provavelmente a clínica na rua Perry seria melhor.

Começou com uma batida educada na minha porta. E, quando não atendi, se transformou em murros. Espiei pelo olho mágico e vi Morelli andando de um lado para o outro resmungando. Ele se virou e deu outro murro em minha porta com a mão fechada.

– Vamos, Stephanie – disse ele. – Acorde. Saia da cama e abra a porta.

Eram 8:30 e eu estava acordada havia uma hora. Tinha tomado um banho de chuveiro, me vestido e tomado o café da manhã. Não estava atendendo a porta porque não queria falar com Morelli. Suspeitava que ele estivesse vindo de RiverEdge.

Eu o ouvi mexendo na fechadura. Ela destrancou. Trinta segundos depois ele tinha aberto a tranca. A porta da frente foi empurrada, mas ficou presa pela corrente.

– Sei que você está aí – disse Morelli. – Posso sentir o cheiro do seu xampu. Abra a porta ou vou voltar com um cortador de corrente.

Eu deslizei a corrente e abri a porta.

– O que foi agora?

– Encontramos Cameron Brown.

Arregalei os olhos para fingir surpresa.

– Não!

– Sim. Congelado. E bem morto. Meu palpite é que está morto há dias. Nós o encontramos perto da caçamba do condomínio de RiverEdge.

– Tenho de avisar Jackie.

– Uhum. O estranho é que parece que quem matou Brown atirou o corpo na caçamba. E depois alguém veio na noite passada, arrastou o corpo para fora da caçamba e despejou meio pente de balas nele.

– Não!

– Sim. E agora vem a parte ainda mais estranha. Dois dos moradores de RiverEdge disseram ter ouvido um grupo de mulheres discutindo no estacionamento, tarde da noite, e depois tiros. Quando olharam por suas janelas, o que você acha que viram?

– O quê?

– Três carros saindo do estacionamento. Um deles era um velho Buick. Eles acharam que podia ser azul-bebê de capota branca.

– Eles anotaram a placa? Viram as mulheres?

– Não.
– Acho que isso torna as coisas difíceis para vocês, não é?
– Pensei que você poderia me ajudar a esclarecer o incidente.
– Está falando como um policial esta manhã?
– Droga – disse Morelli. – Não quero ouvir isso.
– Então é contra a lei atirar em alguém que já está morto?
– Sim.
Fiz uma pequena careta.
– Achei que era. Exatamente contra qual lei?
– Não sei – disse Morelli. – Mas tenho certeza que contra alguma. Suponho que houve circunstâncias atenuantes.
– Uma mulher desprezada...
– E essa mulher desprezada vai se apresentar?
– Ela vai para uma clínica de desintoxicação.
– A descrição de seu trabalho é "caçadora de recompensas" – disse Morelli. – Assistente social é um trabalho totalmente diferente.
– Você quer um pouco de café?
Ele fez um sinal negativo com a cabeça.
– Não. Tenho relatórios para fazer. E depois uma autópsia.
Eu o observei andando pelo corredor e desaparecendo no elevador. Somente uma idiota pensaria que podia falar com Morelli sem estar falando com o Morelli policial. Policiais nunca deixam de ser policiais. Esse devia ser o trabalho mais difícil do mundo.
Os policiais de Trenton tinham mais funções do que eu era capaz de descrever. Eram mediadores, assistentes sociais, mantenedores da paz, cuidadores de crianças e agentes de cumprimento da lei. O trabalho era entediante, aterrorizante, nojento, exaustivo e frequentemente não fazia sentido algum. O salário era péssimo, as horas de trabalho eram desumanas, o orçamento do departamento era uma piada e os uniformes tinham o gancho curto. E, ano após ano, os policiais de Trenton mantinham a cidade coesa.

Rex estava em sua lata de sopa, com o traseiro para fora, semienterrado na serragem para seu cochilo matutino. Quebrei uma noz e a joguei em sua gaiola. Após um momento houve um movimento sob a serragem e ele a carregou para sua lata. Observei por mais alguns minutos, mas o show havia terminado.

Conferi em minha bolsa se eu tinha o essencial... bipe, lenços de papel, laquê, lanterna, algemas, batom, revólver com balas, telefone celular carregado, arma de choque carregada, escova de cabelo, chiclete, spray de pimenta, lixa de unha. Eu era uma ótima caçadora de recompensas ou o quê?

Agarrei minhas chaves e vesti minha jaqueta. A primeira coisa em minha agenda era uma visita ao escritório. Queria me certificar de que Jackie estava cumprindo sua parte do acordo.

No estacionamento, o céu estava carregado e ameaçador, e o ar frio como o riso de uma bruxa. O Buick estava com a maçaneta congelada e o para-brisa coberto de gelo. Bati na maçaneta, mas ela não soltou, por isso voltei para meu apartamento e peguei um pouco de removedor de gelo e uma raspadeira de plástico. Dez minutos depois, minha porta estava aberta, o aquecedor funcionava no máximo e eu havia feito um buraco no gelo do meu para-brisa.

Deslizei para trás do volante, testei a visão através do buraco e concluí que seria suficiente se eu não dirigisse muito rápido. Quando cheguei ao escritório de Vinnie, eu estava quente e confortável e podia ver todo o meu capô, para não mencionar a rua. O Chrysler de Jackie estava estacionado na frente do escritório. Parei na vaga atrás dela e entrei apressadamente.

Jackie estava andando na frente da escrivaninha de Connie.

– Não vejo por que eu preciso fazer isso – dizia. – Não é como se eu não pudesse me controlar. Não é como se não pudesse parar, se quisesse. Só gosto de usar um pouco de vez em quando. Não vejo nada de errado nisso. Todo mundo usa um pouco de vez em quando.

– Eu não – disse Connie.

– Eu também não – disse Lula.
– Eu também não – disse eu.
Jackie olhou para cada uma de nós.
– Uhum.
– Você vai ficar feliz quando ficar careta – disse Lula.
– Ah é? – disse Jackie. – Estou feliz agora. A felicidade é tanta que é quase insuportável. Às vezes simplesmente fico feliz com umas biritas.

Connie estava com uma cópia do arquivo de Mo em sua escrivaninha.

– Se não pegarmos Mo nos próximos cinco dias, vamos perder a fiança – disse-me ela.

Abri o arquivo e dei outra olhada no contrato de fiança e na foto.

Jackie olhou por cima do meu ombro.
– Ei – disse ela. – É o Velho Nariz de Pênis. Você está atrás dele? Acabei de vê-lo.

Todas se viraram e olharam para Jackie.

– Sim, é ele mesmo – disse ela, batendo com uma unha postiça vermelha na foto. – Dirige um Honda azul. Eu me lembro de que às vezes a gente o via na rua. Eu o vi saindo do prédio de apartamentos na Montgomery. Aquele perto da missão.

Lula e eu nos entreolhamos. Não brinca!
– Sozinho? – perguntei a Jackie.
– Eu não estava prestando muita atenção, mas não me lembro de mais ninguém.

– Vou levar Jackie de carro para a clínica na rua Perry – disse Lula. – Ajudá-la a começar a se tratar.

O problema com a clínica na rua Perry era que estava cheia de viciados. Por isso, a rua do lado de fora ficava cheia de traficantes. Os viciados iam buscar sua dose diária de metadona, mas entrar e sair era como andar em um supermercado de substâncias controladas. O lugar mais fácil de conseguir drogas em qualquer

cidade sempre era na clínica especializada em viciados em metanfetamina.
Lula não ia garantir que Jackie começaria a se tratar. Ia garantir que ela não morreria de overdose antes de ao menos assinar os papéis.

Lula me seguiu até a casa de meus pais e esperou enquanto eu estacionava o Buick na entrada para veículos. Depois ela e Jackie me deixaram na oficina autorizada da Nissan.

— Não deixe que eles enrolem você — disse Lula. — Faça um *test drive*. Diga que vai dar um tiro no rabo deles se aquela picape não estiver consertada.

— Está bem — disse eu. — Não se preocupe. Ninguém vai me enrolar.

Eu lhe fiz um sinal de adeus, entrei na oficina e fui procurar o gerente de serviços.

— Então o que você acha? — perguntei-lhe. — O carro ficou bom?

— Ficou uma beleza.

— Ótimo — disse eu, aliviada em não ter de dar um tiro no rabo de ninguém.

Jackie tinha visto Mo saindo de um prédio de apartamentos na esquina da Montgomery e Grant. Eu não chamaria isso de uma pista quente, mas era melhor do que nada e achei que valia a pena dar uma olhada. A Montgomery e Grant ficavam a sudeste do Burgo, em uma área de Trenton que se esforçava muito para permanecer próspera. O prédio de apartamentos era o principal da rua, com o resto do quarteirão ocupado por pequenas empresas. Sal's Café, a loja de ferramentas A&G, Star Seafood, a Missão da Liberdade e a Igreja da Liberdade da rua Montgomery.

Dei a volta no quarteirão, procurando um Honda azul. Não havia nenhum. O prédio de apartamentos tinha seu próprio estacionamento subterrâneo, mas era preciso um cartão-chave para passar pelo portão. Sem problemas. Eu podia estacionar na rua e examinar a garagem a pé.

Dei três voltas ao redor do quarteirão e finalmente alguém saiu de uma vaga conveniente no meio-fio. Eu queria ficar na Montgomery, com uma visão da porta da frente e da entrada da garagem. Achei que poderia entrar na garagem, dar uma olhada nas caixas de correio e talvez encontrar algo que me interessasse.

Havia 72 caixas de correio. Nenhuma com o nome "Moses Bedemier". A garagem não estava completamente cheia. Encontrei dois Hondas azuis, mas nenhum com a placa certa.

Voltei para a picape e me sentei. Observei as pessoas na rua. Observei os carros. Não vi ninguém que conhecesse. À uma hora da tarde, comi um sanduíche no Sal's Café. Mostrei a foto de Mo e perguntei se ele tinha sido visto.

A garçonete olhou para a foto.

– Talvez – disse ela. – Ele parece familiar, mas é difícil dizer com certeza. Muitas pessoas passam por aqui. Muitos homens mais velhos vêm tomar café antes da missão abrir suas portas para o café da manhã. No início, ela era para os sem-teto, mas agora é usada por pessoas mais velhas, solitárias e sem dinheiro.

Às quatro horas saí da picape e me posicionei dentro da entrada do prédio, onde podia mostrar a foto de Mo e interrogar os moradores. Às sete, estava sem moradores e sem sorte. Ninguém tinha reconhecido Mo.

Encerrei minha operação de vigilância às oito. Estava frio. Eu estava com fome e os nervos à flor da pele devido à energia reprimida. Dirigi de volta para o Burgo, para a pizzaria Pino's.

A dois quarteirões da Pino's, parei em um sinal de trânsito e senti atividade sísmica sob o capô. Fiquei sentada enquanto a picape sacudia e desacelerava. BUM. Houve uma explosão na descarga e o motor afogou.

– Filha da puta! – gritei. – Maldita picape japonesa de merda! Maldito mecânico safado de merda!

Encostei minha testa no volante por um segundo. Estava parecendo meu pai. Provavelmente era essa a sensação de afundar no *Titanic*.

Conduzi o carro devagar até o estacionamento da Pino's, saí de trás do volante e fui para o bar. Pedi um chope, um sanduíche de frango frito especial, uma pizza de pepperoni pequena e batatas fritas. O fracasso me dá fome.

A Pino's era um ponto de encontro de policiais. Em parte, porque metade deles morava no Burgo e aquele era um lugar conveniente. Em parte, porque Pino tinha dois filhos que eram policiais, e policiais apoiavam policiais. E em parte porque a pizza era ótima. Tinha muito queijo e gordura, um pouco de molho de tomate e uma excelente crosta. Ninguém se importava com o fato de as baratas na cozinha serem grandes como gatos de celeiro.

Morelli estava na outra ponta do bar. Ele me viu fazendo meu pedido, mas manteve distância. Quando minha comida chegou, se sentou no banco perto de mim.

– Deixe-me adivinhar – disse, olhando para os pratos. – Você teve um dia ruim.

Fiz um gesto de mais ou menos com a mão.

Morelli estava com uma barba de fim de tarde. Mesmo na sala escurecida, pude ver as pequenas linhas que surgiam ao redor de seus olhos quando estava cansado. Ele estava em uma posição relaxada, um cotovelo sobre o bar, e pegou uma das minhas batatas fritas.

– Se você tivesse uma vida sexual decente, não precisaria se gratificar assim – disse ele, com a boca curvada em um sorriso e os dentes brancos e alinhados contra a barba escura.

– Minha vida sexual está bem.

– Sim – disse Morelli. – Mas às vezes é divertido ter um parceiro.

Tirei minhas batatas fritas do alcance dele.

– Foi a alguma boa autópsia recentemente?

– Foi adiada para amanhã de manhã. O médico espera que até lá Cameron Brown tenha descongelado.

– Sabe alguma coisa sobre a causa da morte? Como o tipo de bala que o atingiu?

– Só vou saber amanhã. Por que o interesse?

Eu estava com a boca cheia de sanduíche de frango. Mastiguei, engoli e a lavei com cerveja.

– Só estava curiosa. – Curiosa porque essa era a segunda morte de traficante de drogas com que eu tinha me deparado desde que começara a procurar Mo. Era um exagero pensar que poderia haver uma conexão. Ainda assim, havia um pequeno sinal no meu radar.

Morelli parecia angustiado.

– Você e suas amigas não o mataram, não é?

– Não!

Ele se levantou e acariciou meus cabelos.

– Tenha cuidado ao dirigir para casa.

Morelli pegou sua jaqueta de couro de aviador em um gancho na parede no final do bar e foi embora.

Fiquei olhando-o partir, emudecida. Ele tinha acariciado meus cabelos. Isso era definitivamente desconcertante. Uma coisa era eu tratá-lo com desdém. Outra totalmente diferente era *ele* me tratar com desdém. *Não* era assim que o jogo era jogado.

Saí da Pino's às 21:30, sentindo-me irritada e desconfiada. Fiquei em pé por um momento olhando para minha picape, antes de entrar. Mais desgraça. Ela não era mais fofa. Parecia que precisava de ortodontia. Tinha novos pontos e plugues, mas não tive dinheiro para a lanternagem. Deslizei para trás do volante e coloquei a chave na ignição. O motor ligou e... afogou.

– MERDA!

A casa dos meus pais ficava apenas a três quarteirões de distância. Acelerei o motor durante todo o caminho e fiquei aliviada ao finalmente deixar a picape avariada morrer no meio-fio.

Da entrada de veículos, o Buick me olhava com maldosa satisfação. Nunca havia nada de errado com ele.

O telefone me acordou de um sono profundo. O mostrador do relógio ao lado da minha cama marcava duas horas da manhã. A voz do outro lado era de uma moça.

– Oi – disse a voz. – É a Gillian!

Gillian. Eu não conhecia ninguém com esse nome.

– Você discou o número errado – disse-lhe.

– Oops – disse ela. – Descuuulpe. Estava procurando Stephanie Plum.

Eu me ergui e me apoiei no cotovelo.

– Eu sou Stephanie Plum.

– Aqui é a Gillian Wurtzer. Você me deu seu cartão e disse para eu telefonar se visse tio Mo.

Agora eu estava totalmente acordada. Gillian, a garota do outro lado da rua da loja de Mo!

Gillian deu uma risadinha.

– Meu namorado veio esta noite. Sabe como é, para me ajudar com meu dever de casa. Ele acabou de sair. E quando eu estava me despedindo dele, notei uma luz na loja de doces. Deve ter sido a luz do corredor nos fundos. Vi alguém andando lá dentro. Não deu para ver se era tio Mo, mas achei que devia ligar para você assim mesmo.

– A luz ainda está acesa?

– Sim.

– Estou a dez minutos daí. Fique de olho na loja, mas não saia. Vou chegar logo.

Eu estava usando uma camisola de flanela vermelha e meias brancas grossas. Vesti calças jeans, calcei minhas botas Doc Martens, agarrei minha jaqueta e bolsa e disparei pelo corredor, discando o número de Ranger em meu celular.

Quando cheguei ao Buick, tinha explicado tudo para Ranger e o celular estava de volta em minha bolsa. Havia começado a chuviscar e fazia tanto frio que todos os carros no estacionamento estavam sob um manto de gelo. Déjà-vu. Usei minha lixa de unha para tirar o gelo da maçaneta da porta e contei até dez em uma tentativa de abaixar minha pressão sanguínea. Quando o sangue parou de martelar em meus ouvidos, usei a lixa para cavar um buraco de 15 centímetros no gelo sobre o para-brisa. Pulei para dentro do carro e saí dirigindo com meu nariz praticamente colado no vidro.

Por favor, por favor, por favor ainda esteja lá.

Eu realmente queria capturar tio Mo. Não tanto pelo dinheiro, mas por curiosidade. Queria saber o que estava acontecendo. Queria saber quem tinha matado Ronald Anders. E por quê.

O Burgo estava silencioso àquela hora da noite. As casas estavam escuras e as ruas sem trânsito. Os postes estavam indistintos por trás da garoa. Passei devagar perto da loja de Mo. Uma luz estava acesa no corredor dos fundos, como Gillian dissera. Não havia nenhum sinal de Ranger. Nenhum Honda azul estacionado no meio-fio. Nenhum movimento em lugar nenhum. Peguei a King e virei no beco que levava à garagem de Mo. A porta da garagem estava aberta e, no fundo, na penumbra, vi um carro parado na garagem. Era um Honda.

Apaguei meus faróis e parei o Buick de modo a bloquear a saída do Honda. Fiquei sentada por um momento com minha janela entreaberta, ouvindo e observando. Saí silenciosamente do Buick, andei por todo o beco da King para a Ferris e atravessei a rua. Fiquei em pé na escuridão, atrás do carvalho dos Wurtzer, e esperei por Ranger, esperei que a luz da loja se apagasse e uma forma aparecesse.

Olhei para meu relógio. Daria a Ranger mais três minutos. Se ele não aparecesse, atravessaria a rua e cobriria a porta dos fundos. Tinha meu revólver em um dos bolsos e spray de pimenta no outro.

Faróis de um carro surgiram um quarteirão abaixo na King. Quando o carro chegou à Ferris, a luz na loja se apagou. Corri a toda velocidade justamente quando o BMW de Ranger dobrou a esquina e parou.

Ranger tinha dois carros. O primeiro era um Bronco preto equipado com um sistema de rastreamento. Quando ele ia fazer uma captura e esperava transportar criminosos, dirigia o Bronco. Quando não era responsável pela captura, dirigia um BMW preto 850 Ci, de produção limitada. Eu tinha pesquisado o preço do carro e descoberto que atingia a marca de sete dígitos.

– A luz acabou de se apagar – disse eu em um cochicho. – O carro dele está na garagem. Ele vai sair pela porta dos fundos.

Ranger estava vestido de preto. Jeans pretos, camisa preta, colete à prova de balas preto com AGENTE DE CAPTURA DE FUGITIVOS escrito em amarelo atrás. Seu brinco projetava um brilho prateado em sua pele escura. Seus cabelos estavam presos para trás no costumeiro rabo de cavalo. Ele estava com sua arma na mão quando seu pé tocou no meio-fio. Se estivesse me caçando, eu teria molhado minhas calças ali mesmo.

– Vou para os fundos – disse Ranger, já se afastando de mim. – Cubra a frente.

Por mim, tudo bem. Estava muito feliz com meu papel secundário.

Corri para um dos lados da porta da frente da loja de doces, me espremendo contra a frente de tijolos. A vitrine me proporcionava uma visão bastante boa da loja, e eu estava em uma boa posição para agarrar tio Mo, se ele disparasse para a rua Ferris.

Um cão latia a distância. Era o único som na vizinhança adormecida. Sem dúvida Ranger estava na porta dos fundos, mas não havia nenhuma indicação de entrada ou captura. Meu estômago se contraiu em antecipação. Eu estava com o lábio inferior preso entre os dentes. Minutos se passaram. Subitamente a loja foi inundada de luz. Aproximei-me devagar da vitrine e olhei para dentro. Vi claramente Ranger no corredor dos fundos. Ninguém mais era visível.

Ranger abria portas exatamente como eu havia feito dias atrás. Procurava por Mo, e em meu íntimo sabia que não o encontraria.

Mo tinha escapado. E a culpa era toda minha. Eu devia ter vindo antes. Não devia ter esperado por Ranger.

Virei-me ao som de uma respiração ofegante e quase colidi com Mo. O rosto dele estava na escuridão, mas isso não ajudou muito a esconder sua irritação.

– Você bloqueou meu carro. E seu colega está bisbilhotando minha loja. Continue fazendo isso e estragará tudo!

– Você não foi à sua audiência no tribunal. Não sei por que decidiu fugir, mas não foi uma boa ideia. Devia me deixar levar você para a delegacia para marcar outra data.

– Não estou pronto. É cedo demais. Você terá de falar com meu advogado.

– Você tem um advogado?

– Sim. – Seus olhos se fixaram no BMW de Ranger. A porta estava aberta e as chaves pendiam da ignição. – Ahhh – disse ele. – Isto vai servir.

– Ah, não. Essa não é uma boa ideia.

A boca de Mo se ergueu nos cantos em um sorriso irônico.

– Parece o Batmóvel.

– Não é. Batman não dirige um BMW. E não posso deixar você ir embora nele. Vai ter de vir comigo.

Mo estava carregando um saco plástico em uma das mãos e uma enorme lata de spray de pimenta na outra. Ele apertou os olhos e apontou a lata para mim.

– Não me faça usar isto.

Eu já tinha visto pessoas receberem jatos de spray. Não era engraçado.

– Quem dirige um BMW é Bond – disse-lhe. – Boa viagem.

Bond – repetiu Mo. – É claro.

E então ele partiu.

Ranger dobrou a esquina correndo e parou no meio da calçada, vendo os faróis traseiros do BMW desaparecerem na noite.

– Mo?

Assenti com a cabeça e puxei meu colarinho para junto do pescoço.

– Provavelmente houve um bom motivo para você não tê-lo derrubado.

– Ele tinha uma lata de spray de pimenta maior do que a minha.

Nós ficamos em pé ali por mais alguns minutos, examinando a névoa, mas o carro de Ranger não reapareceu.

– Vou ter de matá-lo – disse Ranger, sem rodeios.

Achei que Ranger poderia estar brincando, mas... talvez não.

Uma vez perguntei a Ranger como podia comprar carros tão caros, e ele respondeu que havia feito alguns bons investimentos. Não sei ao certo o que quis dizer com isso. Investimentos na bolsa pareciam um pouco enfadonhos para Ranger. Se eu tivesse de arriscar um palpite sobre o conteúdo de seu portfólio, seria comércio de armas.

– Encontrou algo de incomum na loja? – perguntei-lhe. – Como um cadáver?

– Nada. Ele deve ter visto você na rua. Nem mesmo se deu ao trabalho de ver se a porta dos fundos estava fechada. Apenas saiu de lá.

Informei a Ranger sobre Cameron Brown e RiverEdge enquanto voltávamos para meu carro. Depois lhe falei sobre Jackie ter visto Mo na rua Montgomery, saindo do prédio de apartamentos. Disse que tinha examinado o prédio, mas não encontrara nada.

Ranger olhou para meus cabelos em desalinho e a camisola de flanela vermelha aparecendo sob minha jaqueta.

– De que você está vestida?

– Eu estava com pressa.

– Você vai dar má fama aos caçadores de recompensas se andar vestida desse jeito.

Abri a porta do passageiro para Ranger, fui para trás do volante e liguei o motor.

– Para aonde vamos?

– Rua Montgomery.

Essa também teria sido minha escolha. Tinha ouvido o BMW se afastando para sudeste, na direção da Montgomery.

– Ele não está aqui – disse Ranger, depois de percorrer o estacionamento subterrâneo.

– Podemos esperar.

– Meu bem, não sei como dizer isto, mas não estamos exatamente discretos. Ficar de vigia neste carro é como esconder uma baleia em um vidro de geleia.

Por mim tudo bem. Estava com frio, molhada e cansada. Queria ir para casa, deitar em minha bela cama quente e dormir até julho.

– Então o que vamos fazer agora? – perguntei.

– Você pode me deixar na rua Twelfth com a Major.

Ninguém sabia onde Ranger morava. Uma vez eu tinha pedido a Norma para fazer uma pesquisa no Departamento de Veículos Motorizados e o endereço dele dera em um estacionamento vazio.

– Você não vai realmente matá-lo, vai? – perguntei.

– Se você rouba um BMW 850 Ci, deve ser morto.

– É tio Mo.

– Tio Mo é maluco – retrucou Ranger.

– Sim, mas é o meu maluco. Eu gostaria que você não o matasse enquanto eu não pusesse as mãos nele e descobrisse algumas coisas. – Como quem matou Ronald Anders.

– Cortesia profissional.

– Sim.

– Você tem alguma pista?

– Não.

– É melhor trabalharmos juntos nisso – disse Ranger. – Pego você amanhã às cinco.

– Cinco da manhã?

– Tem algum problema?

– Não. Nenhum problema.

Trenton é sinistra às três da manhã. Lúgubre e subterrânea, a cidade pulsa por trás de vidros escuros e tijolos entalhados. Até mesmo os notívagos, bêbados e grupos de garotos estavam recolhidos, deixando o ocasional banho de luz fluorescente para pombos que andavam a esmo pelas calçadas, bicando restos de comida.

Que tipos de pessoas andariam por essas ruas àquela hora? Policiais, trabalhadores noturnos, malfeitores e caçadores de recompensas.

Entrei em meu estacionamento e desliguei o motor. Luzes amarelas pontilhavam o grande prédio na minha frente, nos apartamentos da sra. Karwatt, da sra. Bestler, de DeKune e do sr. Paglionne. Os velhos não perdem muito tempo dormindo. O sr. Walesky, no lado do corredor oposto ao meu, provavelmente estava vendo TV.

Saí do Buick e ouvi uma porta de carro se abrir e fechar atrás de mim. Meu coração pulou ao ouvir o som. Olhei para a entrada do prédio e vi duas figuras se movendo nas sombras. Meu revólver ainda estava em meu bolso. Eu o peguei e me virei, quase batendo com ele no nariz de um homem baixo, magro e forte.

Ele imediatamente saltou para trás, com as mãos no ar.

– Calma – disse.

Eu tinha os outros dois em minha visão periférica. Eles haviam parado e levantado as mãos. Todos os três usavam máscaras de esqui e macacões sobre suas roupas.

– Quem são vocês? – perguntei. – O que está acontecendo?

– Somos cidadãos preocupados – respondeu o homem baixo e magro. – Não queremos machucar você, mas se continuar atrás de Mo vamos ter de tomar uma atitude. – Ele tirou um envelope do bolso em seu peito. – Você é uma mulher de negócios. Entendemos isso. Então este é o acordo: o dinheiro neste envelope representa seu pagamento por levar Mo para Vinnie, além de um bônus de 200 dólares. Fique com o dinheiro e pegue um avião para Barbados.

– Em primeiro lugar, não quero seu dinheiro. Em segundo, quero algumas respostas.

O homem magro fez um sinal para que um carro se aproximasse, e faróis piscaram atrás dele. O carro se aproximou e a porta de trás foi aberta.

– Se entrar nesse carro, vou atirar – disse eu.

– Estou desarmado. Você não ia querer atirar em um homem desarmado.

Ele estava certo. Não que isso importasse. Aquela havia sido uma ameaça vazia, de qualquer jeito.

Regulei meu despertador para as 4:55 e tomei um susto tão grande quando ele tocou que caí da cama. Não havia reservado tempo para um banho de chuveiro, por isso escovei os dentes, vesti algumas roupas do dia anterior que encontrei no chão e desci as escadas cambaleando.

Ranger esperava por mim no estacionamento. Pegou no bolso de sua jaqueta uma folha de papel dobrada em quatro partes e me entregou.

– Uma lista dos moradores da rua Montgomery – disse. – Isso te diz alguma coisa?

Não perguntei como ele conseguira a lista. Não queria saber os detalhes da rede de Ranger. Suspeitava que seus métodos para obter informações às vezes envolvessem ossos quebrados e buracos de balas de pequeno calibre.

Eu lhe devolvi a lista.

– Não conheço nenhuma dessas pessoas.

– Então vamos de porta em porta às nove horas.

Que bom!

– Enquanto isso, vigiaremos a portaria e a garagem.

O plano era Ranger cuidar da portaria e eu da garagem, nos posicionarmos na beira do elevador e interrogarmos os moradores quando saíssem para o trabalho. Às nove horas, após descrevermos um grande zero, começamos a trabalhar nos andares.

Os quatro primeiros andares foram infrutíferos.

— Isto não parece estar dando certo — disse eu a Ranger. — Falamos com muitas pessoas e não descobrimos nada.

Ranger deu de ombros.

— As pessoas não prestam atenção. Especialmente em um prédio como este. Não existe senso de comunidade. E há outro motivo possível para ninguém ter visto Mo.

— Jackie poderia estar errada.

— Ela não é a testemunha mais confiável.

Subimos um andar e começamos a percorrer o corredor, bater em portas, mostrar a foto de Mo. Na terceira porta tive sorte.

A mulher era mais velha do que a maioria das pessoas no prédio. Achei que devia estar na casa dos sessenta. Estava bem-vestida.

— Conheço esse homem — disse. Ela estudou a foto. — Só não sei... talvez Andrew Larkin. Sim, acho que o vi com Andrew.

— O apartamento de Larkin fica neste andar? — perguntei.

— Duas portas abaixo, neste lado. Número 57. — Duas pequenas rugas surgiram em sua testa. — Você disse que era agente de captura. O que isso significa?

Eu lhe falei sobre a acusação não muito grave e o não comparecimento ao tribunal, e ela pareceu aliviada.

Ranger bateu na porta de Larkin, e nós dois nos encostamos na parede para Larkin não poder nos ver pelo olho mágico.

Um momento depois, Larkin abriu a porta.

— Sim?

Ranger lhe mostrou seu distintivo.

— Caçador de recompensas. Podemos entrar e fazer algumas perguntas?

— Não sei — disse Larkin. — Acho que não. Quero dizer, sobre o que é tudo isso?

Larkin estava no final da casa dos sessenta. Tinha cerca de 1,80m de altura. Pele corada. Cabelos louros, ralos no alto da cabeça.

– Só vamos demorar um minuto – disse Ranger, com a mão no cotovelo de Larkin e o empurrando gentilmente alguns passos para trás.

Aproveitei a oportunidade para entrar e olhar ao redor. Era um apartamento pequeno repleto de móveis. Carpete verde-abacate de parede a parede. Cortinas amarelas da década de 1970. De onde eu estava, dava para ver a cozinha. Uma jarra de suco e tigela de cereal no escorredor de pratos. Uma caneca de café e jornal na mesa.

Ranger mostrou a foto a Larkin e perguntou sobre Mo. Larkin balançou a cabeça.

– Não – respondeu. – Não o conheço. A sra. Greer deve ter se confundido. Tenho alguns amigos mais velhos. Talvez a distância um deles se pareça com esse homem.

Entrei em silêncio no quarto de dormir. Cama *queen*. Perfeitamente coberta com uma colcha de caxemira verde-escura. Algumas fotos em um conjunto de porta-retratos de prata na cômoda. Mesa de cabeceira com um radiorrelógio.

Ranger entregou um cartão a Stanley Larkin.

– Só para garantir – disse Ranger. – Se você vir Mo, gostaríamos que nos telefonasse.

– É claro – disse Stanley.

– O que você acha? – perguntei a Ranger quando ficamos sozinhos no corredor.

– Acho que precisamos completar o trabalho no prédio. Se ninguém mais viu Mo com Larkin, estou inclinado a deixar isso em suspenso. Larkin não parecia estar escondendo nada.

Capítulo 8

RANGER E EU VOLTAMOS PARA O BRONCO E OLHAMOS PARA o prédio de apartamentos.
— Alarme falso — disse eu. Ninguém havia reconhecido Mo.
Ranger ficou em silêncio.
— Sinto pelo seu carro.
— É só um carro, meu bem. Posso conseguir um novo.
Reparei que Ranger disse que podia *conseguir* um BMW novo em vez de *comprar* um BMW novo. E percebi que seria inútil sugerir registrar um boletim de ocorrência ou informar uma seguradora sobre o roubo.
— Você acha que deveríamos ficar de vigia fora do prédio? — perguntei.
Ranger olhou para toda a extensão da rua.
— Podíamos ficar aqui por um tempo.
Nós ficamos em uma posição relaxada, com os braços cruzados sobre nossos peitos e os bancos empurrados para trás para dar mais espaço para as pernas. Ranger nunca dizia nada quando esperávamos assim. Seu potencial de conversa era apenas um pouco maior do que o de Rex. Por mim tudo bem, porque tinha meus próprios pensamentos.
Estava intrigada por Mo ter voltado à loja. Mesmo se a loja fosse a coisa mais importante na minha vida, não estava certa de que arriscaria uma visita. Mo carregava um saco plástico, que podia estar cheio de qualquer coisa, de roupa de baixo a sorvetes de casquinha. Além disso, Mo não estava com um cheiro muito bom. Cheirava a bolor. E a suor e sujeira. Ou ele estava trabalhando duro no jardim ou estava morando na rua.

Eu ainda especulava sobre essas possibilidades quando, ao meio-dia, Ranger nos trouxe bebidas e sanduíches do Sal's.

Meu sanduíche parecia de pão preto e capim.

– O que é isto? – perguntei.

– Brotos variados, tiras de cenoura, pepino e passas.

Passas! Graças a Deus. Eu estava com medo de alguém ter posto em meu sanduíche o conteúdo da gaiola de um coelho.

– Bedemier tem de estar em algum lugar – disse Ranger. – Você verificou a possibilidade de um segundo apartamento?

– Foi a primeira coisa que fiz. Não encontrei nada.

– Investigou os motéis?

Eu fiquei boquiaberta e lhe dei um olhar arregalado que dizia, *Agh! Não!*.

– Isso seria um passatempo – disse Ranger. – Nos manteria longe de encrencas.

O senso de humor de Ranger.

– Talvez Mo esteja morando na rua. Na última vez em que o vi, tinha um cheiro de caverna.

– É difícil procurar em cavernas – disse Ranger. – É mais fácil procurar em motéis.

– Você tem alguma ideia de como fazer isso?

Ranger tirou de seu bolso uma parte das Páginas Amarelas.

– Sal não precisava disto – disse. Ele me entregou metade das páginas. – Aí tem a primeira metade do alfabeto. Mostre a foto. Pergunte sobre o carro. Se encontrar Mo, não faça nada. Telefone para mim.

– E se isso não der em nada?

– Aumentaremos nossa zona de investigação.

Eu não devia ter perguntado.

Meia hora depois eu estava atrás do volante do Buick. Reorganizara minha lista de acordo com a geografia, começando pelos motéis mais próximos e indo até Bordentown.

Eu tinha telefonado para meu pai e lhe pedido para levar minha picape de volta para a oficina autorizada da Nissan. Ele havia dito algo sobre gastar dinheiro em coisas que não prestavam e os filhos não ouvirem mais os pais, e desligado.

Às cinco horas eu tinha gastado dois tanques de gasolina e ido de A a J. Estava muito escuro e não ansiava por voltar para casa. Dirigir o Buick do tio Sandor era como estar em meu próprio abrigo particular contra bombas. Quando eu parasse o abrigo contra bombas em meu estacionamento, abrisse a porta e pusesse o pé no asfalto, estaria aberta a temporada de caça do fã-clube do tio Mo contra mim.

Eu não tinha vontade de ser caçada com o estômago vazio, por isso fui à casa dos meus pais.

Minha mãe estava à porta quando parei no meio-fio.

– Que boa surpresa – disse ela. – Vai ficar para o jantar? Tenho presunto no forno e pudim de caramelo de sobremesa.

– Você pôs abacaxi e cravo no presunto? – perguntei. – Fez purê de batata?

O bipe preso ao meu cinto começou a tocar. O número de Ranger apareceu na tela.

Vovó veio olhar de perto.

– Talvez quando receber minha pensão eu compre um desses.

Bem do fundo de sua cadeira na sala de estar meu pai aumentou o som da TV.

Digitei o número de Ranger no telefone na cozinha.

– Com quem está falando? – quis saber vovó Mazur.

– Ranger.

Vovó arregalou os olhos.

– O caçador de recompensas! O que ele quer?

– Um relatório de progresso. Nada importante.

– Você devia convidá-lo para jantar.

Coloquei o telefone em meu peito.

– Não acho que isso seja uma boa ideia.

– Diga-lhe que temos presunto – disse vovó.

– Tenho certeza de que ele está ocupado.

Minha mãe, que media farinha, ergueu os olhos.
– Quem está ocupado?
– O namorado de Stephanie – disse vovó. – O caçador de recompensas. Ele está no telefone agora.
– E está ocupado demais para vir jantar? – disse minha mãe. Aquilo foi mais uma incredulidade indignada do que uma pergunta. – Quem já viu uma coisa dessas? O homem tem de comer, não é? Diga-lhe que temos bastante comida. Vamos pôr um prato extra.
– Elas vão pôr um prato extra – disse eu a Ranger.
Houve um momento de silêncio do outro lado da linha.
– Você vem de uma longa linhagem de mulheres assustadoras – finalmente disse Ranger.
A água borbulhante das batatas respingava no fogão. Couve-vermelha fervia em uma panela de 2 litros. Ervilhas e cenouras cozinhavam em fogo brando na boca de trás. As janelas da cozinha estavam geladas embaixo e cheias de vapor em cima. A parede atrás do fogão começara a suar.
Minha mãe espetou as batatas.
– As batatas estão prontas – disse.
– Tenho de ir – disse eu a Ranger. – As batatas estão prontas.
– O que vai acontecer se eu não for? – quis saber Ranger.
– Não queira saber.
– Merda – disse Ranger.

Meu pai é inflexível no que diz respeito à igualdade de oportunidades. Ele não privaria um homem de seus direitos. E não é uma pessoa cheia de ódio. Simplesmente sabe em seu coração que os italianos são superiores, que os estereótipos foram criados por Deus e que se alguém vale alguma coisa, dirige um Buick.
Agora ele olhava para Ranger com o tipo de choque que você esperaria de um homem cuja casa tivesse acabado de ser bombardeada sem nenhum motivo.
Hoje Ranger estava em seu estilo preto. Brincos de ouro, camiseta justa de manga comprida preta puxada até os cotovelos,

relógio de mergulhador preto, calças de rapper pretas enfiadas em botas de combate militares pretas e correntes de ouro no pescoço suficientes para pagar uma fiança por assassinato.

– Coma um pouco de presunto – disse vovó para Ranger, passando-lhe o prato. – Você é negro? – perguntou.

Ranger não piscou um olho.

– Cubano.

Vovó pareceu desapontada.

– Que pena – disse ela. – Seria legal eu contar para as garotas no salão de beleza que tinha jantado com um negro.

Ranger sorriu e se serviu de batatas.

Desde muito nova eu decidira parar de ficar constrangida com minha família. Essa era outra vantagem de morar em Jersey. Em Jersey todos têm o direito de se constranger sem que isso tenha nenhum reflexo em outra pessoa. Na verdade, constranger-se periodicamente é quase necessário.

Pude ver minha mãe fazendo uma ginástica mental, procurando um assunto seguro.

– Ranger é um nome incomum – conseguiu dizer. – É um apelido?

– É um nome de rua – respondeu Ranger. – Eu era um Ranger[*] no Exército.

– Ouvi falar sobre os Rangers na TV – disse vovó. – Ouvi dizer que emprenham cadelas.

Meu pai ficou de boca aberta e um pedaço de presunto caiu dela.

Minha mãe ficou paralisada, com seu garfo no meio do ar.

– Isso é uma piada – disse eu a vovó. – Os Rangers não emprenham cadelas na vida real.

Olhei para Ranger em busca de confirmação e recebi outro sorriso.

---

[*] Membro do United States Army Rangers, tropa de elite do exército norte-americano. (N. do T.)

– Estou tendo dificuldade em encontrar Mo – disse eu a minha mãe. – Você ouviu algo no supermercado?

Minha mãe suspirou.

– As pessoas não falam muito sobre Mo. A maioria fala sobre você.

Vovó amassou suas ervilhas junto com as batatas.

– Elsie Farnsworth disse que viu Mo no restaurante de frango comprando um balde extrapicante. E Mavis Rheinhart disse que o viu entrando no mercado Giovachinni's. Binney Rice disse que viu Mo olhando pela janela do seu quarto de dormir na noite de anteontem. É claro, duas semanas atrás Binney disse a todo mundo que Donald Trump estava olhando pela janela dela.

Ranger recusou o pudim de caramelo, sem querer desequilibrar seu nível de açúcar sanguíneo. Comi dois pedaços de pudins e tomei café, preferindo manter o desempenho máximo do meu pâncreas. Minha filosofia é: aproveite enquanto pode.

Ajudei a tirar a mesa e estava levando Ranger à porta quando o telefone celular dele tocou. A conversa foi curta.

– Tenho de dar um pulo em um bar na rua Stark – disse Ranger. – Quer ir comigo?

Meia hora depois estacionamos o Bronco na frente do Ed's Place. O Ed's tinha preços compatíveis com a rua Stark. Era um espaço com algumas mesas de fórmica lascada na frente e um bar nos fundos. O ar era viciado e enfumaçado, e cheirava a cerveja, cabelos sujos e batatas fritas frias. As mesas estavam vazias. Um grupo de homens estava em pé no bar, desprezando os três bancos. Olhos giraram no escuro quando Ranger e eu entramos pela porta.

O *bartender* fez um sinal quase imperceptível com a cabeça. Dirigiu os olhos para uma alcova em uma extremidade do bar. Um letreiro de metal amassado dizia CAVALHEIROS.

Ranger falou em voz baixa no meu ouvido.

– Fique aqui e cubra a porta.

Cobrir a porta? Eu? Ele estava brincando? Fiz um aceno com o dedo mindinho para os homens no bar. Ninguém acenou de volta. Tirei do bolso o .38 com capacidade para cinco tiros e o enfiei em minha Levi's. Isso também não produziu acenos.

Ranger desapareceu na alcova. Ouvi-o bater em uma porta. Ele bateu de novo... mais alto. Houve o som de alguém tentando abrir uma maçaneta, outra batida e depois o som inconfundível de uma bota chutando uma porta.

Ranger saiu correndo pelo corredor.

– Ele saiu pela janela que dá para o beco.

Segui Ranger para a rua. Paramos por uma fração de segundo, ouvindo os passos, e Ranger partiu de novo pelo beco, para os fundos do bar. Eu estava escorregando no gelo, tropeçando no lixo e ofegante. Bati com o dedo do pé em um pedaço de tábua e caí sobre um joelho. Levantei-me xingando enquanto dava alguns pulos em um pé só até a dor passar.

Ranger e eu saímos do beco e chegamos à rua transversal. Uma figura escura correu para a porta da frente de uma casa geminada na metade do quarteirão, e corremos atrás. Ranger entrou pela porta da frente e entrei no beco duas casas abaixo para cercar a saída dos fundos. Estava ofegante e procurando meu spray de pimenta quando cheguei à porta dos fundos. Tinha a mão no bolso quando a porta se abriu e Melvin Morley III colidiu comigo.

Morley era tão grande quanto grisalho. Fora acusado de roubo e assalto à mão armada. Estava bêbado como um gambá e não cheirava muito melhor.

Nós caímos no chão com um baque. Eu por cima. Meus dedos agarraram instintivamente sua jaqueta.

– Ei, garotão – disse eu. Talvez pudesse distraí-lo com meu charme feminino.

Ele deu um grunhido e me empurrou como se eu fosse de algodão. Rolei para trás e agarrei a perna de suas calças.

– Socorro! – gritei. – SOCOOOORRO!

Morley me levantou pelas axilas e me segurou no nível dos seus olhos, com meus pés a 20 centímetros do chão. – Puta branca idiota – disse ele, dando-me algumas sacudidelas ferozes que jogaram minha cabeça para trás.

– A-a-agente de captura de fugitivos – disse eu. – V-v-você está preso.

– Ninguém vai prender Morley. Vou matar quem tentar.

Agitei os braços, balancei as pernas e, misteriosamente, a ponta do meu pé atingiu o joelho de Morley.

– Ai! – gritou Morley.

Suas mãos grandes e grossas me soltaram, e ele se curvou. Cambaleei para trás quando atingi o chão, e esbarrei em Ranger.

– Ei, garotão? – disse Ranger.

– Achei que isso poderia distraí-lo.

Morley estava curvado em uma posição fetal segurando seu joelho, e com a respiração rasa.

– Ela quebrou meu joelho – disse com uma voz entrecortada. – Quebrou meu maldito joelho.

– Acho que foi sua bota que o distraiu – disse Ranger.

Um acaso feliz.

– Então, se você estava em pé aqui o tempo todo, por que não me ajudou?

– Não parecia que você precisava de ajuda, meu bem. Por que não dá meia-volta e vai buscar o carro enquanto eu cuido do sr. Morley? Ele vai ter de andar devagar.

Eram quase dez horas quando Ranger me levou de volta para a casa dos meus pais, na rua High. Poochie, o poodle toy idoso da sra. Crandle, estava sentado na varanda do outro lado da rua, latindo por uma última vez antes de dar a noite por encerrada. As luzes estavam apagadas na casa ao lado, da sra. Ciak. Dormir e acordar cedo tornava a velha sra. Ciak sábia. Obviamente minha mãe e avó não achavam que precisavam da ajuda de sono extra, porque estavam em pé com seus narizes colados no painel de vidro da porta externa que protegia contra intempéries, procurando-me na escuridão.

– Provavelmente estão assim desde que você saiu – disse Ranger.
– Minha irmã é normal – disse. – Sempre foi.
Ranger assentiu com a cabeça.
– Isso torna tudo ainda mais confuso.
Despedi-me dele com um aceno de mão e me dirigi à varanda.
– Ainda sobrou um pouco de pudim de caramelo – disse minha mãe quando abri a porta.
– Você atirou em alguém? – quis saber vovó. – Houve muita confusão?
– Houve um pouco de confusão – respondi-lhe. – E não atiramos em ninguém. Quase nunca atiramos nas pessoas.
Meu pai se inclinou para frente em sua cadeira na sala de estar.
– O que vocês estavam falando sobre tiros?
– Stephanie não atirou em ninguém hoje – disse minha mãe.
Meu pai olhou para nós por um momento, como se estivesse pensando nas vantagens de uma viagem de seis meses em um porta-aviões, e depois voltou sua atenção para a TV.
– Não posso ficar – disse eu para minha mãe. – Só vim para você ver que estava tudo certo.
– Tudo certo? – gritou minha mãe. – Você saiu no meio da noite para caçar criminosos! Como isso poderia estar certo? E olhe para você! O que aconteceu com suas calças? Tem um grande buraco nelas!
– Eu tropecei.
Minha mãe apertou os lábios.
– Afinal, você quer pudim ou não?
– É claro que quero.

Abri os olhos em um quarto totalmente escuro, e com a sensação arrepiante de que não estava só. Na verdade, não tinha no que basear essa sensação. Fora acordada por uma intuição profunda. Possivelmente uma intuição causada por roçar de roupas ou um golpe de ar. Meu coração batia contra minhas costelas enquanto eu esperava movimento, o cheiro de outra pessoa, um sinal de que meu medo era fundado. Examinei o quarto, mas só vi formas familiares. O mostrador digital do meu relógio marcava 5:30. Olhei para a cômoda ao ouvir o som de uma gaveta sendo fechada, e finalmente vi o intruso. Um par de calças de moletom voou e bateu na minha cabeça.

– Se vamos trabalhar juntos, você tem de entrar em forma – disse o intruso.

– Ranger?

– Fiz um pouco de chá para você. Está na mesa de cabeceira.

Acendi a luz. Realmente havia uma xícara de chá fervente na mesa. Para a decepção da agora totalmente desperta caçadora de recompensas Stephanie Plum.

– Odeio chá – disse eu, cheirando a repulsiva infusão. Dei um gole. ARGH!

– O que é isso?

– Ginseng.

– É esquisito. Tem um gosto horrível.

– É bom para a circulação – disse Ranger. – Ajuda a oxigenar.

– O que você está fazendo no meu quarto? – Normalmente eu estaria curiosa sobre o modo de entrada. Com Ranger essa era uma pergunta inútil. Ele tinha seus modos.

– Estou tentando tirar você da cama – disse Ranger. – Está tarde.

– São 5:30!

– Ficarei na sala de estar me aquecendo.

Observei-o desaparecer pela porta do quarto. Estava falando sério? Aquecendo-se para o quê? Vesti as calças de moletom e o segui. Ele estava fazendo flexões com um braço.

– Começaremos com cinquenta – disse-me.

Deitei-me no chão e tentei fazer uma flexão. Após quase cinco minutos Ranger terminara e eu quase tinha feito uma.

– OK – disse Ranger, correndo sem sair do lugar. – Vamos para a rua.

— Quero tomar café da manhã.

— Vamos dar uma corrida rápida de 8 quilômetros e depois voltaremos para o café da manhã.

Uma corrida de 8 quilômetros? Ele estava louco? Eram 5:30 da manhã. Estava escuro. Frio. Olhei pela janela. Nevava!

— Ótimo – disse eu. – Isso é moleza.

Meti-me em uma jaqueta de esqui, enchi os bolsos com lenços de papel e hidratante labial, coloquei uma touca de tricô, enrolei um cachecol no pescoço, pus minhas mãos em grandes luvas de lã e segui Ranger escada abaixo.

Ranger correu sem esforço por vários quarteirões. Seu ritmo era constante e medido. Sua atenção estava voltada para dentro. Esforcei-me para correr ao lado dele... com o nariz escorrendo, a respiração ofegante e a atenção voltada para a sobrevivência ao momento seguinte.

Passamos pelo portão para o campo de esporte atrás da escola secundária e entramos na pista. Voltei a andar e apliquei um pouco de hidratante labial. Ranger passou à minha frente e voltei a correr. Ranger passou à minha frente mais algumas vezes e depois me conduziu para fora da pista, pelo portão de volta à rua.

O sol ainda não estava no horizonte, mas o céu começava a se iluminar sob a neve e a cobertura de nuvens. Pude ver o brilho no rosto de Ranger, o suor empapando sua camisa. Seu rosto ainda estava com a mesma expressão meditativa. Sua respiração estava regular de novo, agora que havia desacelerado seu ritmo para se ajustar ao meu.

Corremos em silêncio de volta para meu apartamento, entrando pela porta da frente e passando pela portaria. Ele subiu pelas escadas e eu de elevador.

Ranger me esperava quando as portas se abriram.

— Achei que você estava atrás de mim – disse ele.

— Eu estava. Muito atrás.

— Tudo está na atitude – disse Ranger. – Se você quer ser durona, precisa ter uma vida saudável.

– Para início de conversa, não quero ser durona. Quero ser... adequada.

Ranger tirou sua blusa de moletom.

– Adequada é ser capaz de correr 8 quilômetros. Como vai pegar bandidos se não puder correr mais do que eles?

– Connie dá os bandidos que podem correr para você. Eu fico com os gordos e fora de forma.

Ranger tirou um saco da geladeira e despejou um pouco do seu conteúdo em meu liquidificador. Ligou o aparelho e a coisa no copo ficou cor-de-rosa.

– O que você está fazendo? – perguntei.

– Vitamina. – Ele despejou metade da vitamina em um copo grande e o entregou para mim.

Dei um gole. Não era ruim. Se estivesse em um copo menor e ao lado de uma pilha de panquecas seria quase totalmente tolerável.

– Precisa de alguma coisa – disse eu. – De... chocolate.

Ranger tomou o resto da vitamina.

– Vou para casa tomar um banho de chuveiro e dar uns telefonemas. Voltarei daqui a uma hora.

Para celebrar nossa parceria, vesti-me como Ranger. Botas pretas, jeans pretos, blusa de gola rulê preta, brincos pequenos de prata.

Ranger me olhou de alto a baixo quando abri a porta.

– Espertinha – disse.

Eu lhe dei o que esperei ser um sorriso enigmático.

Ele usava uma jaqueta de couro preta com franjas por toda a extensão das mangas. Havia pequenas contas azuis e pretas presas perto das pontas das franjas.

Eu não tinha franjas e nem contas em minha jaqueta de couro preta. Tinha mais zíperes do que Ranger, e achei que isso compensava tudo. Vesti a jaqueta e coloquei um boné preto da Metallica sobre meus cabelos recém-lavados.

– E agora? – perguntei.

– Agora vamos procurar Mo.

Ainda nevava, mas estava confortável no Bronco de Ranger. Cruzamos as ruas, procurando o Batmóvel nos estacionamentos e bairros de classe média. Por sugestão minha, visitamos lojas de fotografia. Dois dos comerciantes disseram que conheciam Mo, mas não o tinham visto nos últimos tempos. A neve ainda caía e o trânsito estava ficando congestionado com carros que não conseguiam avançar.

– Mo não vai sair com este tempo – disse Ranger. – A gente bem que podia parar por hoje.

Eu não ia discutir. Estava na hora do almoço. Estava faminta e não queria comer brotos e coalhada de feijão.

Ranger me deixou na porta da frente do meu prédio e foi embora no carro com tração nas quatro rodas. Subi os degraus da escada de dois em dois, praticamente corri pelo corredor e abri minha porta. Lá dentro tudo estava em silêncio e em paz. Rex dormia. A geladeira zumbia suavemente. A neve estalava nas janelas. Chutei meus sapatos para longe, tirei a jaqueta preta e levei uma braçada de comida para meu quarto. Liguei a televisão e me arrastei para a cama com o controle remoto.

Sei ou não sei me divertir?

Às 18:30 estava assistindo à MTV há duas horas e entrando em um estado vegetativo. Tentava escolher entre um clássico do TCM e o noticiário quando um pensamento surgiu em meu cérebro.

Mo tinha um advogado.

Desde quando? A papelada que eu havia recebido dizia que ele dispensara um advogado. A única pessoa para quem eu podia pensar em perguntar era Joe Morelli.

– Sim? – disse Morelli quando atendeu o telefone.

Apenas sim. Nenhum oi.

– Você teve um mau dia?

– Não tive um bom dia.

– Você sabe quem é o advogado de Mo?

– Mo dispensou um advogado.

– Topei com ele, e ele disse que tinha.

Houve uma pausa do outro lado.
– Você topou com Mo?
– Ele estava na loja de doces.
– E?
– E fugiu.
– Ouvi dizer que estão contratando funcionários na fábrica de botões.
– Pelo menos sei que ele tem um advogado. Isso é mais do que você sabe.
– Agora você me pegou – disse Morelli. – Vou verificar no tribunal amanhã, mas até onde sei não fomos informados disso.

Uma nova pergunta para acrescentar à lista. Por que Mo teria um advogado? Talvez estivesse pensando em se entregar. Provavelmente também havia outros motivos, mas eu não conseguia pensar neles.

Espiei pela janela. Parara de nevar e as ruas pareciam desimpedidas. Andei pelo quarto. Andei pela sala de estar. Fui para a mesa da sala de jantar e escrevi "Mo tem um advogado" no bloco de notas. Depois escrevi: "Três pessoas acham que viram Mo na rua Montgomery."

Desenhei uma grande cabeça redonda e a enchi de pontos de interrogação. Era a minha cabeça.

Andei mais um pouco. A rua Montgomery me atiçava. Droga, pensei. Vou dar um pulo lá. Não tenho mais nada para fazer.

Vesti-me e saí na noite dirigindo o Buick. Estacionei na Montgomery quase no mesmo lugar em que estacionara em sessões de bisbilhotice anteriores. Vi exatamente as mesmas coisas. Prédios de apartamentos amarelos, a missão, a igreja, a loja de ferramentas. A única diferença era que agora estava escuro e antes havia luz. Tecnicamente estava escuro nas primeiras duas horas que passei ali com Ranger, mas eu estivera em um estupor causado por privação de sono, portanto isso não contava.

Só para passar o tempo, apontei meu binóculo para o prédio de apartamentos, espreitando pelas cortinas abertas e iluminadas.

Não vi nenhuma nudez, assassinos ou Mo. Espreitar não é tudo que se esperaria que fosse.

As luzes estavam apagadas na missão, mas na igreja perto dela havia algum movimento. A missão e a igreja ocupavam dois prédios, cada qual com dois andares. Houve um tempo em que eram lojas. Uma loja de material de escritório e uma lavanderia. O reverendo Bill, um pregador apocalíptico, havia comprado os prédios cinco anos atrás e instalado sua igreja na frente. Era um daqueles pregadores que bradava pela volta aos valores familiares. De vez em quando sua foto aparecia no jornal por protestar diante de uma clínica de aborto ou atirar sangue de vaca em uma mulher com um casaco de pele.

As pessoas que entravam na igreja pareciam bastante normais. Nenhuma delas carregava um cartaz de protesto ou um balde de sangue. Em sua maioria, eram famílias. Alguns homens solteiros. Contei 26 homens, mulheres e crianças em um período de meia hora e depois a reunião ou o culto devia ter começado, porque a porta da frente permaneceu fechada e ninguém mais apareceu. Aquele não era um grupo etnicamente diverso, mas isso não era de admirar. A vizinhança era predominantemente branca e composta de operários. As pessoas geralmente escolhem uma igreja dentro de suas comunidades.

A loja de ferramentas e o Sal's Café fechavam às nove. Meia hora depois, as 26 pessoas saíram em fila da igreja. Examinei mais uma vez as janelas do prédio de apartamentos com o binóculo. Estava com os olhos grudados no terceiro andar quando alguém deu uma pancada rápida na janela do meu lado do passageiro.

Era Carl Costanza com o uniforme de policial. Olhou para mim e balançou a cabeça. Abri a porta e ele se sentou.

– Você realmente precisa ter uma vida social – disse Carl.

– Você parece minha mãe.

– Recebemos uma queixa sobre uma pervertida sentada em um Buick olhando para as janelas das pessoas com um binóculo.

– Estou procurando Mo.

Costanza pegou o binóculo e examinou o prédio.
– Vai procurar por muito tempo mais?
– Não. Terminei. Nem sei por que vim aqui esta noite. Só tive um pressentimento, sabe como é?
– Ninguém nunca tira a roupa neste bairro – disse Costanza, ainda indo de janela para janela. – Você falou com o reverendo Bill?
– Ainda não.
– Deveria fazer isso enquanto fico de olho nas coisas. Há um apartamento no segundo andar que parece promissor.
– Você acha que Mo poderia estar lá?
– Não. Acho que uma mulher nua poderia estar lá. Vamos, querida – sussurrou Carl, observando a mulher na janela. – Desabotoe sua blusa para o tio Carl.
– Você é nojento.
– Gosto de ajudar – disse Costanza.
Atravessei a rua e tentei olhar através das cortinas que cobriam as duas janelas de vidro laminado da frente da Igreja da Liberdade. Não consegui ver muita coisa, por isso abri a porta e olhei para dentro.
Todo o andar de baixo era basicamente um salão no estilo auditório com cadeiras dobráveis enfileiradas e uma plataforma junto à parede dos fundos. A plataforma tinha um material azul pregado nela de modo a formar uma saia. Havia um lugar elevado no meio. Presumi que era o púlpito.
Um homem empilhava livros em uma extremidade da plataforma. Era de altura mediana e peso médio, e sua cabeça lembrava uma bola de boliche. Usava óculos de tartaruga redondos, tinha uma pele rosada e clara, e parecia o tipo de pessoa que dizia que devia dizer coisas como, "correto, vizinho". Eu o reconheci por suas fotos públicas. Era o reverendo Bill.
Ele se aprumou e sorriu ao me ver. Sua voz era suave a agradavelmente melódica. Era fácil imaginá-lo em vestes religiosas. Di-

fícil era imaginá-lo atirando sangue de vaca, mas acho que quando você é tomado pelo momento...

— É claro que conheço Moses Bedemier — disse o reverendo afavelmente. — Todos conhecem o tio Mo. Ele vende um ótimo sorvete de casquinha.

— Algumas pessoas disseram que recentemente o viram aqui na Montgomery.

— Quer dizer, desde seu desaparecimento?

— O senhor sabe sobre isso?

— Vários dos nossos paroquianos são do Burgo. Todos estão preocupados. Esse é um comportamento muito estranho para um homem estável como Mo Bedemier.

Dei meu cartão ao reverendo Bill.

— Se vir Mo, gostaria que me telefonasse.

— É claro que sim. — Ele olhou em silêncio para o cartão, sério e perdido em seus pensamentos. — Espero que ele esteja bem.

Capítulo 9

EU NÃO QUERIA RANGER APARECENDO NOVAMENTE EM MEU quarto ao raiar do dia, por isso me certifiquei de que as janelas estavam trancadas e passara o ferrolho na porta da frente. Então, para garantir, coloquei potes e panelas na frente da porta para que, se fosse aberta, caíssem com um estrondo e me acordassem. Já tinha feito isso antes com uma torre de copos. Funcionara muito bem, exceto pelos copos quebrados por todo o chão e a necessidade de usar copos de papel até receber meu próximo salário.

Reli minhas anotações no bloco de notas, mas nenhuma revelação maravilhosa saltou da página para mim.

Às cinco horas da manhã, os potes caíram no chão, e eu corri em minha camisola de flanela e encontrei Ranger sorrindo no vestíbulo.

– Oi, meu bem – disse ele.

Caminhei em meio às panelas e examinei a porta. As duas fechaduras Yale estavam intactas, a cavilha estava solta e a corrente presa. Concluí que Ranger derrubara as panelas ao passar sob o umbral.

– Suponho que não vai me fazer nenhum bem perguntar como você entrou – disse eu.

– Um dia, quando as coisas se acalmarem, teremos uma aula avançada sobre arrombar e entrar.

– Já ouviu falar em campainha?

Ranger continuou a sorrir.

OK, então eu não atenderia a campainha. Olharia pelo olho mágico, veria Ranger em pé lá e voltaria para a cama.

— Não vou correr — disse eu. — Corri ontem e odiei. Não vou fazer isso de novo, nunca mais. Para mim, chega.

— O exercício melhora a vida sexual — disse Ranger.

Eu não ia partilhar meus segredos constrangedores com Ranger, mas minha vida sexual nunca estivera tão em baixa. Você não pode melhorar algo que não existe.

— Está nevando? — perguntei.

— Não.

— Está chovendo?

— Não.

— Você não espera que eu tome outra daquelas vitaminas, não é?

Ranger me olhou de alto a baixo.

— Isso não lhe faria mal algum. Você parece o urso Smokey nessa camisola.

— *Não* pareço o urso Smokey! É verdade que não raspo minhas pernas há alguns dias... mas isso não me faz parecer o urso Smokey. E certamente *não* sou gorda como ele.

Ranger sorriu mais uma vez.

Saí pisando duro para o quarto e bati a porta. Vesti roupas de malha, amarrei meus tênis de corrida e voltei para o vestíbulo, onde Ranger estava em pé com os braços cruzados.

— Não espere que eu faça isso todos os dias — disse eu para Ranger, com os dentes cerrados. — Só vou fazer agora para agradar você.

Uma hora depois me arrastei para meu apartamento e desabei no sofá. Pensei no revólver na mesa de cabeceira e me perguntei se estava carregado. Depois pensei em usá-lo em Ranger. E a seguir em usá-lo em mim mesma. De qualquer maneira, mais uma corrida no início da manhã e eu estaria morta mesmo. Bem que poderia acabar com tudo agora.

— Estou pronta para um emprego na fábrica de produtos de higiene — disse a Rex, que estava escondido em sua lata de sopa. — Você não precisa estar em forma para pôr absorventes em uma caixa. Provavelmente poderia pesar 130 quilos e ainda fazer um bom trabalho. — Tirei meus sapatos e minhas meias molhadas. — Por que estou me matando desse jeito? Associei-me a um louco e nós dois estamos fixados em encontrar um velho que vende sorvete.

Rex saiu de sua lata e me olhou com seus bigodes balançando.

– Exatamente – disse eu a Rex. – Isso é idiotice. Idiotice, idiotice, idiotice.

Dei um grunhido e me levantei. Fui até a cozinha e comecei a fazer café. Pelo menos Ranger não tinha voltado comigo para supervisionar o café da manhã.

– Ele teve de ir para casa por causa do acidente – disse eu a Rex. – Juro por Deus que não queria fazê-lo tropeçar. Muito menos que ele rasgasse sua calça de moletom no joelho ao cair. E é claro que me senti muito mal sobre o estiramento da virilha.

Rex me deu um daqueles olhares que dizia que concordava.

Quando eu era uma garotinha, queria ser uma rena voadora. Passei alguns anos galopando em busca de líquen e fantasiando sobre uma rena macho. Então, um dia vi *Peter Pan* e minha fase de rena terminou. Não entendia a graça de não crescer, porque todas as garotinhas do Burgo mal podiam esperar para crescer, ter seios e namorar firme. Eu entendia que um Peter Pan voador era melhor do que uma rena voadora. Mary Lou também vira *Peter Pan*, mas a ambição de Mary Lou era ser Wendy, por isso ela e eu formamos um bom par. Quase todos os dias podíamos ser vistas de mãos dadas, correndo pela vizinhança e cantando: "Eu posso voar! Eu posso voar!" Se fôssemos mais velhas provavelmente isso teria dado origem a boatos.

Na verdade, a fase de Peter Pan foi bastante curta porque alguns meses depois descobri a Mulher Maravilha. A Mulher Maravilha não podia voar, mas tinha seios grandes metidos em uma roupa sexy maravilhosa. No Burgo, Barbie estava firmemente estabelecida como um modelo, mas a Mulher Maravilha levava vantagem sobre ela. Não só usava uma roupa sexy como também era boa de luta. Se eu tivesse de dar nome à pessoa mais influente em minha vida, seria a Mulher Maravilha.

Durante toda minha adolescência e o início da casa dos vintes quis ser uma estrela do rock. O fato de não tocar um instrumento musical ou cantar não diminuía em nada a fantasia. Em momentos mais realistas quis ser a namorada de um astro do rock.

Durante um período de tempo muito curto, quando eu trabalhava como compradora de lingerie para a E. E. Martin, minhas aspirações foram a América corporativa. Minhas fantasias eram de uma mulher elegantemente vestida, dando ordens a homens servis enquanto uma limusine a esperava no meio-fio. A realidade da E. E. Martin era que eu trabalhava em Newark e podia considerar o dia bom se ninguém urinasse no meu pé na estação de trem.

Atualmente não era fácil ter uma boa fantasia. Eu voltara a querer ser a Mulher Maravilha, mas um fato cruel da vida era que teria dificuldade em encher o sutiã-maravilha dela.

Coloquei um waffle congelado na torradeira e, quando ficou pronto, o comi como se fosse um biscoito. Bebi duas xícaras de café e fui com meus músculos doloridos tomar um banho de chuveiro.

Fiquei em pé sob a água fumegante durante um longo tempo, revendo minha lista mental de coisas a fazer. Precisava dar um telefonema para saber da minha picape. Ir à lavanderia e pagar algumas contas. Tinha de devolver a blusa de moletom de Mary Lou. E por último, mas não menos importante, tinha de encontrar o tio Mo.

A primeira coisa que fiz foi telefonar para saber da picape.

– É o carburador – disse o gerente de serviços. – Podemos trocar ou recondicionar. Recondicionar seria muito mais barato. É claro que não é garantido.

– Como assim é o carburador? Acabei de trocar pontos e plugues.

– Sim – disse o gerente. – O carro também precisava deles.

– E agora tem certeza de que precisa de um carburador.

– Sim. Noventa e cinco por cento de certeza. Às vezes surgem problemas como esse e o defeito é na operação da válvula EGR. Em outras ocasiões o defeito é no fluxo de ar da válvula PCV ou no diafragma da unidade de vácuo do afogador. Poderia ser um de-

feito na bomba de combustível... mas não acho que seja. Acho que você precisa de um carburador novo.
— Tudo bem. Ótimo. Maravilhoso. Troque o carburador. Quanto tempo isso vai demorar?
— Não muito. Telefonaremos para você.
A próxima coisa na minha lista era passar no escritório e ver se havia surgido algo novo. E enquanto estivesse lá, só para passar o tempo, talvez verificasse o histórico do cartão de crédito de Andrew Larkin, o morador da rua Montgomery que Ranger e eu interrogáramos.

Vesti roupas quentes, desci apressadamente as escadas, tirei a última camada de gelo do Buick e parti ruidosamente para o escritório.

Lula e Connie já estavam ocupadas no trabalho. A porta de Vinnie estava fechada.
— Ele está lá dentro? — perguntei.
— Não o vi — disse Connie.
— Sim — acrescentou Lula. — Talvez alguém tenha enfiado uma estaca no coração dele na noite passada, e por isso ele não tenha vindo.

O telefone tocou e Connie o entregou para Lula.
— Uma mulher chamada Shirlene — disse Connie.
Ergui minhas sobrancelhas para Lula. Shirlene, a mulher de Leroy?
— Isso! — disse Lula, quando desligou o telefone. — Estamos com sorte! Leroy deu sinal de vida. Shirlene disse que ele foi lá na noite passada. Depois eles tiveram uma grande briga e Leroy bateu nela e a chutou para a rua. Por isso Shirlene disse que podíamos pegar o desgraçado.

Eu estava com minhas chaves na mão e o zíper do meu casaco fechado.
— Vamos.
— Isso vai ser fácil — disse Lula quando chegamos à rua Stark.
— Vamos pegar o velho Leroy de surpresa. Provavelmente ele vai

achar que é Shirlene quem está na porta. Só espero que não abra a porta feliz demais, entende o que quero dizer?

Eu entendia exatamente o que ela queria dizer e não desejava pensar nisso. Estacionei na frente do prédio de Leroy e nós duas ficamos sentadas lá em silêncio.

– Bem – finalmente disse Lula. – Ele não vai querer estragar sua porta pela segunda vez. Provavelmente tomou uma bronca do senhorio. As portas não nascem em árvores, você sabe.

Pensei nisso.

– Talvez ele nem esteja lá – acrescentei. – Quando Shirlene o viu pela última vez?

– Na noite passada.

Ficamos sentadas por mais algum tempo.

– Podíamos esperar por ele aqui – disse Lula. – Ficar de vigia.

– Ou chamar por ele.

Lula olhou para as janelas do terceiro andar.

– Talvez essa seja uma boa ideia.

Mais alguns minutos se passaram.

Respirei profundamente.

– OK, vamos fazer isso.

– Com certeza.

Paramos na portaria e avaliamos o prédio. Uma televisão estava em volume alto em algum lugar. Um bebê chorava. Subimos o primeiro lance de escadas devagar, prestando atenção enquanto avançávamos passo a passo. Paramos no segundo andar e respiramos profundamente algumas vezes.

– Você não vai hiperventilar, vai? – perguntou Lula. – Odeio ter de ficar segurando-a porque hiperventilou.

– Estou bem – disse eu.

– Sim – disse ela. – Eu também.

Quando chegamos ao terceiro andar nenhuma de nós respirava.

Ficamos em pé ali olhando para a porta que havia sido remendada com papelão e duas ripas de compensado. Fiz um gesto para

Lula ficar de um lado da porta. Ela ficou atenta e se grudou na parede. Fiz o mesmo do lado oposto.

Bati na porta.

– Entrega de pizza – gritei.

Não houve resposta

Bati com mais força e a porta se abriu. Nós continuávamos sem respirar, e pude sentir meu sangue pulsando atrás dos meus globos oculares. Nem Lula e nem eu fizemos um único movimento durante um minuto inteiro. Somente nos espremos contra a parede, sem emitir nenhum som.

Chamei de novo.

– Leroy? É a Lula e a Stephanie Plum. Você está aí, Leroy?

Depois de algum tempo Lula disse:

– Acho que ele não está.

– Não se mexa – disse eu. – Vou na frente.

– Fique à vontade – Lula disse. – Eu iria na frente. Mas não quero ficar de intrometida nessa merda de procura.

Entrei devagar no apartamento e olhei ao redor. Tudo estava como eu me lembrava. Não havia nenhum sinal de ocupação. Espiei dentro do quarto. Não havia ninguém lá.

– E aí? – perguntou Lula do corredor.

– Parece vazio.

Lula enfiou a cabeça pelo vão da porta.

– Isso é péssimo. Eu queria jogar alguém no chão de novo. Estava pronta para chutar uma bunda.

Aproximei-me da porta fechada do banheiro com meu spray de pimenta na mão. Abri a porta e pulei para trás. A porta bateu na parede e Lula se jogou atrás do sofá.

Olhei para o banheiro vazio e depois para Lula.

Lula se levantou.

– Só estava testando meus reflexos – disse ela. – Experimentando novas técnicas.

– Uhum.

– Não é que eu tenha ficado com medo – disse Lula. – Droga, é preciso mais do que um homem como Leroy para assustar uma mulher como eu.

– Você estava assustada – disse.

– Não estava.

– Estava.

– Não. Não estava. Vou mostrar a você quem está assustada. E não sou eu. Acho que também sou capaz de abrir portas.

Lula andou com passos pesados até a porta do armário e a puxou com força. A porta se abriu e Lula ficou olhando para o amontoado de casacos e outras roupas.

As roupas se afastaram e Leroy Watkins, totalmente nu e com um buraco de bala no meio de sua testa, caiu sobre ela.

Lula perdeu o equilíbrio e os dois caíram no chão – Leroy com os braços esticados, duro como uma tábua, parecendo Frankenstein em cima de Lula.

– Merda – gritei. – Jesus, Maria, José!

– Ahhhhhhhhh – gritou Lula, deitada de costas agitando braços e pernas com o peso morto de Leroy sobre seu peito.

Eu pulava ao redor, gritando:

– Levante-se! Levante-se!

E Lula rolava, gritando:

– Tire-o daqui! Tire-o daqui!

Agarrei um braço e o puxei, e Lula se levantou tremendo como um cão em uma tempestade.

– Argh. Que nojo. Eca.

Nós olhamos para Leroy.

– Morto – disse eu. – Definitivamente morto.

– Pode acreditar nisso. E não foi morto com uma pistola. Tem um buraco na cabeça do tamanho de Rhode Island.

– Está cheirando mal.

– Acho que ele cagou no armário – disse Lula.

Nós duas ficamos nauseadas, corremos para a janela e pusemos nossas cabeças para fora em busca de ar. Quando o zumbido parou em meus ouvidos fui para o telefone e liguei para Morelli.

– Tenho um cliente para você – disse-lhe.
– Outro?
Ele pareceu incrédulo, e não pude culpá-lo. Esse era o terceiro cadáver no espaço de uma semana.
– Leroy caiu do armário em cima de Lula – disse eu. – Todos os cavalos do rei e todos os homens do rei não conseguirão deixar Leroy Watkins inteiro de novo.
Eu lhe dei o endereço, desliguei e fui esperar no corredor.
Dois policiais chegaram primeiro. Morelli chegou trinta segundos depois. Contei-lhe os detalhes e fiquei inquieta enquanto ele verificava a cena do crime.
Leroy estava nu e não especialmente ensanguentado. Pensei que uma possibilidade era alguém tê-lo surpreendido no chuveiro. O banheiro não estava coberto de sangue, mas senti-me inclinada a olhar por trás das cortinas do boxe.
Morelli voltou após andar pelo apartamento e isolar a cena do crime. Ele nos conduziu para o segundo andar e recontamos nossa história.
Mais dois policiais subiram as escadas. Eu não conhecia nenhum deles. Os policiais olharam para Joe e ele lhes pediu para esperarem na porta. Uma televisão continuava ligada. O som abafado de crianças pequenas discutindo era ouvido no corredor. Nenhum dos moradores abriu a porta para bisbilhotar a atividade policial. Acho que a curiosidade não é uma característica saudável nesse bairro.
Morelli fechou o zíper de minha jaqueta.
– Não preciso de mais nada de você... por enquanto.
Lula estava descendo as escadas antes mesmo de eu me virar.
– Vou sair daqui – disse ela. – Tenho coisas para arquivar.
– Os policiais deixam Lula nervosa – disse eu a Morelli.
– Sim – disse ele. – Conheço essa sensação. Eles me deixam nervoso também.
– Quem você acha que matou Leroy? – perguntei-lhe.
– Qualquer um poderia ter feito isso. A mãe dele poderia tê-lo matado.

– É incomum três traficantes serem mortos em uma semana?
– Não se há algum tipo de guerra acontecendo.
– Há algum tipo de guerra acontecendo?
– Não que eu saiba.

Alguns homens de terno pararam no andar. Morelli virou seu polegar na direção do próximo lance de escadas; os homens grunhiram um sim e continuaram.

– Preciso ir – disse Morelli. – A gente se vê.

A gente se vê? Só isso? Era verdade que havia um morto lá em cima e o prédio estava cheio de policiais. Eu deveria ficar feliz por Morelli estar sendo tão profissional. Feliz por não ter de expulsá-lo, certo? Ainda assim, "a gente se vê" soava um pouco como "não me telefone, telefonarei para você". Não que eu *quisesse* que Morelli me telefonasse. Era mais como se me perguntasse por que ele não queria fazer isso. Afinal de contas, o que havia de errado comigo? Por que ele não estava dando em cima de mim?

– Há algo incomodando você? – perguntei a Morelli. Mas Morelli já tinha ido embora, desaparecido no grupo de policiais no terceiro andar.

Talvez eu devesse emagrecer alguns quilos, pensei, descendo as escadas. Talvez devesse fazer luzes vermelhas em meus cabelos.

Lula me esperava no carro.

– Acho que isso não foi tão ruim – disse Lula. – Ninguém atirou em nós.

– O que você acha dos meus cabelos? – perguntei. – Acha que eu deveria fazer luzes vermelhas?

Lula parou e olhou para mim.

– Ficaria o máximo.

Deixei Lula no escritório e fui para casa checar minhas mensagens e minha conta corrente. Não havia mensagens e eu tinha uns poucos dólares sobrando no banco. Estava quase em dia com minhas contas. Pagara o aluguel do mês. Se eu continuasse a filar refeições da minha mãe poderia me dar ao luxo de fazer as luzes. Estudeime no espelho, afofando meus cabelos e imaginando uma nova cor radiante. Vá em frente, disse para mim mesma. Principalmente porque a alternativa era me concentrar em Leroy Watkins.

Tranquei a porta e dirigi para o shopping, onde convenci o sr. Alexander a me encaixar em seu horário. Quarenta e cinco minutos depois eu estava sob o secador com os cabelos imersos em espuma química e envoltos em 52 quadrados de papel-alumínio. Stephanie Plum, criatura espacial. Tentava ler uma revista, mas meus olhos lacrimejavam devido ao calor e vapor. Eu os esfreguei e olhei para o shopping através da porta em arco aberta e das vitrines de vidro laminado.

Era sábado, e o shopping estava cheio. Transeuntes olharam em minha direção. Seus olhares eram sem emoção. Pura curiosidade. Mães e filhos. Crianças passeando. Stuart Baggett. *Caramba!* O idiota do Stuart Baggett estava no shopping!

Nossos olhos se encontraram e se fixaram por um momento. Registraram reconhecimento. Stuart balbuciou meu nome e se mandou. Empurrei a tampa do secador para trás e saí da cadeira como se tivessem me lançado de um canhão.

Estávamos no andar térreo, disparando na direção da Sears. Stuart tinha uma boa vantagem e chegou correndo à escada rolante. Afastou pessoas de seu caminho, se desculpando muito e parecendo encantadoramente simpático.

Pulei para a escada rolante e abri caminho às cotoveladas, ganhando terreno. Uma mulher com sacolas de compras ficou beligerantemente na minha frente.

– Com licença – disse eu. – Preciso passar.

– Tenho o direito de estar nesta escada rolante – retrucou ela. – Você acha que é dona deste lugar?

– Estou atrás daquele garoto!

– Você é doida, é isso que é. Socorro! – gritou ela. – Esta mulher é maluca! Doida!

Stuart estava fora da escada, se dirigindo novamente para baixo. Prendi a respiração e dei pulos sem sair do lugar, mantendo-o em meu campo de visão. Vinte segundos depois eu estava fora da escada, correndo o mais rápido possível com o papel-alumínio batendo contra minha cabeça e o avental do salão de beleza ainda amarrado na cintura.

Subitamente Stuart se fora, perdido na multidão. Desacelerei meu ritmo para uma caminhada, olhando para frente e procurando nas lojas ao lado. Andei rapidamente pela Macy's. Cachecóis, roupas esportivas, cosméticos, sapatos. Alcancei a saída e olhei para o estacionamento. Nenhum sinal de Stuart.

Vi-me em um espelho e parei na hora. Parecia a Mulher Mata-Moscas encontrando a Alcoa Alumínio. Uma cabeça de alumínio andando no shopping Quaker Bridge. Se eu visse alguém que conhecia desse jeito cairia morta na hora.

Eu tinha de passar de novo pela Macy's para chegar ao shopping, inclusive pela sessão de cosméticos onde poderia encontrar Joyce Barnhardt, rainha da transformação. E depois ainda tinha de pegar a escada rolante e o corredor principal do shopping. Isso não era algo que queria fazer em minha atual condição.

Deixara minha bolsa a tiracolo no salão de beleza, por isso comprar um lenço estava fora de questão. Poderia arrancar os pequenos quadrados de papel-alumínio presos ao redor dos meus cabelos, mas pagara 60 dólares para que fossem postos lá.

Dei outra olhada no espelho. OK, então eu tinha ido arrumar meus cabelos. Qual era o grande problema disso? Ergui levemente o queixo. Beligerante. Vira minha mãe e avó fazerem isso um milhão de vezes. Não havia defesa melhor do que um olhar gelado.

Atravessei rapidamente a loja e virei para a escada rolante. Algumas pessoas olharam, mas a maioria manteve seus olhos firmemente desviados.

O sr. Alexander estava andando na entrada do salão de beleza. Olhava para cima e para baixo do shopping, e murmurava. Quando me viu, revirou os olhos.

O sr. Alexander sempre usava preto. Seus cabelos compridos estavam puxados para trás em um penteado rabo de pato. Seus pés estavam metidos em mocassins de couro envernizado. Brincos de ouro em forma de cruz pendiam de suas orelhas. Quando ele revirava os olhos apertava os lábios.

– Aonde você foi? – perguntou ele.

– Fui atrás de um foragido sob fiança – respondi. – Infelizmente o perdi.

O sr. Alexander puxou um pedaço de papel-alumínio da minha cabeça.

– Infelizmente você deveria ter lavado a cabeça dez minutos atrás! Isso é lastimável. – Ele fez um sinal com a mão para uma de suas ajudantes. – A srta. Plum está pronta – avisou. – Precisamos lavar os cabelos dela imediatamente. – Ele removeu outro pedaço de papel-alumínio e revirou os olhos. – Uhum – disse ele.

– O quê?

– Não sou responsável por isto – disse o sr. Alexander.

– O quê? O quê?

O sr. Alexander fez novamente um sinal com a mão.

– Vai ficar bom – disse ele. – Um pouco mais espetacular do que tínhamos imaginado.

Espetacular era bom, certo? Mantive esse pensamento durante a lavagem e escova.

– Você achará isso maravilhoso quando se acostumar – disse o sr. Alexander de detrás de uma nuvem de laquê.

Olhei para o espelho com os olhos semicerrados. Meus cabelos estavam cor de laranja. OK, não entre em pânico. Provavelmente eram as luzes.

– Parecem cor de laranja – disse eu ao sr. Alexander.

– Beijados pelo sol da Califórnia – disse o sr. Alexander.

Saí da cadeira e olhei mais de perto.

– Meus cabelos estão cor de laranja! – gritei. – Totalmente COR DE LARANJA!

Saí do shopping às cinco horas. Era sábado e minha mãe me esperava às seis para comer carne de panela. "Pena de panela" era um termo mais exato. Filha solteira, patética demais para ter um encontro sábado à noite, atraída por 2 quilos de alcatra.

Estacionei o Buick na frente da casa e dei uma rápida olhada em meus cabelos pelo espelho retrovisor. Não apareciam muito no escuro. O sr. Alexander me garantira que eu estava bonita. Todos no salão de beleza concordaram. Eu estava bonita, disseram. Alguém sugeriu que eu incrementasse minha maquiagem agora que meu cabelo fora "destocado". Interpretei isso como eu estando pálida em comparação com meus cabelos cor de néon.

Minha mãe abriu a porta com um olhar de silenciosa resignação.

Minha avó ficou na ponta dos pés atrás dela, tentando obter uma visão melhor.

– Caramba! – disse vovó. – Você está com os cabelos cor de laranja. E parece que estão mais cheios. Parece uma daquelas perucas de palhaço. O que fez para ficar com tanto cabelo?

Dei um tapinha na minha cabeça.

– Queria fazer algumas luzes, mas a solução ficou tempo demais, por isso meus cabelos estão um pouco frisados. – E cor de laranja.

– Tenho de experimentar isso – disse vovó. – Eu não me importaria de ter uma grande moita de cabelos cor de laranja. Iluminar as coisas por aqui. – Vovó pôs sua cabeça para fora da porta da frente e examinou a vizinhança. – Alguém viu você? Algum novo namorado? Gostei daquele último. Ele era realmente bonito.

– Sinto muito – disse eu. – Estou sozinha hoje.

– Podíamos telefonar para ele – disse vovó. – Temos uma batata extra na panela. E é sempre bom ter um gostosão à mesa.

Meu pai bufou no corredor, com o *Guia da TV* pendendo de sua mão.

– Isso é revoltante – disse ele. – Já não basta ter de ouvir besteiras como essa na televisão e agora tenho de ouvir uma velhota falando sobre gostosões em minha própria casa.

Vovó apertou os olhos e encarou ferozmente meu pai.

– Quem você está chamando de velhota?

– Você! – respondeu meu pai. – Estou chamando *você* de velhota. Você não saberia o que fazer com um gostosão se encontrasse um.

– Estou velha, mas não estou morta – disse vovó. – E acho que saberia o que fazer com um gostosão. Talvez eu precise sair e encontrar um sozinha.

O lábio superior do meu pai se curvou para trás.

– Jesus – disse ele.

– Talvez eu deva contratar um daqueles serviços de encontros – disse vovó. – Talvez até mesmo me case de novo.

Meu pai se animou ao ouvir isso. Ele não disse nada, mas seus pensamentos eram transparentes. Vovó Mazur casada de novo e fora da sua casa. Isso era possível? Bom demais para ser verdade?

Pendurei meu casaco no armário do corredor e segui minha mãe para a cozinha. Uma tigela de pudim de arroz esfriava sobre a mesa. As batatas já haviam sido amassadas e estavam esquentando em uma panela tampada sobre o fogão.

– Fiquei sabendo que o tio Mo foi visto saindo de um prédio de apartamentos na Montgomery.

Minha mãe limpou as mãos em seu avental.

– Aquele perto da Igreja da Liberdade?

– Sim. Você conhece alguém que mora lá?

– Não. Margaret Laskey uma vez foi ver um apartamento lá. Disse que não há pressão de água.

– E quanto à igreja? Você sabe alguma coisa sobre a igreja?

– Só o que leio nos jornais.

– Ouvi dizer que o reverendo Bill é maravilhoso – disse vovó. – Outro dia estavam falando sobre ele no salão de beleza e disseram que ele melhorou sua igreja. E depois Louise Buzick disse que o filho dela, Mickey, conhecia alguém que frequentava aquela igreja e contou que o reverendo Bill era um verdadeiro encantador de serpentes.

Pensei que "encantador de serpentes" era uma boa descrição para o reverendo Bill.

Senti-me inquieta durante todo o jantar, sem conseguir tirar Mo da cabeça. Sinceramente, não achava que Andrew Larkin era o contato, mas achava que Mo estivera na Montgomery. Vira homens da idade dele entrando e saindo da missão e achava que Mo se encaixaria bem ali. Talvez Jackie não tivesse visto Mo saindo do prédio de apartamentos. Talvez o tivesse visto saindo da missão. Talvez Mo fizesse uma refeição grátis ali de vez em quando.

Enquanto eu comia o pudim de arroz minha impaciência me venceu e pedi licença para checar minha secretária eletrônica. A primeira mensagem era de Morelli. Ele tinha algo interessante a me contar e passaria na minha casa mais tarde naquela noite. Isso era encorajador.

A segunda mensagem era mais misteriosa.

– Mo estará na loja esta noite – dizia a mensagem. Uma voz de garota. Não deixou nome. Não parecia Gillian, mas poderia ter sido uma das amigas dela. Ou uma denunciante. Eu havia distribuído muitos cartões.

Telefonei para Ranger e deixei uma mensagem pedindo que me ligasse imediatamente.

– Tenho de ir – disse eu à minha mãe.

– Já? Você acabou de chegar.

– Tenho trabalho a fazer.

– Que tipo de trabalho? Você não vai procurar criminosos, vai?

– Tenho uma pista que preciso seguir.

– É noite. Não gosto que você vá naqueles bairros barra-pesada à noite.

– Não vou a um bairro barra-pesada.

Minha mãe se virou para meu pai.

– Você deveria ir com ela.

– Isso não é necessário – disse eu. – Vou ficar bem.

– Você não vai ficar bem – disse minha mãe. – Foi nocauteada e as pessoas atiram em você. Olhe para você! Está com os cabelos cor de laranja! – Ela pôs a mão no peito e fechou os olhos. – Você vai me fazer ter um ataque cardíaco. – Ela abriu os olhos. – Espere enquanto eu arrumo algumas sobras para você levar para casa.

– Não muito – disse eu. – Vou fazer uma dieta.

Minha mãe deu um tapa em sua testa.

– Uma dieta. Uhum. Você está uma tábua. Não precisa de dieta. Como vai continuar saudável se fizer dieta?

Fui atrás dela na cozinha, observando a sacola de sobras se encher de pacotes de carne e batatas, um frasco de molho, meio prato de vagem de forno, um frasco de repolho-vermelho e meio bolo inglês. OK, então eu começaria minha dieta na segunda-feira.

– Tome – disse minha mãe, entregando-me a sacola.

– Frank, você está pronto? Stephanie está indo agora.

Meu pai apareceu à porta da cozinha.

– O quê?

Minha mãe lhe lançou um longo olhar sofrido.

– Você nunca me ouve.

– Sempre ouço. Do que está falando?

– Stephanie está indo procurar criminosos. Você deveria ir com ela.

Agarrei a sacola de sobras e corri para a porta, pegando meu casaco no armário do corredor.

– Juro que não vou fazer nada perigoso – disse. – Estarei totalmente segura.

Saí e caminhei rapidamente para o Buick. Olhei para trás antes de me sentar ao volante. Minha mãe e avó estavam em pé na porta, com as mãos entrelaçadas na frente e os rostos severos. Não convencidas da minha segurança. Meu pai estava atrás delas, espiando por cima da cabeça da minha avó.

– O carro parece bastante bom – disse ele. – Como está se portando? Você está exigindo bastante dele? Tem algum barulho?

– Nenhum barulho – gritei de volta.

E então fui embora. Para a loja de Mo. Dizendo a mim mesma que seria mais esperta desta vez. Não seria nocauteada e nem enganada. Não deixaria Mo me vencer com spray de pimenta. Assim que o visse lhe lançaria um jato da coisa. Sem fazer perguntas.

Estacionei na rua, do outro lado da loja, e olhei para dentro da vitrine de vidro laminado. Nenhuma luz. Nenhuma atividade. Nenhuma luz no apartamento no segundo andar. Saí e dei uma volta por quarteirões próximos, procurando a BMW de Ranger. Fui para o beco atrás da loja e cheguei a garagem. Nenhum carro. Voltei para a Ferris. Ainda nenhum sinal de vida na loja. Estacionei a um quarteirão de distância, na King. Talvez devesse tentar falar com Ranger de novo. Procurei minha bolsa. Fechei os olhos sem poder acreditar. Na minha pressa em sair sem meu pai, eu a deixara para trás. Isso não era nenhum grande problema. Voltaria para buscá-la.

Engrenei o carro e saí para a Ferris. Olhei uma última vez para dentro da vitrine da loja enquanto passava devagar na frente dela. Vi uma sombra se movendo nos fundos.

Droga!

Estacionei o Buick junto ao meio-fio duas casas abaixo e saltei para fora. Gostaria do luxo de ter uma bolsa cheia de coisas de caçadora de recompensas como spray de pimenta e algemas, mas não queria perder aquela oportunidade. De qualquer maneira, não queria realmente lançar spray em Mo. Queria conversar com ele. Queria raciocinar com ele. Obter algumas respostas. Fazê-lo voltar para o sistema sem machucá-lo.

Stephanie Plum, a mestra da racionalização que acredita no que quer que o momento exija.

Corri para um ponto escuro do outro lado da loja e fiquei atenta a mais movimento. Meu coração deu um pulo quando uma luz tremulou brevemente. Alguém havia usado uma lanterna pequena e logo a apagado. A informação em minha secretária eletrônica fora certa. Mo estava na loja.

Capítulo 10

Atravessei a rua correndo e busquei cobertura nas sombras do lado da loja. Mantive-me perto da parede de tijolos e me arrastei de volta para a saída dos fundos, pensando que poderia bloquear a porta. Minha chance de capturar Mo aumentaria se ele só tivesse uma rota de fuga.

Respirei profundamente e olhei ao redor da esquina do prédio. A porta dos fundos da loja estava escancarada. Não achei que isso era um bom sinal. Mo não teria deixado a porta aberta se estivesse na loja. Temi que a história tivesse se repetido e Mo escapado.

Aproximei-me devagar da porta e fiquei lá ouvindo. Era difícil ouvir com o meu coração batendo tão forte, mas não escutei passos nas proximidades. Nenhum motor de carro sendo ligado. Nenhuma porta batendo.

Respirei profundamente de novo e enfiei a cabeça pela porta escancarada, olhando para o corredor que levava à área do balcão.

Ouvi o arrastar de um sapato bem no fundo da loja e quase desmaiei com a descarga de adrenalina. Meu primeiro instinto foi sair correndo. Meu segundo instinto foi gritar por ajuda. Não segui nenhum desses instintos porque o cano frio de uma arma foi encostado em meu ouvido.

— Seja boazinha, fique quieta e entre na loja.

Era o homem baixo e magro que tentara me dar dinheiro. Não pude vê-lo, mas reconheci a voz. Baixa e rouca. A voz de um fumante. Com um sotaque de North Jersey. Newark, Jersey City, Elizabeth.

— Não — disse eu. — Não vou entrar na loja.

– Preciso de ajuda aqui – disse o homem armado. – Precisamos persuadir a srta. Plum a cooperar.

Um segundo homem saiu das sombras. Ele usava a indispensável máscara de esqui e macacão. Era mais alto e pesado. Balançava uma lata de spray de pimenta, mostrando-me que estava cheia. Abri minha boca para gritar e fui atingida pelo spray. Senti o spray entrar em minha garganta e ela arder e se fechar. Caí de joelhos sufocando, incapaz de ver, fechando os olhos com força devido à forte dor, cegada pelo spray.

Mãos me agarraram, revistaram minha jaqueta e me arrastaram pela porta para o corredor. Fui jogada no linóleo nos fundos da loja, batendo com a visão turva e os olhos lacrimejantes em uma parede e mesa privativa, ainda sem conseguir respirar.

Havia mãos em mim de novo, puxando minha jaqueta por cima dos meus ombros para improvisar uma camisa de força, amarrando meus braços atrás das minhas costas e rasgando minha blusa nesse processo. Tentei respirar e controlar o medo, ignorar as mãos enquanto resistia ao spray de pimenta. Isso vai passar, disse a mim mesma. Você já viu pessoas borrifadas com spray antes. Isso passa. Não entre em pânico.

Eles se afastaram. Esperando que eu me recuperasse. Pisquei os olhos para ver. Três formas grandes no escuro. Presumi que eram os homens com máscaras de esqui e macacões.

Um deles apontou uma lanterna pequena para meus olhos.

– Aposto que você não está mais se sentindo tão corajosa – disse ele.

Ajustei minha jaqueta e tentei ficar em pé, mas não consegui ir mais longe do que me apoiar nas mãos e joelhos. Meu nariz escorria, pingando no chão, misturando muco e lágrimas. Minha respiração ainda estava rasa, mas o pânico anterior passara.

– O que vai ser preciso? – perguntou Jersey City. – Tentamos avisar você. Tentamos compensá-la. Nada funciona com você. Estamos aqui tentando realizar uma boa ação, mas você está sendo realmente um pé no saco.

– Só estou fazendo meu trabalho – consegui dizer.

– Sim. Bem, faça seu trabalho em outro lugar.

Um fósforo brilhou na loja escura. Era Jersey City acendendo um cigarro. Ele sugou a fumaça para dentro de seus pulmões e a deixou sair em círculos de seu nariz. Eu ainda estava de quatro e o homem se abaixou e encostou a ponta acesa do cigarro nas costas da minha mão. Gritei e a afastei.

– Isso é apenas o começo – disse Jersey City. – Vamos queimá-la em lugares muito mais dolorosos do que as costas da sua mão. E quando terminarmos você não vai querer contar a ninguém sobre isso. E não vai querer mais caçar Mo. E se fizer isso... vamos voltar e queimá-la de novo. E então talvez a matemos.

Uma porta bateu em algum lugar distante e passos foram ouvidos na calçada atrás da loja. Houve um instante de silêncio enquanto todos nós prestávamos atenção. E então a porta dos fundos foi escancarada e uma voz gritou na escuridão.

– O que está acontecendo aqui?

Era a sra. Steeger. Em qualquer outro momento a sra. Steeger chamaria a polícia. Esta noite ela decidira investigar por conta própria. Vai entender.

– Corra! – gritei para a sra. Steeger. – Chame a polícia!

– Stephanie Plum! – disse a sra. Steeger. – Eu deveria saber. Saia imediatamente.

Um raio de luz bateu no quintal de Mo.

– Quem está aí? – chamou outra voz. – Sra. Steeger? É a senhora que está no quintal de Mo?

Dorothy Rostowski.

Um carro estacionou no meio-fio. Faróis se apagaram. A porta do motorista se abriu e um homem saiu para a calçada.

– Merda – disse Jersey City. – Vamos sair daqui. – Ele se abaixou sobre um joelho e aproximou seu rosto do meu.

– Fique esperta – disse. – Porque da próxima vez nós garantiremos que ninguém a salvará.

James Bond teria mostrado desdém com um comentário inteligente. Indiana Jones teria dado um olhar de desprezo e dito algo arrogante. O melhor que pude dizer foi:
– Ah, é?
Houve um tumulto na porta dos fundos e algumas exclamações assustadas de Dorothy e da sra. Steeger.
Consegui me levantar e me apoiei em uma mesa privativa. Estava suando e tremendo, e meu nariz ainda escorria. Limpei-o em minha manga e percebi que minha blusa e jeans estavam abertas. Respirei profundamente e trinquei os dentes.
– Droga.
Respirei fundo mais uma vez. Vamos, Stephanie, recomponha-se. Vista-se e saia daí para falar com Dorothy e a sra. Steeger.
Puxei meus jeans, pondo minha mão trêmula no zíper. Meus olhos ainda lacrimejavam e a saliva se acumulava em minha boca. Tive dificuldade em fazer o zíper deslizar facilmente. Explodi em lágrimas e limpei novamente meu nariz em minha manga.
Juntei minha blusa com uma das mãos e fui cambaleando na direção da porta dos fundos. Dorothy estava em pé com os braços cruzados sobre o peito. Autoprotetora. A sra. Steeger estava sentada no chão. Havia um homem agachado na sua frente falando com ela. Ele a ajudou a se levantar e se virou para olhar quando apareci na porta. Morelli. É claro.
Morelli ergueu suas sobrancelhas indagadoramente.
– Agora não – disse eu.
Recuei alguns passos e entrei no banheiro. Acendi a luz e tranquei a porta. Olhei-me no espelho de bordas enferrujadas sobre a pia. Não era uma bela visão. Usei meio rolo de papel higiênico para assoar meu nariz. Lavei meu rosto e minha mão e abotoei minha blusa. Faltavam dois dos botões, mas não eram cruciais para o pudor.
Respirei profundamente, tentando me recompor. Assoei um pouco mais meu nariz. Olhei-me no espelho de novo. Não estava com uma aparência ruim, exceto pelos meus olhos parecendo tomates e a queimadura de cigarro formando uma baita bolha.

Morelli batera na porta três vezes, perguntando se eu estava bem. Em todas elas minha resposta fora um mal-humorado "Sim! Vá embora!".

Quando finalmente abri a porta, havia luzes acesas na loja de doces e Morelli estava atrás do balcão. Deslizei para um banco na frente dele, apoiei meus cotovelos no balcão e entrelacei minhas mãos.

Morelli colocou um sundae com calda de chocolate quente diante de mim e pôs por cima uma boa dose de creme chantilly. Ele me entregou uma colher.

– Achei que isto poderia ajudar.

– Mal não vai fazer – disse eu, mordendo meu lábio e tentando muito não chorar.

– Como está a sra. Steeger?

– Ela está bem. Foi empurrada para fora do caminho e caiu de bunda.

– Puxa, eu sempre quis fazer isso.

Ele me olhou de alto a baixo.

– Gostei do seu cabelo – observou. – Está experimentando algo novo?

Atirei uma colher de creme chantilly nele, mas errei o alvo e o creme bateu na parede e escorregou para a parte de trás do balcão.

Morelli fez um sundae para si mesmo e se sentou no banco perto de mim. Comemos em silêncio, e quando terminamos continuamos sentados lá.

– Então – finalmente disse ele. – Vamos conversar.

Eu lhe contei sobre o telefonema, a agressão e a tentativa de suborno.

– Fale-me sobre esses homens – disse Morelli.

– Eles sempre usam máscaras de esqui e macacões, e sempre está escuro, por isso nunca consigo vê-los direito. A parte estranha é que acho que são pessoas comuns. É como se fossem da comunidade e estivessem tentando proteger Mo, mas se tornaram violentos. Como linchadores. – Baixei os olhos para minha mão. – Eles me queimaram com um cigarro.

Um músculo se retesou no maxilar de Morelli.

– Mais alguma coisa?

– Debaixo dos macacões eles pareciam respeitáveis. Usavam alianças de casamento e bons tênis de corrida. Esse cara baixo e magro parece ser o líder.

– Qual é a altura dele?

– Talvez 1,75m. Tem uma voz de fumante. Dei a ele o nome de Jersey City porque tem um sotaque de Jersey City. O outro era maior e mais robusto.

Morelli cobriu minha mão com a dele e nós ficamos sentados por mais algum tempo.

– Como você soube que eu estava aqui? – perguntei.

– Acessei sua secretária eletrônica – disse Morelli.

– Conhece meu código?

– Bem... sim.

– Você faz muito isso? Ouve minhas mensagens?

– Não se preocupe – respondeu Morelli. – Suas mensagens não são tão interessantes assim.

– Você é um canalha.

– Sim – disse Morelli. – Você já me disse isso antes.

Raspei um pouco de cobertura que tinha sobrado no lado da taça de sundae.

– Por que você queria me ver?

– Recebemos o resultado da balística sobre Leroy Watkins. Parece que a mesma arma que matou Cameron Brown e Ronald Anders também matou Leroy Watkins.

Parei de raspar a calda de chocolate e olhei fixamente para Morelli.

– Ai, meu Deus – disse.

Morelli fez um sinal afirmativo com a cabeça.

– Pensei exatamente isso.

Mudei de posição em meu banco.

– Sou eu, ou está quente aqui?

– Está quente aqui – disse Morelli. – Mo deve ter ligado o aquecimento quando veio fazer uma visita.
– O cheiro também não está bom.
– Eu não ia mencionar isso. Achei que poderia ser você. Cheirei a mim mesma.
– Não acho que seja eu. – Cheirei Morelli. – Não é você.
Morelli estava fora do seu banco e andando pela loja. Chegou no corredor e parou.
– Está bastante forte no corredor. – Ele abriu a porta do porão. – Uh, oh.
Agora eu estava fora do meu banco.
– Por que você disse uh, oh?
– Acho que conheço este cheiro – respondeu Morelli.
– É cocô?
– Sim – disse Morelli. – É cocô... entre outras coisas. – Ele acendeu a luz no alto das escadas.
Fiquei atrás de Morelli e concluí que deveria ser grata por meu nariz ainda estar parcialmente entupido.
– Alguém deveria descer e investigar.
Morelli estava com seu revólver na mão.
– Fique aqui – disse ele.
O que era o mesmo que dizer para eu o seguir até lá embaixo.
Nós deslizamos juntos para baixo, notando imediatamente que o porão não representava ameaça alguma. Não havia bandidos escondidos nos cantos. Nenhum monstro com mau hálito e mãos peludas à espera.
– Chão sujo – disse eu.
Morelli pôs seu revólver no coldre.
– Muitos desses porões velhos têm chãos sujos.
Alguns sobretudos de inverno estavam em ganchos na parede. Sacos de sal, pás para retirar neve, enxadas e pás pesadas de cabos longos estavam em fila na parede ao lado dos casacos. A caldeira de calefação produzia um ruído surdo no centro do porão. Um amontoado de caixas de papelão vazias ocupava uma grande

parte do cômodo. O cheiro de papelão úmido se misturava com algo mais nojento.

Morelli atirou algumas das caixas para um lado. O chão embaixo das caixas fora recentemente remexido. Ele se tornou mais metódico, movendo as caixas com a ponta de sua bota até descobrir um pedaço de terra, a ponta de um saco de lixo preto aparecendo.

– Às vezes as pessoas se tornam excêntricas quando envelhecem – disse eu. – Não querem pagar para retirar lixo.

Morelli pegou um canivete em seu bolso e expôs mais do plástico. Ele fez um corte no plástico e deu um longo suspiro.

– O que é isso? – perguntei. Como se eu não soubesse.

– Não é doce. – Ele se virou e me empurrou na direção das escadas. – Já vi o bastante. Vamos deixar isso para os especialistas. Não quero contaminar a cena mais do que já contaminamos.

Nós nos sentamos no carro de Morelli e ele telefonou para a delegacia.

– Você consideraria a possibilidade de ir para a casa dos seus pais esta noite? – perguntou ele.

– Acho que não.

– Eu preferiria que você não voltasse para seu apartamento sozinha.

Eu também.

– Vou ficar bem – disse eu.

Um carro azul e branco parou no meio-fio atrás do 4x4 de Morelli. Eddie Gazarra saiu e caminhou em nossa direção. Eu e Morelli fomos ao encontro dele na rua e todos nós ficamos olhando para a loja.

– Cruze a fita de isolamento – disse Morelli.

– Merda – disse Gazarra. – Não vou gostar disso.

Ninguém ia gostar. Não era de bom tom enterrar corpos no porão de uma loja de doces. E seria especialmente desagradável acusar Mo de fazer isso.

Outro carro azul e branco apareceu. Mais alguns policiais da Homicídios chegaram à cena do crime. O investigador criminal chegou com seu kit de ferramentas e sua câmera. Pessoas começaram a aparecer em varandas da frente e ficaram em pé com os braços cruzados, olhando para o congestionamento. Um repórter com as mãos nos bolsos permanecia atrás da fita de isolamento.

Duas horas depois eu ainda estava sentada no carro de Morelli quando trouxeram para fora o saco com o primeiro corpo. A cobertura da mídia aumentara para uma filmadora Handicam e meia dúzia de repórteres e fotógrafos. Mais três sacos com corpos foram trazidos do porão. Os fotógrafos se empurraram para tirar fotos. Os vizinhos deixaram o conforto de suas salas de estar e voltaram para as varandas.

Eu me movi para o lado me aproximando de Morelli.

– Acabou?

– Acabou – disse Morelli. – Quatro corpos.

– E?

– E não posso lhe dizer mais do que isso.

– Há balas calibre .45 encravadas nos ossos?

Morelli olhou para mim. Resposta suficiente.

– Algo para implicar Mo? – perguntei.

Outro olhar.

Os olhos de Morelli se moveram para um ponto atrás do meu ombro esquerdo. Acompanhei os olhos dele e vi Ranger em pé a centímetros de distância.

– Ei – disse Ranger. – O que houve aqui?

Morelli olhou para a loja.

– Alguém enterrou quatro corpos no porão de Mo. O último foi enterrado raso.

E provavelmente não fora enterrado muito tempo atrás, pensei. Talvez na noite em que Mo roubou o carro de Ranger e cheirava a suor, sujeira e algo pior.

– Preciso ir – disse Morelli. – Tenho relatórios para fazer.

Eu também precisava ir. Sentia-me como se alguém tivesse espetado um alfinete em mim e deixado o ar sair. Peguei as chaves do carro e um lenço de papel em meu bolso. Assoei o nariz uma última vez e voltei para o carro.

– Como você está se sentindo? – perguntei a Ranger.
– Estou me sentindo bem.
– Quer correr amanhã de manhã?
Ele ergueu uma sobrancelha, mas não fez a pergunta.
– Vejo você às seis.
– Às seis está bom – disse eu.
Eu estava a meio caminho de casa quando vi os faróis pelo espelho retrovisor. Olhei novamente ao virar na Hamilton. Os faróis pertenciam a um Toyota preto 4x4. Com três antenas. O carro de Morelli. Ele estava me seguindo até em casa para se certificar de minha segurança.

Acenei-lhe com a mão e ele tocou a buzina. Às vezes Morelli podia ser legal.

Dirigi dois quarteirões na St. James e cheguei à Dunworth. Entrei em meu estacionamento e encontrei uma vaga no meio. Morelli estacionou perto de mim.

– Obrigada – disse eu, trancando o carro e pegando a sacola de comida.

Morelli saiu de seu carro e olhou para a sacola.
– Eu gostaria de poder entrar.
– Conheço seu tipo – disse eu. – Você provavelmente só está interessado em uma coisa, Morelli.
– Você tem o meu número, não é?
– Sim. E pode esquecer isso. Não vai comer minhas sobras.

Morelli pegou com os dedos a gola da minha jaqueta e me puxou para perto.

– Querida, se eu quisesse suas sobras você não teria a mínima chance de ficar com elas.
– Isso é detestável.

Morelli sorriu, com seus dentes brancos realçados por sua pele morena e barba por fazer.

– Vou acompanhar você até a porta.
Eu girei nos calcanhares.

– Posso cuidar de mim mesma, obrigada – disse arrogantemente. Irada porque Morelli provavelmente estava certo sobre as sobras.

Ele ainda me observava quando entrei no prédio e a porta de vidro se fechou atrás de mim. Acenei-lhe de novo. Ele me acenou de volta e foi embora.

A sra. Bestler estava no elevador quando entrei.

– Vai subir – disse ela. – Terceiro andar, lingerie e bolsas femininas.

Às vezes a sra. Bestler brincava de ascensorista para combater o tédio.

– Vou para o segundo andar – disse-lhe eu.

– Ah – disse ela. – Boa escolha. É onde estão os melhores vestidos e sapatos de grife.

Saí do elevador, arrastei os pés pelo corredor, destranquei minha porta e quase caí em meu apartamento. Estava morta de cansaço. Dei uma checada nas janelas e portas para me certificar de que estavam seguras e examinei armários e sombras.

Deixei minhas roupas empilhadas no chão, colei um Band-Aid em minha queimadura e entrei no chuveiro. Fora, mancha maldita. Quando eu estava rosada e limpa, arrastei-me para a cama e fingi que estava na Disney World. Stephanie Plum, a mestra da negação. Por que lidar com o trauma de quase ser torturada quando eu podia adiar isso indefinidamente? Um dia, quando a lembrança estivesse se apagando eu a ressuscitaria e lhe daria atenção. O princípio básico de Stephanie Plum para a saúde mental – sempre adiar o desagradável. Afinal de contas, eu poderia ser atropelada por um caminhão amanhã e nunca ter de lidar com o ataque.

Às 5:30, fui acordada pelo telefone.

– Ei – disse Ranger. – Ainda quer correr?

– Sim. Encontrarei você lá embaixo às seis. – Imagina se eu ia deixar alguns homens perdedores me vencerem. O tônus muscular não ajudava muito quando se tratava de spray de pimenta, mas me daria uma vantagem em termos de atitude. Mentalmente alerta e em boa forma física seria meu novo lema.

Vesti calças e blusa de moletom e amarrei meu tênis de corrida. Dei a Rex água fresca e enchi seu pequeno prato de cerâmica de nuggets para hamster e passas. Fiz 15 minutos de alongamento e desci as escadas.

Ranger estava correndo sem sair do lugar quando cheguei ao estacionamento. Vi seus olhos se moverem repentinamente na direção dos meus cabelos.

– Não diga nada – preveni-lhe. – Não diga uma única palavra.

Ranger ergueu suas mãos em um gesto de rendição.

– Não é da minha conta.

Os cantos de sua boca se contraíram.

Pus as mãos nos quadris.

– Você está rindo de mim.

– Você está igual ao Ronald McDonald.

– Não está assim tão ruim!

– Quer que eu cuide do seu cabeleireiro?

– Não! Não foi culpa dele.

Nós corremos em silêncio pela pista usual. Acrescentamos um quarteirão extra ao voltarmos para casa, mantendo o ritmo constante. Fácil para Ranger. Difícil para mim. Dobrei-me para frente para tomar fôlego quando ele parou na porta dos fundos do meu prédio. Eu estava feliz com a corrida. Ainda mais por ter terminado.

Um carro veio ruidosamente pela rua e entrou no estacionamento. Ranger saltou na minha frente, com sua arma em punho. O carro parou e Lula pôs sua cabeça para fora.

– Eu o vi! – gritou ela – Eu o vi!

– Quem?

– O Velho Nariz de Pênis! Vi o Velho Nariz de Pênis! Eu poderia tê-lo capturado, mas você sempre me diz que não devo fazer nada, que não estou autorizada. Então tentei telefonar, mas você não estava em casa. Por isso vim aqui. Onde diabos estava às seis da manhã?

– Quem é o Velho Nariz de Pênis? – quis saber Ranger.
– Mo – respondi. – Lula acha que o nariz dele parece um pênis. Ranger sorriu.
– Onde você o viu?
– Na rua Sixth, bem do outro lado da minha casa. Geralmente não acordo tão cedo, mas tive problemas intestinais. Acho que foi o burrito que comi no jantar. Então eu estava no banheiro e olhei pela janela e vi Mo entrando no prédio do outro lado da rua.
– Tem certeza de que era Mo? – perguntei.
– Dei uma boa olhada – respondeu Lula. – Eles têm uma luz na frente que deixam acesa. Devem ser sócios da companhia de eletricidade.

Ranger desligou o alarme de seu carro.
– Vamos.
– Eu também vou! – gritou Lula, entrando de ré em uma vaga e desligando o motor. – Esperem por mim.

Todos nós nos amontoamos no Bronco de Ranger, e ele partiu para a rua Sixth.
– Aposto que o Velho Nariz de Pênis vai atirar em alguém – disse Lula. – Aposto que está com alguém na fila.

Contei a Lula sobre os quatro corpos no porão de Mo.
– Quando um homem tem um nariz parecido com um pênis ele provavelmente fará qualquer coisa – disse Lula. – Esse é o tipo de negócio que transforma pessoas normais em serial killers.

Eu achava que as chances eram bastante boas de Mo estar envolvido na morte dos homens em seu porão. Não achava que seu nariz tinha nada a ver com isso. Pensei em Cameron Brown, Leroy Watkins e Ronald Anders. Todos eram traficantes de drogas. E então me perguntei se os homens enterrados no porão de Mo também eram.

– Talvez Mo seja um vigilante – disse eu. Mais para ouvir isso sendo dito em voz alta do que por qualquer outro motivo. Eu estava pensando que talvez ele não estivesse sozinho em sua vigilância. Talvez houvesse todo um grupo de vigilantes, andando por aí com máscaras de esqui e macacões, ameaçando e matando quem eles consideravam um perigo para a sociedade.

Lula repetiu a palavra:
– Vigilante.
– Alguém que faz justiça com as próprias mãos – disse eu.
– Hum. Acho que sei o que isso significa. Está me dizendo que Mo é como Zorro e Robin Hood. Só que o Velho Nariz de Pênis não corta um grande Z na camisa de um homem. O Velho Nariz de Pênis espalha cérebros pela metade de uma sala em sua busca por justiça. – Ela parou por um momento, pensando naquilo. – Provavelmente o Zorro também arrebentou algumas cabeças. Sabe, eles não contam tudo nos filmes. Provavelmente depois que Zorro cortou camisas cortou bolas. Ou talvez tenha feito Zs em estômagos e todas as tripas saíram. Ouvi dizer que é possível cortar o estômago de uma pessoa e as tripas dela ficarem penduradas até o chão e ela continuar viva durante horas assim.

Eu estava sentada ao lado de Ranger. Olhei em sua direção, mas ele estava em seu próprio mundo, percorrendo as ruas transversais. Pisou no freio, parando abruptamente, dando aos freios um bom teste e olhou para ambos os lados. Então pisou no acelerador.

– Então o que você acha? – perguntou Lula. – Acha que Zorro gostava de merdas como essa? Fazer as pessoas olharem para suas tripas penduradas?

Meus lábios se abriram, mas nenhuma palavra saiu.

Ranger virou na Main e depois na Sixth. Esse era um bairro de casas de madeira e telha geminadas com escadas que levavam a varandas e calçadas nos jardins da frente. As casas eram estreitas e escuras – como uma sombria colcha de retalhos em tons de castanho, preto e marrom. Originalmente construídas para operários de fábrica imigrantes, agora as casas eram predominantemente ocupadas por minorias batalhadoras. Quase todas tinham sido transformadas em pensões e apartamentos.

– Quem mora na casa do outro lado da sua? – perguntou Ranger a Lula.

– Um monte de gente – respondeu Lula. – A maioria vem e vai. Vanessa Long mora no primeiro andar, e você nunca sabe qual dos filhos dela está precisando ficar lá. Quase sempre é a filha de Vanessa, Tootie, e os três filhos de Tootie. Harold às vezes mora lá. A velha sra. Clayton mora do outro lado do corredor. Há três quartos no segundo andar. Não sei ao certo quem mora nesses quartos. As pessoas se mudam todas as semanas. Antes Earl Bean morava em um deles, mas não o tenho visto ultimamente.

Ranger estacionou duas casas abaixo.

– E no terceiro andar?

– Não há nada lá além de um sótão. O maluco Jim Katts mora nele. Meu palpite é que Mo estava indo ver alguém no segundo andar. Não é que aquilo lá seja um ponto de venda de drogas, mas quando o aluguel é semanal nunca se sabe quem é o inquilino. Você provavelmente vai querer falar com Vanessa. É ela que recolhe o aluguel. Sabe tudo que acontece. O apartamento dela fica do lado esquerdo quando você entra pela porta.

Ranger examinou a rua.

– Mo veio em um carro?

– Quer dizer, no carro que roubou de você? Não. Eu olhei, mas não o vi. Não vi nenhum carro estranho. Só vi os carros de sempre.

– Fique aqui – disse Ranger para Lula. Ele fez um sinal com a cabeça quase imperceptível em minha direção. – Você vem comigo.

Ranger estava usando calças de moletom pretas e um casaco de moletom preto com capuz. Até onde eu sabia, ele nunca suava durante as corridas. Eu, por outro lado, começava a suar na marca dos 400 metros. Estava com minhas roupas ensopadas, meus cabelos colados em cachos no rosto e minhas pernas parecendo de borracha. Saí do carro e saltitei um pouco na calçada, tentando me aquecer.

– Vamos falar com Vanessa – disse Ranger. – E dar uma olhada ao redor. Tem algo com você?

Fiz um sinal negativo com a cabeça.

– Nenhum revólver?
– Nenhum. Tudo está na minha bolsa, e eu a deixei na casa dos meus pais.
Ranger pareceu preocupado.
– O revólver está carregado?
– Não tenho certeza.
– Sua avó vai praticar tiro ao alvo arrancando os olhos das batatas.
Eu o segui e fiz uma anotação mental para pegar meu revólver o mais rápido possível.
A porta da frente do prédio estava destrancada, e a luz no alto ainda acesa. Lá dentro, o pequeno vestíbulo estava escuro. Duas portas levavam aos apartamentos do primeiro andar. Ranger bateu na porta da esquerda.
Olhei para meu relógio. Sete e quarenta e cinco.
– Está cedo – disse.
– É domingo – disse Ranger. – Ela deve estar se arrumando para ir à igreja. As mulheres precisam de tempo para arrumar os cabelos.
A porta se abriu na largura da corrente de segurança e vimos 5 centímetros de um rosto olhando para nós.
– Sim?
– Vanessa? – perguntou Ranger.
– Sou eu – disse ela. – O que vocês querem? Se estão procurando quartos para alugar estão todos ocupados.
Ranger lhe mostrou seu distintivo.
– Caçador de recompensas – disse ele. Sua voz foi suave e gentil. Respeitosa. – Estou procurando um homem chamado Moses Bedemier. Ele foi visto entrando nesta casa mais cedo hoje de manhã.
– Não conheço ninguém chamado Moses Bedemier.
– É um homem branco – disse Ranger. – Na casa dos sessenta. Está ficando careca. Usa um sobretudo cinza. Provavelmente veio aqui comprar drogas.
A porta se fechou e a corrente foi aberta.

– Não vi nenhum viciado entrando aqui, e se visse ia chutar a bunda branca magra dele. Tenho crianças nesta casa. Não tolero esse tipo de gente aqui. Não tolero drogas nesta casa.

– Você se importaria se a gente checasse os apartamentos do andar de cima? – perguntou Ranger.

– Me importar? Imagina! Insisto nisso – disse Vanessa, desaparecendo em sua sala de estar e voltando com um chaveiro.

Vanessa era gorda como Lula e usava um roupão de algodão florido vermelho e amarelo e rolinhos nos cabelos. Tinha uma filha adulta e netos, mas não aparentava muito mais de trinta anos. Talvez 35. Ela bateu com força na primeira porta.

BAM, BAM, BAM!

A porta se abriu e um homem magro olhou para nós.

– Sim?

– Tem alguém aí dentro? – perguntou Vanessa enfiando a cabeça pelo umbral para ver por si mesma. – Você está fazendo negócios aqui que não deveria fazer?

– Não, senhora. Eu não. – Ele balançou a cabeça vigorosamente.

– Hummm – disse Vanessa e passou para a porta número dois.

Novamente BAM, BAM, BAM.

A porta foi aberta abruptamente por um homem gordo de cueca e camiseta.

– Puta merda – gritou ele. – O que um homem precisa fazer para conseguir dormir um pouco aqui? – Ele viu Vanessa e deu um passo para trás. – Ah, me desculpe – disse. – Não sabia que era você.

– Estou procurando um cara branco nojento – disse Vanessa, com os braços cruzados e o queixo empinado em um ar de indignada autoridade. – Tem um aqui?

– Não há ninguém aqui além de mim.

Todos nós olhamos para a porta número três.

Capítulo 11

RANGER FEZ UM GESTO PARA VANESSA FICAR DE UM LADO, bateu na porta e esperou uma resposta. Depois de um momento, bateu de novo.

– Tem uma mulher aí – disse Vanessa. – Se mudou na semana passada. O nome dela é Gail. – Ela se inclinou à frente de Ranger. – Gail? É a Vanessa, do andar de baixo, querida. Pode abrir a porta.

O ferrolho deslizou para trás e uma mulher jovem nos deu uma espiada. Era terrivelmente magra e estava com os olhos sonolentos e uma ferida no canto da boca.

– Você tem visitas esta manhã? – perguntou Vanessa.

A mulher hesitou por alguns segundos. Provavelmente se perguntando o que deveria responder. Qual seria o problema desta vez?

Vanessa olhou para além de Gail.

– Não há mais alguém aí, há?

Gail meneou veementemente a cabeça.

– Não, não. E também não convidei ninguém para vir aqui. Ele veio por conta própria. Um cara branco maluco procurando por meu velho.

Vanessa ergueu uma sobrancelha desaprovadoramente.

– Fui levada a acreditar que você morava sozinha.

– Meu velho rompeu comigo. Saí da reabilitação e ele foi embora. Disse que estava preocupado com coisas que aconteceram. – Ela pôs o polegar e o dedo indicador em forma de revólver. – Agora ele se foi. Desapareceu. Puf.

Ranger esperava pacientemente atrás de Vanessa.

– Qual era o nome dele? – ele perguntou a Gail.

Gail olhou de Vanessa para Ranger e para mim. Mais indecisão.

– QUAL? – insistiu Vanessa, em voz alta o suficiente para fazer Gail pular 15 centímetros.

– Elliot Harp – respondeu Gail, vomitando as palavras. – Todos o chamam de Arpão. Não sou mais a mulher dele. Juro. – Ela lambeu a ferida em seu lábio. – Mais alguma coisa? – perguntou.

– Não – respondeu Ranger. – Desculpe termos incomodado você tão cedo de manhã.

Gail meneou mais uma vez a cabeça e fechou a porta silenciosamente. Clique. Ela se foi.

Ranger agradeceu a Vanessa. Disse-lhe o quanto apreciara sua ajuda. Vanessa disse que ele podia contar com ela quando quisesse. E se algum dia precisasse de um quarto, ou qualquer coisa... *qualquer coisa*, se lembrasse dela. Ranger lhe garantiu que ela era inesquecível e, dito isso, fomos embora.

– Puxa – comentei quando estávamos na rua. – Sr. Charme.

– E com moletom – disse ele. – Você deveria me ver exercendo meu charme com roupas de couro.

– Onde ele está? – quis saber Lula quando todos nós estávamos no Bronco de Ranger. – Onde está o Velho Nariz de Pênis?

– Não sei – respondi. – Ele veio aqui procurar por Elliot Harp, mas Elliot não estava em casa.

– Elliot Harp. Mau sinal – disse Lula. – Ele é mesquinho. Da média administração. Tem pelo menos dez garotos trabalhando para ele.

– Sobre aquele distintivo que você mostrou – disse eu a Ranger.

Ele se afastou do meio-fio e me olhou de esguelha.

– Você quer um?

– Poderia vir a calhar.

Ranger olhou para Lula pelo espelho retrovisor.

– Você sabe onde Elliot mora?

– Até onde sei, na Stark. Tem uma mulher lá. Uma viciada.

– Gail?

— Sim. Gail.
— Acabamos de falar com ela. Gail disse que Harp foi embora e não sabe onde ele está.
— Pode ser — disse Lula. — Há muito disso acontecendo.
— Se Mo realmente quer encontrar Elliot, onde ele vai procurar depois? — perguntei.
Ranger virou na Gainsborough e voltou na direção do Burgo.
— Na rua. Vai procurar Elliot na esquina. Elliot está fugindo apavorado, mas ainda precisa fazer negócios.
— Elliot não vai estar na rua agora — disse Lula. — Talvez por volta das 11 horas. As esquinas sempre ficam cheias depois da igreja. Depois da igreja é hora de pegar uma prostituta e uma dose.

Voltei ao meu apartamento para o café da manhã e uma troca de roupas. Lula foi comprar algo para acalmar seu estômago. E Ranger foi para casa, a Batcaverna, comer tofu e casca de árvore. O plano era nos encontrarmos novamente às 11 horas.

O telefone estava tocando quando entrei pela porta, e a luz da secretária eletrônica piscava. Quatro novas mensagens.
— Aonde você foi tão cedo? — quis saber minha mãe quando peguei o fone. — Telefonei uma hora atrás e não havia ninguém em casa.
— Fui correr.
— Leu o jornal?
— Não.
— Encontraram corpos no porão de Mo! Quatro corpos. Dá para imaginar?
— Tenho de ir — disse eu. — Tenho de conseguir um jornal. Telefono depois.
— Você deixou sua bolsa aqui.
— Eu sei. Não deixe vovó brincar com meu revólver.
— Sua avó está na igreja. Ela diz que precisa de mais vida social. Que vai encontrar um homem para ela.

Desliguei e fui ouvir minhas mensagens. Minha mãe, Mary Lou, Connie, Sue Ann Grebek. Todas falavam sobre o artigo. Chamei a sra. Karwatt na porta ao lado e perguntei se tinha um jornal. Sim, tinha. E perguntou se eu ouvira falar nos corpos no porão de Mo.

Três minutos depois eu estava de volta em minha cozinha com o jornal da sra. Karwatt, e meu telefone tocava de novo. Desta vez era Lula.

– Você viu? – gritou. – O Velho Nariz de Pênis saiu no jornal! Disseram que ele foi pego por porte ilegal de arma e depois desapareceu, e que estava sob suspeita. O jornal disse que soube por uma fonte que os corpos no porão de Mo poderiam estar relacionados com drogas. Há! – disse ela. – Pode apostar que sim.

Li o artigo, comecei a fazer café, tomei um banho de chuveiro e tirei o telefone da tomada depois de mais três chamadas. Essa era a coisa mais importante que acontecia no Burgo desde que Tony o Vigilante foi encontrado morto em seu sótão, pendurado em uma viga mestra com as calças abaixadas e a mão em volta do pênis com uma ereção de bater recorde. Droga, talvez Mo fosse ainda mais importante do que o pênis de Tony.

A melhor parte de tudo isso era que eu finalmente me tornara a boa moça. Não havia mais aquele papo furado de que tio Mo nunca faria nada errado. O homem tinha uma criação de vermes em seu porão.

– Parece bom – disse eu para Rex.

Amarrei minhas botas, enrolei um cachecol no pescoço e saí com a jaqueta de couro preta. Pulei para dentro do Buick e dirigi para a casa dos meus pais. Quando cheguei, vovó Mazur estava tirando seu casaco no vestíbulo.

– Você soube dos corpos? – perguntou.

– Fomos Morelli e eu que os descobrimos – respondi.

Vovó arregalou os olhos.

– Não brinca! Você estava lá quando eles foram trazidos para fora? Vai aparecer na TV?

Peguei minha bolsa no armário do corredor e chequei rapidamente seu conteúdo.
– Acho que não.
– Caramba! – disse vovó. – Com certeza eu gostaria de ter estado lá.
– Como foi a igreja? – perguntei.
– Um tédio – disse ela. – Uma grande perda de tempo. Há um monte de homens feios naquela congregação. Nenhum homem sexy. Vou tentar o bingo esta noite. Ouvi dizer que há alguns bonitões por lá.

Ranger já estava em uma vaga quando entrei no estacionamento municipal na Woodley. Ele usava uniforme de campanha e uma jaqueta de aviador cáqui.
– E aí? – disse eu, como cumprimento.
– Soube de um dos meus DDCs. Earl Forster. Roubou uma loja de bebidas e atirou no pé do balconista. Está foragido sob uma fiança de 300 mil dólares. Acabei de receber um telefonema dizendo que Forster foi ver sua namorada em New Brunswick. Tenho um homem no local, mas preciso estar lá para a captura. Você pode procurar Harp sozinha?
– Sem problemas. Lula sabe como Harp é. Conhece as esquinas dele.
– Não se aproxime dele – disse Ranger. – Só o use para chegar a Mo. Se Mo e Harp estiverem juntos, espere Mo se afastar dele antes de entrar. Achamos que Mo pode estar matando traficantes. *Sabemos* que Harp mataria qualquer um... até mesmo mulheres caçadoras de recompensas.

O pensamento animador do dia.
– Se você achar que pode fazer uma captura, mas precisa de ajuda extra, entre em contato comigo pelo celular ou bipe – disse Ranger.
– Se cuida – disse eu, enquanto Ranger se afastava dirigindo. Não fazia nenhum sentido dizer isso na cara dele.

Dez minutos depois, Lula entrou em alta velocidade no estacionamento.

– Desculpe o atraso – disse ela. – Estou com esse problema intestinal, você sabe. – Ela olhou ao redor. – Onde está Ranger?

– Tinha negócios para resolver em outro lugar. Estamos sozinhas.

Se eu fosse fazer uma captura importante com outra pessoa, usaria dois carros ou teria alguém a pé com um segundo carro de reserva. Mas suspeitava que isso seria mais como dar uma volta e procurar por um homem que não apareceria. E como não tinha a menor ideia de como era Harp, decidi dirigir com Lula ao lado.

Era outro dia cinzento com uma chuva leve começando a cair. A temperatura era de uns cinco graus, por isso nada estava congelando. Lula saiu com o Firebird do estacionamento e se dirigiu à rua Stark. Ficamos de olhos abertos para o Batmóvel, Elliot Harp e bandidos em geral. Descemos a Stark, chegamos ao final do centro financeiro, viramos e refizemos nossa rota. Lula passou pelas construções, cruzou o centro da cidade e rumou para a King. Quando chegou à Ferris, passou pela loja de Mo. Estava com um cadeado e uma fita de isolamento. Fizemos esse circuito mais duas vezes. Chovia. Não havia muitas pessoas na rua.

– Estou morrendo de fome – disse Lula. – Preciso de um hambúrguer com fritas.

Vi através da garoa o brilho vermelho e amarelo de um drive-in de fast-food e senti o campo de força nos sugando na direção da cabine.

– Quero um hambúrguer triplo – gritou Lula ao chegar à cabine. – Quero bacon, queijo e molho especial. Quero uma porção grande de batatas fritas e muitos pacotes de ketchup. E quero um grande milk-shake de chocolate. – Ela se virou para mim. – Você quer alguma coisa?

– Quero o mesmo.

– Duplique esse pedido – gritou Lula. – E não se esqueça do ketchup.

Pegamos os sacos de comida e estacionamos na rua Stark, onde podíamos observar a ação. O problema é que não havia muita ação a observar.
– Você às vezes se pergunta sobre ele? – quis saber Lula.
– Quem?
– Ranger.
– O que há para me perguntar?
– Aposto que você não sabe nada sobre Ranger – disse Lula.
– Ninguém sabe nada sobre ele. Aposto que você nem mesmo sabe onde ele mora.
– Sei o endereço dele.
– Ah! Aquele estacionamento vazio.
Tomei um gole do meu milk-shake e Lula terminou suas batatas fritas.
– Acho que devíamos investigar um pouco Ranger – disse Lula. – Acho que algum dia desses devíamos segui-lo.
– Humm – disse eu, não me sentindo especialmente qualificada para seguir Ranger.
– Na verdade, eu poderia segui-lo amanhã de manhã. Você corre com ele todos os dias?
– Não se puder evitar.
– Bem, se você for correr com ele amanhã, me avise. Acho que um pouco de exercício me faria bem.

Depois de uma hora sentada, eu estava pronta para seguir em frente.
– Isto não está funcionando – disse a Lula. – Só para nos divertimos, vamos até a Montgomery.
Lula dirigiu por toda a Stark, passou mais uma vez pelas construções e atravessou a cidade. Dirigimos de um lado para o outro da Montgomery e estacionamos duas portas abaixo do Sal's Café.
– Aposto que eles têm donuts lá – disse Lula.
– E quanto ao seu problema intestinal? Talvez seja melhor esperar e ver o que acontece depois do hambúrguer com fritas.

— Acho que você tem razão, mas gostaria de comer alguns donuts.

Tive de admitir que os donuts pareciam uma ótima ideia em um dia de garoa.

— É claro que há uma vantagem em ter uma perturbação intestinal — disse Lula. — Esses donuts provavelmente não ficarão em mim tempo suficiente para se instalarem na minha bunda.

— É melhor aproveitar a oportunidade.

Lula estava com sua carteira na mão.

— É exatamente isso que estou pensando.

Fiquei no carro e vi pela janela Lula pegar uma dúzia de donuts.

Ela me entregou os donuts e cafés e se instalou atrás do volante. Escolhi um donut com creme bávaro e dei uma mordida. Lula fez o mesmo. Ela comeu um segundo donut.

— Você tem visto Jackie? — perguntei-lhe. — Ela ainda está no programa?

— Está indo à clínica. O problema é que você pode fazer uma pessoa ficar no programa, mas não pode fazê-la levá-lo a sério. Jackie não acredita em si mesma o suficiente para levar o programa a sério.

— Talvez isso mude.

— Espero que sim. Tenho sorte de ter nascido com uma personalidade positiva. Mesmo quando as coisas não parecem muito boas você não pode se deixar derrubar. Eu insisto e sigo em frente. Logo estou tão animada e tagarela que simplesmente me esqueço de que estava assustada. Jackie não nasceu com essa personalidade positiva. Ela é uma pessoa mais negativa. Guarda tudo para si mesma.

— Nem sempre — observei. — Ela foi bem comunicativa quando se tratou de fazer buracos em Cameron Brown.

Lula olhou para a caixa de donuts, pensando no terceiro donut.

— Sim. Jackie se divertiu com aquilo. Sei que não foi certo o que fez com o morto, mas tenho de admitir que gostei um pouco de vê-la fazer o velho Cameron pular. Ela tem de aprender a assumir o comando mais vezes. Sabe, Jackie e eu apanhamos muito. É isso que acontece quando você não tem um pai e sua mãe é viciada em cocaína. Sempre há muitos tios indo e vindo e ficando doidões. E quando eles ficam doidões batem em você. O problema é que agora Jackie ainda deixa as pessoas baterem nela. Não sabe que pode fazer isso parar. Eu tento lhe dizer. Digo-lhe para olhar para mim. Ninguém vai me bater de novo. Tenho autoestima. Vou fazer algo com a minha vida. Um dia talvez até mesmo entrar para a universidade.

– Você poderia fazer isso. Muitas pessoas voltam a estudar.

– Pode crer.

Bebi meu café e olhei pela janela molhada de chuva. Os carros passavam em um movimento abstrato, imagens tremidas e luzes vermelhas indistintas de faróis traseiros.

Um carro saiu da garagem subterrânea do outro lado da rua. Era um sedã marrom-claro com algo longo e preto amarrado no teto. Entreabri minha janela para olhar melhor. Um tapete, pensei. Enrolado e coberto com uma lona preta.

O motorista pôs a mão para fora, verificando se sua carga estava segura. A porta se abriu e ele saiu para fazer um ajuste.

Subitamente eu estava na beira do meu banco.

– Olhe para aquele carro com o tapete em cima! – gritei, agarrando a manga da jaqueta de Lula para chamar sua atenção.

– O carro na garagem subterrânea? – Ela ligou os limpadores de para-brisa para ver melhor. – Caraca! É ele! O Velho Nariz de Pênis!

Lula saltou para fora do carro e atravessou a rua atrás de Mo. Segurava um donut com creme Boston comido pela metade, ensopada de chuva, e gritava:

– Pare! Pare em nome da lei!

Mo ficou boquiaberto, seu rosto registrando uma mistura de descrença e horror. Ele fechou a boca, pulou para dentro do seu carro e partiu cantando pneus.

— Volte aqui! – gritei para Lula. – Ele está fugindo.
Lula parou e correu para o Firebird.
— Você viu aquilo? Ele não prestou nenhuma atenção em mim! Eu devia ter atirado nele. Devia ter enfiado uma bala naquele velho.

O que é difícil de fazer quando se está segurando um donut.

Ela engrenou o carro, pisou fundo no acelerador e partiu atrás de Mo... passando pelo cruzamento com o sinal vermelho.

— Eu vi Mo! – gritou, dando uma pancada no volante com a base de sua mão. – E aquilo no teto do carro não é um tapete. É algo irregular enrolado em sacos de lixo. Nem vou te dizer o que acho que está em cima daquele carro.

Eu tivera o mesmo pensamento, e a possibilidade de Elliot Harp estar fazendo sua última viagem me despertou um desejo de dirigir na direção oposta. Não queria encontrar mais pessoas mortas. Minha estabilidade emocional estava próxima de zero. Eu estava fazendo um bom trabalho de negação do ataque na loja de doces, mas sendo menos bem-sucedida com os *flashbacks* dos homens assassinados.

Mo virou na Slater e Lula fez a curva com dois pneus tocando no chão.

Eu estava empurrando meus pés contra o painel.
— Diminua a velocidade! Você vai nos matar.
— Não se preocupe – disse Lula. – Sei o que estou fazendo. Tenho reflexos perfeitos. Sou como um gato.

Mo estava chegando à avenida Wells, e eu sabia para onde iria. Iria para a Route 1. Sem problemas, pensei. Ele não pode correr mais do que nós com o que quer que tenha em cima do seu carro. Embora a esta altura provavelmente ele não se importasse muito com sua carga.

Lula seguiu Mo na ladeira e momentaneamente ficou para trás quando ele se misturou com o trânsito. Nós o alcançamos facilmente e continuamos na sua cola.

O plástico verde-escuro ondulava furiosamente ao vento. Mo prendera a carga no teto do carro passando o que pareciam ser cordas de varal pelas janelas. Ele trocou de pista e o longo objeto irregular escorregou para o lado sob as cordas.

– Se Mo não tomar cuidado vai perder aquela coisa – disse Lula. Ela buzinou para ele. – Pare, Nariz de Pênis! – Acelerou o Firebird e bateu no para-choque traseiro de Mo.

Eu estava me segurando no painel e comecei a rezar em voz baixa: Santa Maria, mãe de Deus... por favor não me deixe morrer na Route 1 com este cabelo.

Lula deu outra batida no para-choque traseiro de Mo. O impacto fez minha cabeça se mover bruscamente e Mo dar uma guinada, fora de controle. Ele ziguezagueou na nossa frente, uma corda se soltou e um saco de lixo voou para cima do nosso carro. Lula acelerou mais uma vez, mas antes de poder dar outra batida a segunda corda se partiu, outro saco de lixo voou e um corpo foi catapultado do teto de Mo para o capô do Firebird, caindo sobre ele com um sonoro BUM!

– AAAAaaaahhhhh! – gritamos Lula e eu em uníssono.

O corpo quicou no capô, bateu no para-brisa e ficou grudado lá como um inseto esmagado, olhando para nós com a boca aberta e olhos cegos.

– Estou com um corpo grudado no meu para-brisa – berrou Lula. – Não posso dirigir assim! Não consigo fazer meus limpadores de para-brisa funcionarem. Como posso dirigir com um morto em meus limpadores de para-brisa?

O carro passou de uma pista para outra; o corpo foi lançado para fora do capô, deu meia-volta no ar e caiu de cara para cima na beira da estrada. Lula pisou no freio e parou no acostamento. Ficamos sentadas lá por um momento, com as mãos em nossos corações, sem conseguir falar. Viramo-nos para trás e olhamos pela janela traseira.

– Maldição – disse Lula.

Achei que aquilo resumia tudo.

Nós nos entreolhamos e fizemos uma dupla careta. Lula deu marcha a ré e recuou cautelosamente, permanecendo no acostamento, fora da pista de trânsito.

– Pelo menos ele está vestido – disse Lula.
– É Harp?
– Acho que sim. É difícil dizer com esse grande buraco onde antes ficava o nariz dele.

A garoa se transformara em uma chuva torrencial. Afastei cabelos molhados dos meus olhos e pisquei para Lula.

– Devíamos chamar a polícia.
– Sim – disse Lula. – Essa é uma boa ideia. Telefone para a polícia e cobrirei o corpo. Tenho um cobertor atrás.

Peguei minha bolsa na parte de trás do carro. Revirei-a, encontrei meu celular, o abri e apertei a tecla. Uma luz pálida mostrou uma mensagem de bateria fraca e o telefone desligou.

– Sem bateria – disse eu a Lula. – Devo ter deixado o telefone ligado durante toda a noite passada. Teremos de fazer sinal para alguém parar.

Uma dúzia de carros passaram velozmente por nós, espirrando água.

– Qual é o plano dois? – perguntou Lula.
– Dirigir até a próxima saída e chamar a polícia.
– Você vai deixar o corpo aqui sozinho?
– Acho que uma de nós deveria ficar.
– Você – disse Lula.
– Nem pensar.

Lula olhou de novo para Harp.

– Podíamos levá-lo conosco no porta-malas. E depois levá-lo para uma funerária ou algo no gênero. Você sabe, fazer uma entrega.

– Isso seria alterar a cena do crime.
– Alterar, o cacete! Esse filho da puta caiu do céu no capô do meu carro! E de qualquer modo ele pode ser atropelado por um caminhão se ficar aqui.

De certo modo ela tinha razão. Elliot Harp estava em trânsito quando caiu do Firebird. E não ficaria bem com marcas de pneus no peito.

– Está certo – disse eu. – Vamos levá-lo conosco.

Nós olhamos para Elliot e ambas engolimos em seco.

– Acho que você é que deveria colocá-lo no porta-malas – disse Lula.

– Eu?

– Não espera que *eu* faça isso, espera? Não tocarei em nenhum homem morto. Ainda sinto arrepios quando penso em Leroy Watkins.

– Ele é grande. Não posso colocá-lo no porta-malas sozinha.

– Toda essa coisa está me dando diarreia – disse Lula. – Sou a favor de que a gente finja que isso nunca aconteceu e caia fora daqui.

– Não vai ser tão ruim – disse-lhe eu, fazendo um esforço para me convencer disso. – Cadê seu cobertor? Podíamos enrolá-lo nele. E depois levantá-lo sem realmente tocar nele.

– Acho que sim – disse Lula. – Podíamos tentar.

Abri o cobertor no chão ao lado de Elliot Harp, respirei profundamente, enganchei meus dedos em seu cinto e o rolei para o cobertor. Dei um pulo para trás, apertei os olhos com força e suspirei. Não importa quanta violência eu visse, nunca me acostumaria com ela.

– Eu definitivamente vou ter diarreia – disse Lula. – Posso senti-la chegando.

– Esqueça a diarreia e me ajude com este corpo!

Lula agarrou a ponta do cobertor onde estava a cabeça e eu agarrei a ponta onde estavam os pés. Harp estava em um estado de *rigor mortis* e não se dobrava, por isso pusemos sua cabeça primeiro no porta-malas com suas pernas projetadas para fora. Fechamos cuidadosamente a tampa sobre os joelhos dele e a seguramos com um pedaço de corda que Lula tinha em seu porta-malas.

– Espere – disse Lula, pegando um lenço de pescoço florido no bolso de seu casaco e o amarrando no pé de Harp como uma bandeira. – Não quero receber uma multa. Ouvi dizer que a polícia é realmente rígida em relação a ter coisas se projetando de seu porta-malas.

Especialmente cadáveres.

Entramos na pista de trânsito e tínhamos percorrido uns 800 metros procurando por um retorno quando comecei a me preocupar com Harp. Não estava certa do que pensaria a polícia de Trenton se chegássemos na delegacia com um traficante de drogas morto no porta-malas de Lula. Poderiam não entender a decisão de tirá-lo da beira da estrada.

Lula pegou uma bifurcação da Route 1 e parou em um sinal.

– Para onde vamos? – quis saber.

– Para o Burgo. Preciso falar com Eddie Gazarra.

Gazarra era em primeiro lugar um amigo, e em segundo um policial. Certamente me daria um conselho honesto sobre o melhor modo de entregar um cadáver.

Um carro parou atrás de nós no sinal. Quase imediatamente o carro deu marcha a ré e se afastou em alta velocidade. Lula e eu paramos de observar pelo espelho retrovisor e nos entreolhamos.

– Talvez devêssemos ter enrolado o cobertor melhor nos pés de Elliot – disse Lula.

O sinal mudou e Lula se dirigiu para o sul, na Route 1. Entrou na rua Masters, preferindo dirigir mais alguns quarteirões a atravessar o centro da cidade com Elliot. Quando chegamos à avenida Hamilton o céu estava escuro e coberto de nuvens, e as luzes da rua tinham sido acesas.

Eddie Gazarra morava em um rancho de três quartos na periferia do Burgo. A casa fora construída nos anos 1960. Com tijolos vermelhos e revestimento de alumínio branco. Um pequeno quintal com cerca. O coelho Pernalonga vivia em uma coelheira de madeira nos fundos do quintal, banido da casa depois de roer o cabo da TV.

Lula estacionou na frente da casa e olhamos em silêncio para as janelas escuras.

– Parece que não há ninguém em casa – ela disse.

Concordei, mas me dirigi à porta assim mesmo. Toquei a campainha e esperei alguns segundos. Toquei de novo. Caminhei por entre as azaleias, pus as mãos em concha na janela da sala de estar e olhei para dentro. Ninguém em casa.

Gus Balog, o vizinho ao lado de Eddie, pôs sua cabeça para fora da porta da frente.

– O que está acontecendo? É a Stephanie Plum?

– Sim, estou procurando Eddie.

– Não há ninguém em casa. Eles levaram os filhos para aquele novo restaurante de frango. Aquele carro é seu... o vermelho?

– É de uma assistente.

– O que é aquilo saindo do porta-malas? Parecem pernas.

– É apenas um boneco. Você sabe, como o das lojas de departamentos.

– Não parece um boneco – disse Gus. – Parece um homem morto. Ouvi dizer que você está procurando Mo. Aquelas não são as pernas de Mo, são?

Saí do meio das azaleias e voltei para o carro.

– Não. Não são as pernas de Mo. – Pulei para dentro do carro e fechei a porta. – Hora de ir embora – disse a Lula.

Lula deu voltas em alguns quarteirões.

– E agora? – perguntou.

– Estou pensando. Estou pensando. – O problema era que só podia pensar em uma pessoa capaz de me ajudar. Joe Morelli. Não alguém que eu quisesse ver em minha atual condição desgrenhada. Não alguém a quem queria dever mais um favor. E não alguém em quem confiava totalmente para ir comigo ao Departamento de Polícia de Trenton.

– Estou com frio e molhada, e sem dúvida vou ter uma diarreia a qualquer minuto – disse Lula. – É melhor você decidir o que fazer logo, ou poderá haver uma grande sujeira no carro.

Morelli recentemente havia se mudado de seu apartamento para uma casa geminada na rua Slater. Eu não conhecia nenhum detalhe, mas a mudança não parecia típica de Morelli. Seu apartamento anterior tinha poucos móveis. Era confortável de um modo utilitário e exigia manutenção mínima. Uma casa inteira para Morelli parecia demais. Quem a limparia? E quanto às cortinas? Quem as escolheria?

– Pegue a Chambers e vire à esquerda ao chegar à Slater – disse eu.

A Slater ficava uns 800 metros fora dos limites do Burgo. Era uma área etnicamente misturada de casas modestas e pessoas tentando mantê-las.

Eu não conseguia me lembrar do número, mas reconheceria a casa. Havia cedido a uma curiosidade mórbida cerca de um mês atrás e passado por lá de carro para checar as coisas. Era uma casa de telhas marrons no meio do quarteirão. De dois andares e uma pequena varanda de cimento na frente. Precisando de uma boa reforma.

Nós dirigimos por dois quarteirões da Slater e vi o carro de Morelli estacionado no meio-fio meio quarteirão adiante. Meu estômago teve uma pequena contração nervosa e revi em pânico minhas opções.

– Por que você está fazendo esses sons de lamúria?
– Estou revendo minhas opções.
– E?
– E não tenho nenhuma.

Lula passou devagar pelo para-choque traseiro de Morelli.

– Parece o carro de um policial. Cheira como o carro de um policial...
– Joe Morelli.
– Essa é a casa dele?
– Sim – respondi. – Pare. Voltarei em um minuto.

Vi luzes no andar de baixo, nos fundos. Provavelmente vindo da cozinha. Bati na porta e esperei, me perguntando que tipo de recepção teria e rezando para que Morelli estivesse só. Se houvesse uma mulher com ele eu ficaria tão constrangida que teria de me mudar para a Flórida.

Ouvi passos do outro lado da porta e ela se abriu. Morelli estava usando meias de lã grossas, jeans, camiseta e uma camisa de flanela desabotoada e enrolada até os cotovelos. Suas sobrancelhas se ergueram de surpresa. Ele olhou para meus cabelos molhados e minha Levi's salpicada de lama. Depois olhou para o Firebird vermelho, que Lula estacionara ao lado de um poste de luz. Balançou a cabeça.

– Diga que você não tem pernas saindo daquele carro.

– Hum, bem, na verdade...

– Jesus Cristo, Stephanie, com esse são quatro! Quatro cadáveres. Oito se você contar os no porão.

– Não é culpa minha! – Pus minhas mãos nos quadris. – Você acha que quero ficar encontrando cadáveres? Sabe, isso também não tem nenhuma graça para mim.

– Quem é?

– Achamos que é Elliot Harp. Ele está com um grande buraco no meio do rosto, por isso é difícil dizer com certeza.

Eu lhe contei a história sobre ter visto e seguido Mo pela Route 1, e como Elliot Harp foi parar no capô de Lula.

– E? – perguntou Morelli.

– E eu o trouxe aqui. Achei que você poderia querer examiná-lo primeiro. – E que poderia escrever o relatório de um modo favorável que não me citasse como tendo removido o corpo. E que se metesse você nisso não seria alvo de piadas de policiais sobre entrega de cadáveres.

Olhei rapidamente para dentro da casa de Morelli. Vi o chão de madeira no pequeno vestíbulo e o antiquado corrimão de madeira na escada que levava ao segundo andar.

Morelli fez um sinal para Lula esperar um minuto, me puxou para dentro e fechou a porta.

– Você devia ter deixado o corpo na beira da estrada. Devia ter acenado para alguém parar. Devia ter encontrado um telefone e chamado a polícia.

– Alô – disse eu. – Você está ouvindo? Acabei de contar tudo isso. Ninguém parou e achei que era perigoso ficar na beira da estrada.

Morelli entreabriu a porta e olhou para o Firebird. Depois a fechou e balançou sua cabeça de novo. Olhou para seus pés e tentou esconder um sorriso.

– Isso não tem graça! – disse eu.

– De quem foi a ideia da bandeira?

– De Lula. Ela não queria receber uma multa.

O sorriso se ampliou.

– Você deve adorar Lula.

– Então o que eu devo fazer com esse cara?

– Vou telefonar para o escritório do médico-legista e pedir para alguém nos encontrar na delegacia. Você trouxe Harp de carro até aqui... mais alguns quilômetros não farão muita diferença.

– Eu não fiz nada ilegal, fiz?

Morelli se dirigiu aos fundos da casa.

– Você não quer saber a resposta para isso.

Eu o segui pelo corredor até a cozinha, vendo de relance as salas de estar e jantar. Os cômodos eram pequenos, mas com tetos altos e sancas elaboradas. Ainda havia caixas em todos os cômodos, esperando para ser abertas. Um tapete estava enrolado em um lado da sala de jantar.

Morelli pegou um par de tênis sob a mesa da cozinha e se sentou para amarrá-los.

– Bela cozinha – disse eu. – Lembra muito a casa dos meus pais. – Pensei: E quanto ao papel para forrar armários? Não podia imaginar Morelli escolhendo papel para forrar armários.

Morelli olhou ao redor como se estivesse vendo a cozinha pela primeira vez.

– Precisa de algumas reformas.

– Por que você decidiu comprar a casa?
– Não a comprei. Eu a herdei. Minha tia Rose a deixou para mim. Ela e meu tio Sallie compraram esta casa quando se casaram. Sallie morreu dez anos atrás e a tia Rose continuou na casa. Ela morreu em outubro, com 83 anos. Eles não tinham filhos e eu era o sobrinho favorito, por isso herdei a casa. Minha irmã, Mary, ficou com os móveis. – Morelli se levantou e pegou uma jaqueta que estava pendurada sobre uma cadeira da cozinha.

– Você poderia vendê-la.

Ele vestiu sua jaqueta.

– Pensei nisso, mas decidi morar nela primeiro. Ver como é.

Uma buzina tocou lá fora.

– É Lula – disse eu. – Ela está com diarreia.

Capítulo 12

Fiz Lula ir até os fundos da delegacia para descarregarmos Elliot com o máximo de privacidade possível. Paramos na área de desembarque e desligamos o motor. Morelli parou no lado do estacionamento. A área de desembarque é coberta por circuito fechado de TV, por isso eu sabia que em uma questão de minutos curiosos sairiam da porta de segurança dos fundos.

Lula e eu ficamos em pé na frente do Firebird, evitando nos aproximarmos mais de Elliot do que o absolutamente necessário. Eu estava ensopada e, sem o aquecedor do carro, congelava até os ossos.

– É engraçado como a vida funciona – disse Lula. – Tudo isso aconteceu porque eu comi um burrito ruim. É como se Deus soubesse o que estava fazendo quando me deu diarreia.

Cruzei os braços com força no peito e trinquei os dentes para evitar que continuassem a bater.

– O Senhor age de modos misteriosos.

– É exatamente o que eu penso. Agora sabemos que Jackie tinha razão sobre o Velho Nariz de Pênis estar na rua Montgomery. Nós até mesmo fizemos algo bom para Elliot. Não que ele mereça, mas se não fosse por nós a esta altura ele estaria no fundo do rio.

A porta dos fundos do prédio se abriu e dois policiais uniformizados saíram. Eu não sabia seus nomes, mas já os tinha visto. Morelli lhes disse que obstruiria a área de desembarque por alguns minutos, e gostaria que eles interrompessem o trânsito.

A picape do médico-legista chegou e estacionou perto do Firebird. Era uma Ford Ranger azul-escuro com teto branco dividida em compartimentos, que me faziam lembrar de canis.

O investigador criminal disse algumas palavras para Morelli e depois foi trabalhar.

Arnie Rupp, o supervisor do grupo de crimes violentos, saiu e ficou com as mãos nos bolsos observando a ação. Um homem de jeans, boné preto do Departamento de Polícia de Trenton e jaqueta de lã xadrez vermelha e preta ficou perto dele. Rupp perguntou ao homem se ele tinha terminado o relatório sobre o caso Runion. O homem respondeu que ainda não. A primeira coisa que faria de manhã seria terminá-lo.

Olhei para o homem e pequenos alarmes dispararam no meu cérebro.

O homem olhou de volta para mim. Reservado. Rosto de policial. Implacável.

Morelli entrou em minha linha de visão.

– Vou mandar você e Lula para casa. Vocês duas parecem náufragos e isto vai demorar algum tempo.

– Eu gostaria disso – disse Lula –, porque estou com uma perturbação intestinal.

Morelli ergueu meu queixo um milímetro com seu dedo indicador e estudou meu rosto.

– Você vai ficar bem?

– Claro. Estou b-b-bem.

– Você não parece bem. Parece abatida.

– Quem é o cara em pé perto de Arnie Rupp? O de jeans, boné de policial e jaqueta xadrez vermelha e preta.

– Mickey Maglio. Crimes importantes. Detetive da Divisão de Roubos.

– Você se lembra dos homens com máscaras de esqui e macacões sobre os quais falei? O líder, aquele que queimou minha mão e me ofereceu dinheiro, tinha uma voz de fumante. Um sotaque de Jersey City. Sei que você não quer ouvir isso, mas juro que Maglio fala como ele. E a altura e o corpo combinam.

– Você chegou a ver o rosto dele?

Balancei a cabeça.

– Não.

– Maglio é um bom policial – disse Morelli. – Ele tem três filhos e a mulher está grávida.

– Não sei – disse eu. – Posso estar errada. Estou com f-f-frio. Talvez não esteja pensando direito.

Morelli pôs seu braço ao redor de mim e me levou para uma radiopatrulha que estava à espera.

– Vou investigar isso. Nesse meio-tempo não vamos contar nada a ninguém.

Lula foi deixada em casa primeiro devido às suas necessidades urgentes. Fiquei em silêncio pelo resto da viagem, tremendo no banco traseiro, incapaz de concatenar meus pensamentos, temendo explodir em lágrimas e parecer uma idiota na frente do meu chofer policial.

Agradeci ao policial quando ele parou na minha porta. Arrastei-me para fora do carro, corri para o prédio e subi as escadas. O corredor do segundo andar estava vazio de pessoas, mas cheio de cheiros de jantar. Peixe frito da sra. Karwatt. Ensopado do sr. Walesky.

Meus dentes tinham parado de bater, mas minhas mãos ainda tremiam e tive de segurar a chave com ambas para acertar o buraco da fechadura. Empurrei a porta, acendi a luz, fechei e aferrolhei a porta e fiz uma rápida verificação de segurança.

Rex saiu de sua lata de sopa e me olhou de alto a baixo. Pareceu assustado com minha aparência, por isso lhe falei a respeito do meu dia. Quando cheguei à parte sobre carregar Elliot no porta-malas de Lula, explodi em risos. Meu Deus, o que eu estivera pensando?! Aquilo era uma coisa absurda a fazer. Ri até chorar e depois percebi que não estava mais rindo. Lágrimas escorriam por minhas bochechas e eu soluçava. Depois de algum tempo meu nariz escorria e minha boca estava aberta, mas os soluços eram silenciosos.

– Merda – disse a Rex. – Isso é exaustivo.

Assoei meu nariz, arrastei-me para o banheiro, tirei a roupa e permaneci sob o chuveiro até minha pele ficar ardida e minha mente vazia. Vesti roupas de moletom e meias de algodão e torrei meus cabelos em mechas frisadas vermelhas de 5 centímetros com meu secador. Parecia que eu tinha tomado banho com a torradeira, mas não liguei para isso. Desabei na cama e adormeci imediatamente.

Acordei devagar, com os olhos inchados de chorar e a mente leve e embotada. O relógio ao lado da cama marcava 21:30. Alguém estava batendo. Andei arrastando os pés até o corredor e abri a porta sem cerimônia.

Era Morelli, segurando uma caixa de pizza e um pacote com seis latas de cerveja.

– Você sempre deveria olhar antes de abrir a porta – disse ele.

– Eu olhei.

– Você está mentindo de novo.

Ele estava certo. Eu não tinha olhado. E estava certo sobre ser cautelosa.

Meus olhos se fixaram na caixa de pizza.

– Você realmente sabe como atrair a atenção de uma pessoa.

Morelli sorriu.

– Está com fome?

– Você vai entrar ou não?

Morelli pôs a pizza e as cervejas sobre a mesinha de centro e tirou sua jaqueta.

– Gostaria de repassar os eventos do dia.

Eu trouxe pratos e um rolo de papel-toalha para a mesa e me sentei ao lado de Morelli no sofá. Devorei um pedaço de pizza e lhe contei tudo.

Quando terminei, Morelli estava em sua segunda cerveja.

– Você está pensando mais alguma coisa?

– Só que Gail provavelmente mentiu para nós, para não se complicar com sua senhoria. Elliot estava em um estado de *rigor mortis* quando o encontramos, portanto tinha morrido há algum tempo. Meu palpite é que ou Gail disse a Mo onde encontrar Elliot ou Elliot estava no quarto de Gail quando Mo apareceu.

Morelli assentiu com a cabeça.

– Você está assistindo aos programas de TV certos – observou. – Checamos as placas do carro marrom-claro. Pertencia a Elliot Harp.

– Você descobriu a conexão de Mo com a rua Montgomery?

– Ainda não, mas temos homens na área. O estacionamento subterrâneo era usado por muitas pessoas. É possível comprar o cartão de acesso em uma base mensal. Não é preciso identificação. Os membros da Igreja da Liberdade usam o estacionamento. Os comerciantes locais também.

Comi outra fatia de pizza. Queria tocar no assunto de Mickey Maglio, mas não me sentia segura sobre a acusação. Além do mais, já o tinha mencionado. Morelli era um policial bom demais para deixar isso passar e ser esquecido.

– E agora? – perguntei. – Você quer ver um pouco de TV?

Morelli olhou para seu relógio.

– Acho que não. Vou para casa. – Ele se levantou e esticou. – Foi um dia longo.

Eu o acompanhei até a porta.

– Obrigada por me ajudar a dar destino a Elliot.

– Ei – disse Morelli, me cutucando de leve no braço. – Para que servem os amigos?

Pisquei os olhos. Amigos? Morelli e eu?

– OK, o que está acontecendo?

– Não está acontecendo nada.

Puxa, isso era verdade. Nenhuma paquera. Nenhum amasso. Comentários sexistas reduzidos a um mínimo. Apertei os olhos ao vê-lo caminhar para o elevador. Só havia uma explicação possível. Morelli tinha uma namorada. Estava apaixonado por outra pessoa e eu estava fora de jogada.

Hurra, disse para mim mesma. Mas não me sentia realmente feliz. Sentia-me como se alguém fosse dar uma festa e eu não estivesse incluída na lista de convidados. Pensei sobre isso, tentando descobrir a causa do meu desconforto. O motivo óbvio, é claro, era que eu estava com ciúme. Eu não gostava do motivo óbvio, por isso continuei a procurar outro. Finalmente desisti. A verdade é que havia algo inacabado entre eu e Morelli. Alguns meses atrás tivemos a interrupção no Buick, e por mais que eu detestasse admiti-lo, desde então pensava nele em termos tórridos.

E depois houve a mudança de casa, que pareceu tão pouco típica de Morelli, o solteirão. Mas e se Morelli estivesse pensando em morar com alguém? Meu Deus, e se estivesse pensando em se casar?

Eu não gostava nem um pouco da ideia de Morelli se casar. Isso arruinaria minha vida de fantasia, e poria mais pressão em mim. Minha mãe me diria: Veja! Até mesmo Joe Morelli se casou!

Desabei no sofá e liguei a televisão, mas não havia nada que valesse a pena ver. Tirei as latas de cerveja e a pizza da mesinha de centro. Coloquei meu telefone de novo na tomada e religuei a secretária eletrônica. Tentei a televisão de novo.

Abri a terceira cerveja e quando a terminei me senti um pouco zonza. Maldito Morelli, pensei. Que audácia se envolver com outra mulher!

Quanto mais eu pensava nisso, mais irritada ficava. Afinal, quem era essa mulher?

Telefonei para Sue Ann Grebek e perguntei discretamente com quem diabos Morelli estava saindo, mas Sue Ann não sabia. Telefonei para Mary Lou e minha prima Jeanine, mas elas também não sabiam.

Bem, basta, decidi. Vou descobrir sozinha. Afinal de contas, sou uma espécie de investigadora. Simplesmente investigarei.

O problema era que os acontecimentos dos dois últimos dias haviam me deixado muito nervosa. Eu não tinha medo do escuro, mas também não gostava muito dele. OK, tinha medo do escuro. Por isso telefonei novamente para Mary Lou e lhe perguntei se ela queria espionar Morelli comigo.

— É claro que sim — respondeu Mary Lou. — A última vez em que espionamos Morelli tínhamos doze anos. Temos esse direito.

Amarrei meus tênis de corrida, vesti um casaco de moletom sobre a blusa que estava usando e enfiei meus cabelos sob uma touca de tricô preta. Atravessei o corredor, desci as escadas e encontrei Dillon Ruddick na portaria. Dillon era o zelador do prédio e um cara legal.

— Eu lhe darei 5 dólares se você me acompanhar até meu carro — disse eu a Dillon.

— Eu a acompanharei de graça — disse Dillon. — Estava indo levar o lixo para fora.

Outra vantagem de estacionar perto da caçamba.

Dillon parou no Buick.

— Esse carro é um espetáculo — observou.

Isso eu não podia negar.

Mary Lou estava esperando na calçada quando parei na sua casa. Usava jeans pretos justos, uma jaqueta de motociclista de couro preta, botas pretas de salto alto na altura do tornozelo e grandes brincos de argola dourados. Os trajes noturnos de uma elegante observadora do Burgo.

— Se você contar a alguém que eu fiz isso, vou negá-lo. E depois contratar Manny Russo para atirar em seu joelho — disse Mary Lou.

— Só quero ver se ele está com uma mulher.

— Por quê?

Olhei para ela.

— OK — disse ela. — Sei por quê.

O carro de Morelli estava estacionado na frente da casa. As luzes da sala de estar estavam acesas, mas a da cozinha estava apagada, como mais cedo.

Uma figura se moveu pela casa, subindo as escadas. Uma luz piscou em um dos quartos do andar de cima. A figura voltou para a cozinha.

Mary Lou deu uma risadinha. E depois eu dei uma. Então nós demos tapinhas uma na outra para pararmos de rir.

– Sou mãe – disse Mary Lou. – Não deveria estar fazendo esse tipo de coisa. Estou velha demais para isso.

– Uma mulher nunca é velha demais para bancar a idiota. Isso vem junto com a igualdade dos sexos e a paridade sanitária.

– E se a gente o encontrar na cozinha com uma meia no pau?

– Você está sonhando.

Isso produziu mais risadinhas.

Dobrei a esquina e entrei na viela que cruzava o quarteirão. Segui devagar pela pista única, apaguei os faróis e parei no quintal de Morelli. Eu o vi por uma janela dos fundos. Pelo menos estava em casa. Não tinha saído do meu apartamento para encontrar uma gata. Continuei até o fim da pista e estacionei o Buick na esquina, na avenida Arlington.

– Venha – disse eu a Mary Lou. – Vamos olhar mais de perto.

Voltamos para o quintal de Morelli e ficamos fora da velha cerca de estacas, escondidas na escuridão.

Depois de alguns minutos Morelli passou de novo na frente da janela. Desta vez estava falando pelo telefone, sorrindo.

– Olhe para isso! – disse Mary Lou. – Ele está sorrindo. Aposto que está falando com *ela*!

Deslizamos para dentro do portão e andamos na ponta dos pés até a casa. Encostei-me na parede e prendi a respiração. Aproximei-me um pouco mais da janela. Dava para ouvi-lo falando, mas não entender as palavras. Blá-blá-blá-blá-blá-blá.

Uma porta se abriu duas casas abaixo e um grande cão preto saiu para o pequeno quintal. Ele parou e ficou com as orelhas apontadas em nossa direção.

– WOOF! – disse o cão.

– Ah, meu Deus – sussurrou Mary Lou. – Puta merda.

Mary Lou não era chegada a animais.

– WOOF!

Subitamente aquilo não pareceu mais uma boa ideia. Não gostei da perspectiva de ser rasgada em tiras por um cão dos infernos. E, pior ainda, não queria ser pega por Morelli. Mary Lou e eu corremos de lado à moda dos caranguejos para o portão dos fundos e paramos do lado de fora da cerca de Morelli. Vimos o cão do vizinho ir devagar para a beira de seu quintal. Ele não parou. Seu quintal não era cercado. Agora estava na rua, olhando diretamente para nós.

Cão bonito, pensei. Provavelmente queria brincar. Mas só por precaução... talvez fosse melhor irmos para o carro. Recuei alguns passos e o cão partiu em nossa direção.

– OHH!

Estávamos a duas casas de distância na Rover, e corremos o máximo que pudemos. A 5 metros da Arlington, senti patas baterem nas minhas costas, me derrubando no chão. Eu caí primeiro com as mãos, e depois os joelhos. Caí de barriga no asfalto e senti o ar saindo dos meus pulmões.

Preparei-me para morrer, mas o cão apenas ficou sobre mim, com a língua pendurada, abanando o rabo.

– Bom cão – disse eu.

Ele lambeu minha cara.

Rolei de modo a ficar de barriga para cima e avaliei o dano. Roupa rasgada, mãos e joelhos arranhados. Grande perda de autoestima. Levantei-me, enxotei o cão de volta para casa e fui mancando até o carro, onde Mary Lou me esperava.

– Você me abandonou – disse eu a Mary Lou.

– Pareceu que aquilo ia se tornar uma daquelas coisas sexuais. Não quis interferir.

Quinze minutos depois eu estava de camisola no meu apartamento, passando pomada antisséptica em meus joelhos esfolados. E me sentia muito melhor. Nada como um ato totalmente infantil para ver as coisas como elas são.

Parei de passar a pomada quando o telefone tocou. Rezei para não ser Morelli. Não queria ouvir que ele tinha me visto saindo correndo de seu quintal.

Atendi com um alô hesitante.

Pausa do outro lado da linha.

– Alô – repeti.
– Espero que aquela pequena discussão que tivemos na vez passada tenha significado algo para você – disse o homem. – Porque se eu descobrir que você abriu sua boca sobre isso, vou pegá-la. E isso não vai ser bonito.
– Maglio?
O homem desligou.
Chequei todas as fechaduras, pluguei a bateria do meu celular no carregador e me certifiquei de que meu revólver estava carregado ao lado da cama junto com o spray de pimenta. Estremeci à possibilidade de Maglio estar envolvido. Não era bom ter um policial como inimigo. Os policiais podiam ser pessoas muito perigosas.
O telefone tocou de novo. Desta vez deixei a secretária eletrônica atender. Era Ranger. Só para dar notícias. Corrida amanhã às sete horas.
Telefonei para Lula como havia prometido e a incluí no programa.

Desci às sete horas, mas não em minha melhor forma física. Não tinha dormido bem e me sentia exaurida.
– Como foi ontem? – perguntou Ranger.
Eu lhe apresentei uma versão completa dos fatos, excluindo minha visita juvenil ao quintal de Morelli.
A boca de Ranger se curvou nos cantos.
– Você está inventando isso, certo?
– Errado. Foi o que aconteceu. Você perguntou o que aconteceu. Eu lhe contei.
– Está bem, deixe-me entender isso direito. Elliot Harp voou do carro de Mo para o Firebird e caiu na beira da Route 1. Você pegou Elliot, o colocou no porta-malas e levou para a delegacia.
– Mais ou menos isso.
Ranger deu uma gargalhada.
– Aposto que os policiais adoraram isso.
Um táxi parou no estacionamento, não muito longe de onde estávamos, e Lula saltou dele. Usava um conjunto de moletom

felpudo rosa polar e protetores de ouvido peludos cor-de-rosa. Parecia o coelho da Energizer depois de usar esteroides.

– Lula vai correr conosco – disse eu a Ranger. – Ela quer ficar em melhor forma física.

Ranger olhou Lula de alto a baixo.

– Se você não aguentar, vai ser deixada para trás.

– Nem pensar.

Partimos em um ritmo moderadamente rápido. Achei que Ranger estava testando Lula. Ela estava ofegante, mas perto dos calcanhares dele. Conseguiu continuar até chegarmos à pista, e então se sentou em um banco do lado de fora.

– Não corro em círculos – disse Lula.

Sentei-me ao seu lado.

– Concordo com isso.

Ranger deu uma volta e passou por nós correndo sem reconhecer nossa presença ou falta dela.

– Por que você está realmente aqui? – perguntei a Lula.

Os olhos de Lula não se afastavam de Ranger.

– Estou aqui porque ele é o foda.

– O foda?

– Sim, você sabe... o foda. O rei. O bacana.

– Você conhece mais alguém que é o foda?

– John Travolta. Ele também é o foda.

Observamos um pouco Ranger, e entendi por que ela achava Ranger o foda.

– Eu estava pensando – disse Lula. – E se realmente existissem super-heróis?

– Como Batman?

– Sim. É isso que eu estou dizendo. Teria de ser alguém que fosse o foda.

– Está me dizendo que acha que Ranger é um super-herói?

– Pense nisso. Não sabemos onde ele mora. Não sabemos nada sobre ele.

– Os super-heróis não existem.

– Ah, é? – disse Lula. – E quanto a Deus?
– Hummmm.
Ranger deu mais algumas voltas e saiu da pista. Lula e eu saímos rapidamente do banco e seguimos atrás dele. Desabamos 3 quilômetros depois, na frente do meu prédio.
– Aposto que você poderia correr para sempre – disse Lula a Ranger, respirando com dificuldade e assobiando. – Aposto que seus músculos parecem de ferro.
– Homem de ferro – disse Ranger.
Lula me deu um olhar astucioso.
– Bem, isto foi divertido – disse eu para todo mundo. – Mas vou sair daqui.
– Bem que eu gostaria de uma carona – disse Lula para Ranger. – A polícia ainda está com meu carro. Talvez você possa me dar uma carona no caminho para sua casa. É claro que não quero incomodar. Não quero que saia do seu caminho. – Ela parou por um instante. – Exatamente onde você mora? – perguntou a Ranger.
Ranger acionou seu controle remoto e as portas do Bronco se abriram. Ele fez um gesto para Lula.
– Entre.
Ricardo Carlos Manoso. Mestre em ser lacônico. Super-herói. Agarrei Lula pelo cotovelo antes de ela partir.
– Qual é sua programação para hoje?
– A mesma de todos os dias.
– Se você tiver uma chance, talvez possa checar alguns restaurantes de fast-food para mim. Não quero gastar o dia inteiro nisso, mas se você sair para tomar um café ou almoçar fique de olhos abertos para Stuart Baggett. Ele tem que estar trabalhando em algum lugar por perto. Meu palpite é que ele irá para o que parecer familiar. – Uma hora depois eu estava na estrada, examinando entradas, fazendo a minha parte. Imaginei que Lula permaneceria perto do escritório, por isso segui para Hamilton Township. Estava na Route 33 quando meu celular tocou.

— Eu o encontrei! – gritou Lula para mim. – Almocei cedo e fui a alguns lugares porque todos no escritório queriam algo diferente, e o encontrei! O Sr. Fofíssimo está servindo frango agora.
— Onde?
— No Cluck in a Bucket, na Hamilton.
— Você ainda está aí?
— Droga, sim – disse Lula. – E não deixei que ele me visse. Estou dentro de uma cabine telefônica.
— Não saia daí!

Cometo muitos erros. Tento muito não cometer o mesmo erro mais de três ou quatro vezes. Dessa vez Stuart Baggett seria amarrado como um peru de Natal recheado, e mandado para a prisão.

Entrei no Buick e parti ruidosamente para a avenida Hamilton. O dinheiro envolvido na captura de Baggett ocupava agora uma posição baixa em minha lista de fatores de motivação. Baggett me fizera parecer e me sentir uma idiota. Não queria vingança. Vingança não é uma emoção produtiva. Só queria ser bem-sucedida. Recuperar um pouco de orgulho profissional. É claro que depois de recuperá-lo eu ficaria feliz em receber o dinheiro da captura.

O Cluck in a Bucket ficava alguns quarteirões depois do escritório de Vinnie. Era um elo totalmente novo em uma minicadeia e ainda em sua grande fase de abertura. Eu já havia passado de carro por lá e olhado para o grande letreiro, mas ainda não saboreara um balde de frango.

Vi o brilho da franquia a um quarteirão de distância. A pequena edificação maciça de um andar fora pintada de amarelo por dentro e por fora. À noite a luz saía pelas grandes janelas de vidro laminado e um refletor brincava sobre um frango de plástico de 2 metros espetado em um poste giratório no estacionamento.

Parei na parte de trás do estacionamento do Cluck in a Bucket e saí munida de meu equipamento de caçadora de recompensas. Algemas em um bolso da jaqueta; spray de defesa pessoal no outro. Arma de choque presa na cintura da minha calça de moletom. Na pressa o revólver Smith & Wesson foi esquecido, deixado em minha mesa de cabeceira.

Lula estava esperando por mim do lado de fora da entrada da frente.

– Lá está ele – disse ela. – É aquele que está entregando chapéus de frango de papelão para as crianças.

Era mesmo Stuart Baggett... fantasiado de um frango gordo e usando um chapéu em forma de crista. Ele fez uma dança de frango para uma família, levantando e abaixando os cotovelos e balançando seu grande traseiro de frango. Fez alguns sons de cacarejo e deu a cada uma das crianças um chapéu de papelão amarelo e vermelho.

– Você tem de admitir que ele é um frango fofo – disse Lula, observando Stuart desfilar com seus grandes pés amarelos. – Pena que a gente tenha de ir chutar o rabo dele.

Era fácil para ela falar. Não estava com os cabelos cor de laranja. Passei pela porta da frente e atravessei a sala. Estava a uns 3 metros de distância quando Stuart virou e nossos olhos se encontraram.

– Oi, Stuart – disse eu.

Havia uma mulher jovem em pé perto de Stuart. Usava um uniforme vermelho e amarelo do Cluck in a Bucket e segurava uma pilha de chapéus para distribuição. Deu-me seu melhor olhar de "não estrague a diversão" e pôs seu dedo em riste.

– O nome dele não é Stuart – disse. – Hoje o nome dele é sr. Cacarejo.

– Ah, é? – disse Lula. – Bem, nós vamos arrastar o rabo fofo do sr. Cacarejo para a prisão. O que você acha disso?

– Elas são malucas – disse Stuart para a mulher do Cluck in a Bucket. – São perseguidoras. Não vão me deixar em paz. Fizeram com que eu fosse despedido do meu último emprego porque ficaram me assediando.

– Isso é uma grande absurdo – disse Lula. – Se fôssemos assediar alguém não seria uma pessoa que se fantasia de frango para ganhar um salário mínimo.

– Com licença – disse eu, empurrando Lula com o cotovelo para longe de Stuart e dirigindo meu sorriso mais profissional para a jovem com os chapéus. – O sr. Baggett descumpriu um contrato de fiança e precisa remarcar sua audiência.

– Harry – gritou a jovem, acenando para um homem atrás do balcão de atendimento. – Chame a polícia. Temos um problema aqui.

– Droga – disse Lula. – Detesto quando as pessoas chamam a polícia.

– Você está estragando tudo – disse-me Stuart. – Por que não pode me deixar em paz? Quem vai ser o sr. Cacarejo se você me levar?

Tirei as algemas do bolso.

– Não me dê trabalho, Stuart.

– Você não pode algemar o sr. Cacarejo! – disse Stuart. – O que todas essas crianças vão pensar?

– Eu não esperaria que elas prestassem atenção nisso – disse Lula. – Não é como se você fosse Papai Noel. A verdade é que é apenas um homenzinho chorão com uma roupa horrível.

– Isso não é um grande problema – disse eu a Stuart o mais calmamente possível. – Vou algemar você e sairemos pela porta, e se fizermos isso rápido e em silêncio ninguém notará.

Aproximei-me para algemar Stuart e ele me afastou com sua asa de frango.

– Deixe-me em paz – disse Stuart, esbarrando em minha mão e fazendo as algemas voarem através da sala. – Não vou para a prisão! – Ele pegou os frascos de mostarda e molho especial no balcão de condimentos. – Fique longe de mim! – disse.

Eu tinha spray de pimenta e uma arma de choque, mas aquilo parecia uma força excessiva para usar contra um frango armado com um molho especial.

– Não tenho o dia inteiro – disse Lula a Stuart. – Quero pegar um pouco de frango e voltar para o trabalho, e você está me impedindo. Abaixe esses frascos estúpidos.

– Não subestime estes frascos – disse Stuart. – Eu poderia fazer muito estrago com eles. – Ele ergueu o frasco vermelho.

– Ai meu Deus – disse Lula. – Você acha que ele andou cheirando spray contra baratas?

Lula deu um passo na direção de Stuart e SQUISH. Ele lhe deu um jato de mostarda no peito.

Lula parou imediatamente.

– Que...

SPLOT! Molho especial em cima da mostarda.

– Você viu isso? – perguntou Lula, sua voz tão aguda que parecia a da Minnie Mouse. – Ele me lançou um jato de molho especial! Vou ter de mandar lavar esta jaqueta a seco.

– A culpa foi sua, Gorducha – disse Stuart. – Você me obrigou a fazer isso.

– Chega – disse Lula. – Saia do meu caminho. Vou matá-lo.

– Ela se arremessou para frente, com as mãos tentando agarrar o pescoço de frango de Stuart. Escorregou em um pouco de mostarda que pingara do frasco de Stuart e caiu sentada.

Stuart saiu correndo empurrando mesas e clientes. Saí correndo atrás dele e agarrei suas pernas. Nós dois caímos no chão em uma confusão de penas de frango, Stuart apertando seus frascos e eu xingando e agarrando. Rolamos assim pelo que pareceu uma eternidade, e finalmente eu segurei algo que não era uma parte de frango falsa.

Eu estava com o meu peito sobre o do sr. Cacarejo, torcendo seu nariz em uma ótima imitação de Moe e Curly, quando senti mãos fortes me erguendo e me fazendo soltar o nariz. Um conjunto de mãos pertencia a Carl Costanza. O outro pertencia a um policial que eu já vira, mas cujo nome não sabia. Ambos os policiais estavam sorrindo, atônitos, com os polegares enfiados em seus cintos para arma.

– Ouvi falar sobre seu primo Vinnie e o que ele fez com aquele pato – disse-me Carl. – Ainda assim, estou surpreso de encon-

trar você em cima de um frango. Sempre achei que você tinha puxado mais ao lado Mazur da família.
Limpei a sujeira do meu rosto. Eu estava coberta de mostarda e tinha molho especial em meus cabelos.
– Muito engraçado. Este cara é um DDC.
– Você está com os papéis? – perguntou Carl.
Procurei em minha bolsa a tiracolo e peguei os contratos de fiança e busca que Vinnie fizera.
– Isso é o bastante – disse Carl. – Parabéns, você pegou um frango.
Percebi que o outro policial se continha para não dar uma gargalhada.
– Qual é o seu problema? – perguntei-lhe, irritada por talvez estar rindo de mim.
Ele ergueu as duas mãos.
– Nenhum, senhorita. Bom trabalho. Nem todos poderiam derrubar esse frango.
Revirei os olhos e olhei para Costanza, mas ele também não estava conseguindo conter totalmente o riso.
– Que bom que nós chegamos aqui antes da turma dos direitos dos animais – disse-me Costanza. – Eles não seriam tão compreensivos quanto nós.
Peguei as algemas no outro lado da sala e as prendi nos pulsos de Baggett. Lula havia desaparecido, é claro. Resignei-me com o fato de não poder esperar que ela dividisse espaço com policiais.
– Você precisa de ajuda? – quis saber Costanza.
Fiz um sinal negativo com minha cabeça.
– Posso cuidar disso. Obrigada.
Meia hora depois saí da delegacia com meu recibo de entrega, feliz por escapar das piadas sobre estar com cheiro de churrasco. Sem falar no abuso por ter trazido um frango.
Uma pessoa só pode suportar certa dose de humor policial.

Quando cheguei em casa, Rex estava farejando sua xícara de comida, por isso lhe dei uma uva e lhe contei sobre Stuart Baggett. Disse-lhe que Stuart estava fantasiado de frango e eu o tinha capturado bravamente e apresentado à justiça. Rex ouviu enquanto comia a uva, e acho que talvez tenha sorrido quando cheguei à parte sobre atacar o sr. Cacarejo, mas é difícil dizer essas coisas quando se trata de um hamster.

Amo muito Rex, e ele tem muitas qualidades, como comer pouco e fazer cocô pequeno, mas a verdade é que às vezes finjo que Rex é um golden retriever. Nunca lhe digo isso, é claro. Ele é muito sensível. Ainda assim, às vezes desejo muito um cão de orelhas caídas.

Adormeci no sofá, vendo Rex correr na roda. Acordei com o telefone tocando.

– Recebi um telefonema sobre meu carro – disse Ranger. – Quer ir comigo?

– Claro.

Houve um momento de silêncio.

– Você estava dormindo? – perguntou Ranger.

– Não. Estava saindo pela porta para procurar Mo. – OK, isso era mentira. Melhor do que parecer uma preguiçosa. Ou, pior ainda, melhor do que admitir a verdade, porque a verdade é que eu estava me tornando emocionalmente disfuncional. Não conseguia dormir no escuro. E se dormisse era só um cochilo e acordava com pesadelos. Por isso estava começando a dormir durante o dia, quando tinha essa chance. Minha motivação para encontrar Mo mudara nos últimos dias. Queria encontrá-lo para que os assassinatos parassem. Não aguentava mais ver corpos despedaçados.

Saí do sofá e fui para o chuveiro. Lá notei bolhas enormes em meus calcanhares. Graças a Deus. Finalmente tinha uma boa desculpa para parar de correr. Oito minutos depois, estava vestida e no corredor, com meu apartamento trancado atrás de mim.

Assim que entrei no Bronco, percebi que aquilo era sério porque Ranger usava um prosaico uniforme de campanha e brincos de ouro. Além disso, também havia gás lacrimogêneo e granadas de fumaça no banco traseiro.

– O que houve? – perguntei.

– Vou ser muito direto. Recebi um telefonema de Moses Bedemier. Ele se desculpou por pegar meu carro emprestado. Disse que estava estacionado em sua garagem e que sua vizinha, a sra. Steeger, estava com as chaves.

Estremeci à menção da sra. Steeger.

– O que foi? – perguntou Ranger.

– A sra. Steeger é o Anticristo.

– Droga – disse Ranger. – Deixei minha arma contra o Anticristo em casa.

– Parece que você trouxe todo o resto.

– Você nunca sabe quando vai precisar de gás lacrimogêneo.

– Se eu tivesse de usá-lo na sra. Steeger, provavelmente arruinaria minhas chances de ser Miss Burgo na Parada Mayflower.

Ranger virou da King para o beco e parou na garagem de Mo. Saltou e tentou abrir a porta. Estava trancada. Andou até a janela lateral e espiou para dentro.

– E aí? – perguntei.

– Está lá.

Uma cortina dos fundos foi afastada e a sra. Steeger olhou para nós de sua casa.

– É a sra. Steeger? – quis saber Ranger.

– Sim.

– Um de nós deveria falar com ela.

– Você – disse eu.

– OK. Acho que Mo não está aqui, mas só para garantir cubra os fundos. Vou falar com a sra. Steeger.

Depois de dez minutos eu estava batendo meus pés no chão para me manter aquecida, e começando a me preocupar com Ranger. Não ouvira nenhum tiro, o que era um bom sinal. Não houvera gritos, sirenes de polícia ou barulho de vidro quebrando.

Ranger apareceu na porta dos fundos, sorrindo. Atravessou o quintal em minha direção.

– Você realmente contava mentiras quando era criança?
– Só quando isso envolvia questões de vida ou morte.
– Estou orgulhoso de você, querida.
– Ela estava com a chave?
– Sim. Está vestindo seu casaco e levando essa coisa da chave muito a sério. Diz que é o mínimo que podia fazer por Mo.
– O mínimo que podia fazer?
– Você leu o jornal hoje?

Balancei minha cabeça.

– Não.
– Acontece que todos esses assassinatos estão tendo um grande impacto no crime. As vendas de drogas estão caindo. Os representantes farmacêuticos estão reservando voos para cidades obscuras do sul.
– Está me dizendo que Mo é um herói?
– Digamos apenas que ele não é desprezado.

A sra. Steeger se materializou na porta dos fundos usando um casaco e chapéu. Desceu os degraus da varanda bufando e atravessou seu quintal.

– Hummph – disse para mim. – Estou vendo que você ainda está bisbilhotando.

Meu olho esquerdo começou a tremer. Coloquei meu dedo na pálpebra e afundei meus dentes no lábio superior.

Ranger sorriu.

O super-herói não tinha medo do Anticristo. Ele achava graça em um olho tremendo.

A sra. Steeger abriu a porta e deu um passo para trás, com os braços cruzados sobre o peito.

– Vou trancar quando você tirar seu carro – disse para Ranger.

Acho que ela temia que roubássemos alguns jarros de óleo de motor usado.

Ranger me entregou as chaves do Bronco.

– Siga-me. Vou dirigir o BMW.

Normalmente uma pessoa levaria seus carros para casa. Como Ranger não era normal eu não estava certa de para onde iríamos.

Eu o segui pelo centro da cidade. O trânsito estava pesado e as pessoas andavam nas calçadas com suas cabeças abaixadas devido ao vento. Ranger saiu da State para a Cameron e parou em um pequeno estacionamento particular. Estávamos atrás dos prédios estaduais, a dois quarteirões da Stark, em uma área aparentemente de edifícios de escritório do governo. Definitivamente não residencial.

Ranger saiu de seu carro e falou com o atendente. O atendente sorriu e balançou a cabeça. Eles se conheciam.

Estacionei atrás do BMW e caminhei para Ranger.

– Vamos deixar os carros aqui?

– Benny cuidará deles para mim enquanto pego minha correspondência.

Olhei ao redor.

– Você mora aqui?

– Escritório – disse Ranger, apontando para um prédio de tijolos de quatro andares perto do estacionamento.

– Você tem um escritório?

– Nada especial. Ajuda a manter os negócios em ordem.

Segui Ranger através das portas duplas de vidro para o vestíbulo. Havia dois elevadores à nossa esquerda. Uma lista dos nomes dos ocupantes do prédio estava pendurada na parede ao lado. Eu a examinei e não encontrei o nome de Ranger.

– Você não está na lista – observei.

Ranger passou pelos elevadores e se dirigiu às escadas.

– Não preciso estar.

Trotei atrás dele.

– De que tipo de negócios estamos falando?

– A maioria relacionados com segurança. Guarda-costas, remoção de entulho, consultoria em segurança. Captura de fugitivos, é claro.

Demos a volta no primeiro andar e estávamos indo para o segundo.

– O que é remoção de entulho?

– Às vezes um senhorio quer limpar sua propriedade. Posso reunir uma equipe para fazer o trabalho.
– Quer dizer, como atirar traficantes de drogas pela janela?
Ranger passou para o segundo andar e continuou a subir. Ele balançou a cabeça.
– Somente dos andares mais baixos. Quando você os atira dos andares mais altos eles fazem muita sujeira na calçada.

Ele abriu a porta corta-fogo para o terceiro andar e eu o segui pelo corredor até o número 311. Ranger deslizou um cartão-chave para dentro do leitor magnético, abriu a porta e acendeu a luz.

Era um escritório com apenas uma sala, duas janelas e um pequeno lavabo. A mobília consistia em uma grande escrivaninha de cerejeira com uma cadeira de executivo de couro preto atrás e duas cadeiras de clientes na frente. Não havia torres de canhão nas janelas e nem mísseis fabricados pelo governo empilhados nos cantos. Um laptop Mac com um drive Bernoulli separado estava plugado na escrivaninha, com seu modem ligado à linha telefônica. Também havia um telefone multilinha e uma secretária eletrônica na escrivaninha. Tudo estava limpo. Não havia nenhum pó. Nenhuma lata de refrigerante vazia. Nenhuma caixa de pizza vazia. Felizmente, nenhum cadáver.

Ranger parou para buscar a correspondência que chegara através da abertura para entrega de correio. Pegou um punhado de envelopes e alguns folhetos de propaganda. Dividiu a correspondência em duas pilhas: lixo e "para-depois". Jogou o lixo na cesta de papéis. O para-depois poderia esperar até depois. Supus que não havia nenhuma correspondência para *agora*!

A luz vermelha na secretária eletrônica piscava furiosamente. Ranger ergueu a tampa e tirou a fita. Colocou-a no bolso de sua camisa e a substituiu por uma nova que pegou na gaveta de cima da escrivaninha. Supus que também não havia nenhuma mensagem para *agora*.

Dei uma espiada no lavabo. Muito limpo. Sabonete. Toalhas de papel. Caixa de lenços de papel. Nada pessoal.

– Você passa muito tempo aqui? – perguntei a Ranger.

– Não mais do que o necessário.

Esperei mais alguma explicação, mas não houve nenhuma. Perguntei-me se Ranger ainda estava interessado em Mo, agora que tinha sua BMW de volta.

– Você está se sentindo vingativo? – perguntei a Ranger. – Está a serviço da justiça?

– Ele está na lista negra, se é isso que está perguntando. – Ranger apagou a luz e abriu a porta para ir embora.

– A sra. Steeger disse algo que poderia ser útil?

– Disse que Mo apareceu por volta das nove. Ele lhe contou que havia pegado um carro emprestado de alguém e que o deixara em sua garagem para ficar seguro até o dono vir buscá-lo. Depois lhe deu a chave.

– Só isso?

– Só isso.

– Talvez eu deva conversar com a sra. Steeger. – Eu sabia que isso era um tiro no escuro, mas Mo poderia voltar para buscar sua chave. Ou pelo menos telefonar para ver se tudo tinha dado certo. Eu não ansiava por passar um tempo com a sra. Steeger, mas se conseguisse fazê-la arranjar um encontro ou telefonema entre Mo e eu valeria a pena.

Ranger checou sua porta para se certificar de que estava trancada.

– Você vai explicar para ela como a carreira de crimes de Mo está indo mal e que ela deveria lhe dar seu número pessoal? O que garante a ele passagem segura para o spa estadual?

– Achei que valia a pena tentar.

– Sem dúvida – disse Ranger. – Ela não quis falar comigo sobre isso, mas talvez você tenha mais sorte. Vai correr amanhã de manhã?

– Puxa, eu adoraria, mas estou com bolhas.

Ranger pareceu aliviado.

Capítulo 13

ACHEI QUE EU DEVIA PARECER PROFISSIONAL AO ME ENCONtrar com a sra. Steeger, por isso vesti um *tailleur* preto, blusa de seda branca, lenço de seda com estampa de leopardo, meias cinza claro e sapatos de salto alto. Eu não era nenhuma especialista em divisão longa, mas sabia usar os melhores acessórios.

Eu havia telefonado antes para avisar a sra. Steeger que iria lá. Depois passei alguns momentos fazendo preleções para mim mesma sobre atitude. Eu era uma adulta. Uma profissional. E estava com uma ótima aparência com meu conjunto preto. Era inaceitável ser intimidada pela sra. Steeger. Como uma precaução final contra a insegurança, certifiquei-me de que meu .38 estava carregado e na minha bolsa a tiracolo. Nada como uma arma para dar segurança ao andar de uma garota.

Estacionei na rua Ferris, saí do carro e andei afetadamente pela calçada até a varanda da frente da sra. Steeger. Dei algumas batidas enérgicas na porta e recuei.

A sra. Steeger abriu a porta e me olhou de alto a baixo.

– Você está com uma arma? Não a quero em minha casa se estiver com uma arma.

– Não estou com uma arma – respondi. Mentira número um. Disse para mim mesma que eu podia mentir já que a sra. Steeger já esperava mesmo por isso. Na verdade, provavelmente ficaria desapontada se eu falasse a verdade. E droga, eu não queria desapontá-la.

Ela foi na minha frente para a sala de estar, se sentou em uma poltrona e me fez um sinal para me sentar em uma igual do outro lado da mesinha de centro.

A sala estava compulsivamente arrumada, e ocorreu-me que a sra. Steeger se aposentara quando ainda tinha vitalidade e agora não tinha nada melhor para fazer do que polir o que já estava polido. As janelas estavam enfeitadas com voal branco e cortinas floridas pesadas. Os móveis eram retangulares e os tecidos e o tapete em tons sóbrios de marrom e marrom-claro. Mesas laterais de mogno e uma cadeira de balanço de cerejeira escura. Dois pratos de nozes brancos Lenox em forma de cisne estavam lado a lado sobre a mesinha de centro. Pratos de nozes sem nozes. Tive a sensação de que a sra. Steeger não tinha muita companhia.

Ela ficou sentada lá por um momento, aprumada na beira de sua poltrona, provavelmente se perguntando se a etiqueta do Burgo exigia que me oferecesse um refresco. Eu a poupei da decisão indo diretamente ao assunto. Enfatizei o fato de que Mo estava em perigo agora. Ele reduzira consideravelmente a margem de lucro das drogas e nem todos estavam contentes com isso. Parentes de pessoas mortas estavam infelizes. A administração farmacêutica tendia a ficar infeliz. Usuários e viciados estavam infelizes.

— E Mo não é bom nisso — acrescentei. — Ele não é um assassino profissional. — Até mesmo enquanto eu dizia isso uma pequena voz sussurrava oito corpos. Quantos corpos são precisos para ser um assassino profissional?

Levantei-me e entreguei meu cartão à sra. Steeger antes de ela poder me interrogar sobre as capitais dos estados ou me pedir para escrever uma dissertação sobre "John Quincy Adams, Biografia de um Estadista".

A sra. Steeger segurou meu cartão entre dois dedos. Como você faz quando está com medo de pegar piolho.

— Exatamente o que você quer que eu faça?

— Eu gostaria de falar com Mo. Ver se consigo resolver alguma coisa. Trazê-lo de volta para o sistema antes que se machuque.

— Quer que ele telefone para você.

— Sim.

– Se ele entrar em contato de novo transmitirei a mensagem. Estendi minha mão.
– Obrigada.
Nenhuma de nós mencionara o incidente na loja. Esse assunto estava além da nossa zona de conforto. A sra. Steeger não havia descoberto que eu estava mentindo sobre a arma e não ameaçara me mandar para o gabinete do diretor, por isso considerei o encontro um grande sucesso.
Achei que devia revisitar algumas casas vizinhas. Esperava que o clima fosse mais receptivo, agora que os corpos tinham sido descobertos no porão de Mo.
A casa de Dorothy Rostowski pareceu um bom lugar para começar. Bati na porta e esperei enquanto crianças gritavam lá dentro.
Dorothy apareceu com uma colher na mão.
– Estou fazendo o jantar – disse. – Quer entrar?
– Obrigada, mas só tenho um minuto. Só queria que você soubesse que ainda estou procurando Mo Bedemier.
Senti o clima mudar, e o marido de Dorothy veio ficar ao lado dela.
– Há muitas pessoas nesta comunidade que prefeririam que Mo não fosse encontrado – disse Rostowski.
Meu estômago se contraiu e, por um momento assustador, achei que ele poderia sacar uma arma ou faca ou acender um cigarro e me ameaçar. Minha mente voltou para o telefonema que me atraíra para a loja de doces. Eu teria reconhecido a voz de Dorothy pelo telefone? Teria reconhecido a sobrinha da sra. Molinowsky, Joyce, Loretta Beeber ou minha prima Marjorie? E quem eram aqueles homens dispostos a me queimar e possivelmente me matar? Pais de crianças como essas? Vizinhos? Colegas de escola?
– O que realmente gostaríamos é que tudo isso terminasse, para Mo poder voltar e reabrir a loja – disse Dorothy. – As crianças sentem falta dele.

Tive dificuldade em esconder meu espanto.

– Mo é suspeito de matar oito homens!

– Traficantes de drogas – disse Dorothy.

– Isso não o torna certo.

– Torna mais do que certo. Mo deveria ganhar uma medalha.

– Matar pessoas é errado.

Dorothy olhou para o chão, estudando um ponto bem na frente de seu dedo do pé. Ela abaixou a voz.

– Teoricamente eu sei que isso é verdade, mas estou cheia de drogas e crimes. Se Mo quer resolver as coisas por conta própria, não vou estragar os planos dele.

– Acho que você não vai me telefonar se vir Mo na vizinhança.

– Não – disse Dorothy, ainda evitando meus olhos.

Atravessei a rua para falar com a sra. Bartle.

Ela foi ao meu encontro na porta com os braços cruzados sobre o peito. Aquela não era uma boa linguagem corporal, pensei, dando um passo mental para trás.

– É sobre Mo? – perguntou ela. – Porque vou logo dizendo que se ele estivesse se candidatando a presidente teria meu voto. Estava na hora de alguém fazer alguma coisa a respeito do problema de drogas neste país.

– Ele é suspeito de matar oito homens!

– Pena que não matou mais. Não se livrou de todos os traficantes de drogas.

A caminho de casa, parei para ver Connie e Lula. Connie estava à sua escrivaninha. Lula estava prostrada no sofá.

– Ela teve uma manhã difícil – disse eu a Connie. – Foi correr com Ranger e comigo. Depois foi atacada com molho especial por um frango.

– Ouvi falar.

Lula abriu um olho.

– Hummph. – Abriu o outro olho e viu meu *tailleur*. – Por que está tão elegante?

— Negócios. É um disfarce.
— Como está indo a caçada a Mo? – quis saber Connie.
— Está melhorando. Ranger recuperou o carro dele.

Isso fez Lula se levantar.

— O que você está dizendo?

Eu lhes contei sobre as duas visitas à sra. Steeger. Depois lhes falei sobre o escritório de Ranger.

— Está vendo? – disse Lula. – Como Bruce Wayne. Bruce Wayne tinha um escritório.

Connie deu a Lula um de seus olhares de "do que diabos você está falando", por isso Lula lhe explicou sua teoria de Ranger ser um super-herói.

— Em primeiro lugar – disse Connie. – Bruce Wayne é Batman, e Batman não é realmente um super-herói. É apenas um cara neurótico com roupa de borracha. E você tem de ser atacado com armas nucleares ou vir de outro planeta para ser um super-herói de verdade.

— Batman tem sua própria revista em quadrinhos – disse Lula.

Connie não ficou impressionada com essa lógica.

— O Pato Donald também. Você acha que o Pato Donald é um super-herói?

— Como é o escritório? – perguntou Lula. – Ele tem uma secretária?

— Não – respondi. – É um escritório de apenas uma pessoa com uma escrivaninha e algumas cadeiras.

— Deveríamos ir lá bisbilhotar – disse Lula. – Ver o que conseguimos descobrir.

Qualquer um que fosse bisbilhotar o espaço privado de Ranger teria de ter um desejo de morrer.

— Essa não é uma boa ideia – disse eu a Lula. – Não só ele nos mataria como não é uma coisa certa a se fazer. Ele não é um inimigo.

Lula não pareceu convencida.

— Tudo isso é verdade, mas eu ainda gostaria de bisbilhotar.

– Você não acha realmente que ele é um super-herói – disse Connie para Lula. – Acha que ele é sexy.

– É claro que acho – disse Lula. – Mas isso não significa que ele não está escondendo alguma coisa. O homem tem segredos, estou lhe dizendo.

Connie se inclinou para frente.

– Segredos poderiam significar muitas coisas. Ele poderia ser procurado por assassinato em 12 estados e ter assumido uma nova identidade. Melhor ainda... poderia ser gay.

– Não quero pensar que ele seja gay – disse Lula. – Cada vez mais parece que todos os caras sarados são gays, e todos os fedorentos, altos e magros são héteros. Se eu descobrir que Ranger é gay vou direto para a seção de congelados da Shop & Bag. Os únicos homens com quem você pode contar hoje em dia são Ben e Jerry, da marca de sorvete.

Connie e eu concordamos com a cabeça, solidárias. Antes eu me preocupava em perder meus namorados para Joyce Barnhardt. Agora tinha de me preocupar em perdê-los para o irmão dela, Kevin.

Eu estava curiosa sobre Ranger, mas não tanto quanto Lula. Tinha coisas mais importantes a fazer. Tinha de encontrar Mo. Buscar minha picape. Descobrir o motivo do súbito desinteresse de Morelli por mim. Estava bastante certa de que isso não tinha nada a ver com uma escassez de cromossomos Y.

Voltei à casa dos meus pais, recrutei meu pai para dirigir o Buick para casa e fui para a oficina.

Meu pai não disse nada durante a viagem, mas seus pensamentos estavam vibrando no alto de sua cabeça.

– Eu sei – disse eu irritadamente. – Eu não estaria tendo esse problema se tivesse comprado um Buick.

A Nissan estava parada em uma vaga numerada no estacionamento. Meu pai e eu olhamos para ela em silenciosa desconfiança.

– Quer que eu espere? – perguntou meu pai.

– Não é necessário. Meu pai foi embora. Já tínhamos cumprido essa rotina antes. Ernie, o gerente de serviços, estava no pequeno escritório junto ao estacionamento. Ele me viu na fila, saiu de detrás do balcão, apanhou minhas chaves em um gancho na parede e me entregou a conta.

– Você falou com Slick sobre o carburador?
– Sim.

Ernie sorriu.

– Queremos manter nossos clientes felizes. Não queremos que você vá embora sem uma explicação completa.

Eu me sentia tão feliz que estava a ponto de me suicidar. Se tivesse de passar mais tempo falando com Slick cortaria minha garganta.

– Estou com um pouco de pressa – disse eu, entregando meu cartão de crédito para Ernie. Outra mentira. Eu não tinha absolutamente nada para fazer. Estava toda elegante sem ter nenhum lugar para ir.

Se eu fosse uma detetive bem-sucedida ficaria em uma van algumas casas abaixo da loja de doces e vigiaria a sra. Steeger. Infelizmente, eu não era uma detetive bem-sucedida e não tinha uma van. Não podia comprar uma. Não podia alugar uma. E como todos no Burgo eram tão intrometidos, provavelmente uma van também não iria ajudar.

Só para passar o tempo, passei de carro pela casa de Morelli, fazendo uma espécie de *test drive* com a picape. O carro de Morelli estava estacionado na calçada, e as luzes estavam acesas dentro da casa. Parei atrás do 4x4 e desliguei o motor. Olhei-me no espelho retrovisor. Quando uma pessoa tem cabelos cor de laranja é melhor avaliá-los no escuro.

– Que se dane – disse eu.

Quando bati na porta da frente de Morelli, meu coração estava palpitando.

Morelli abriu a porta e fez uma careta.

– Se você estiver com outro cara morto em seu carro não quero ouvir falar sobre isso.

– Esta é uma visita social.

– Pior ainda.

As palpitações no peito pararam.

– Que tipo de piada é essa?

– Não é nada. Esqueça. Você parece gelada. Onde está seu casaco?

Entrei no vestíbulo.

– Não trouxe casaco. Estava mais quente quando saí esta tarde.

Segui Morelli de volta para a cozinha e o observei enchendo cordialmente um copo com um líquido âmbar.

– Tome – disse ele, entregando-me o copo. – É o modo mais rápido de se esquentar.

Dei uma cheirada.

– O que e isso?

– Aguardente. Meu tio Lou fabrica em seu porão.

Provei com a ponta da minha língua e ela ficou dormente.

– Não sei...

Morelli ergueu as sobrancelhas.

– Vai desistir?

– Não vejo você tomando esta coisa.

Morelli pegou o copo da minha mão e despejou seu conteúdo garganta abaixo. Encheu o copo de novo e o devolveu para mim.

– Agora é sua vez, querida.

– Ao papa – disse eu, e esvaziei o copo.

– E aí? – perguntou Morelli. – O que achou?

Tossi e respirei com dificuldade com a boca aberta. Minha garganta queimava e o fogo líquido se revolvia em meu estômago e se espalhava para todas as extremidades. Meu couro cabeludo começou a suar e minha vagina se contraiu.

– Ótimo – finalmente disse a Morelli.

– Quer outro?

Fiz um sinal com meu dedo indicando que não.

– Talvez mais tarde.

– Qual o motivo dessa roupa?

Eu lhe falei sobre o carro de Ranger e minha segunda ida para falar com a sra. Steeger. Contei-lhe sobre Dorothy Rostowski e a sra. Bartle.

– As pessoas são doidas – disse Morelli. – Totalmente doidas.

– Por que você não quer que esta seja uma visita social?

– Esqueça isso.

– É o cabelo, não é?

– Não é o cabelo.

– Você se casou em segredo?

– Não estou fazendo nada em segredo.

– Então o que é? O quê?

– É você. Você é um desastre ambulante. Um homem teria de ser um total masoquista para se interessar por você.

– Certo. – disse eu. – Acho que vou tomar outra aguardente.

Ele serviu dois e nós os tomamos. Foi mais fácil dessa vez. Menos fogo. Mais brilho.

– Não sou um desastre ambulante – disse eu. – Não posso imaginar por que você acha isso.

– Sempre que eu fico mais sociável com você, acabo sozinho, nu no meio da rua.

Revirei os olhos.

– Isso só aconteceu uma vez... e você não estava nu. Estava com meias e uma camiseta.

– Eu estava falando figurativamente. Se você quer que eu seja específico, que tal quando você me trancou em um caminhão frigorífico com três cadáveres? E quando jogou o Buick sobre mim?

Ergui minhas mãos para o ar.

– Ah, é claro, você tinha de tocar no assunto do Buick.

Ele balançou a cabeça, desgostoso.

– Você é impossível. Não vale o esforço.

Enrolei os dedos na frente de sua camiseta e o puxei para mais perto.

– Nem em seus sonhos você é capaz de imaginar o quanto eu posso ser impossível.

Nós estávamos com os dedos dos nossos pés encostados, meus seios tocando no peito dele e nos encarando.

– Vou beber a isso – disse Morelli.

A terceira aguardente desceu macia como seda. Entreguei o copo vazio a Morelli e lambi meus lábios.

Morelli observou a lambida de lábios. Seus olhos se obscureceram e sua respiração se desacelerou.

Aha! Pensei. Isso era mais previsível. Despertei o interesse dele com o velho truque de lamber lábios.

– Merda – disse Morelli. – Você fez isso de propósito.

Eu sorri. Depois ele sorriu.

Morelli me olhou com um sorriso de "te peguei". Como o gato que acabou de pegar o canário. Como se eu tivesse sido vencida... de novo.

Então ele venceu o espaço entre nós, tomou meu rosto em suas mãos e me beijou.

Os beijos ficaram mais quentes, eu fiquei mais quente e Morelli ficou mais quente. E logo estávamos com tanto calor que precisamos nos livrar de algumas roupas.

Estávamos seminus quando Morelli sugeriu que fôssemos para o andar de cima.

– Hummm – disse eu com as pálpebras abaixadas. – Que tipo de garota você acha que eu sou?

Morelli murmurou seus pensamentos sobre o tema e tirou meu sutiã. Sua mão cobriu meu seio nu e seus dedos brincaram com a ponta.

– Você gosta disso? – perguntou, rolando gentilmente o mamilo entre o polegar e o indicador.

Apertei os lábios para evitar cravar os dentes em seu ombro.

Ele experimentou outra variação no mamilo.

– E disso?
Ah, sim. Disso também.
Morelli me beijou de novo e a próxima coisa que fizemos foi deitar no chão de linóleo tateando zíperes e meia-calça.
Seu dedo traçou um pequeno círculo em minha calcinha de seda e renda, diretamente sobre o ponto zero. Meu cérebro ficou entorpecido e meu corpo disse SIM!
Morelli se moveu mais para baixo e executou a mesma manobra com a ponta da língua, mais uma vez encontrando o ponto perfeito sem a ajuda de um mapa do tesouro ou de instruções detalhadas.
Esse era um super-herói.
Eu estava prestes a cantar o Coro Aleluia quando algo bateu no lado de fora da janela da cozinha. Morelli ergueu a cabeça e prestou atenção. Houve alguns sons de briga e ele se levantou, vestindo seus jeans. Abriu a porta dos fundos com seu revólver na mão.
Eu estava atrás dele, com minha blusa presa por um único botão, minha meia-calça jogada sobre uma cadeira da cozinha e meu revólver em punho.
– O que foi? – perguntei.
Ele balançou a cabeça.
– Não estou vendo nada.
– Gatos?
– Talvez. O lixo está revirado. Talvez tenha sido o cão do meu vizinho.
Coloquei uma das mãos na parede para me firmar.
– Ai, ai – disse eu.
– O que foi?
– Não sei como lhe dizer isso, mas o chão está se movendo. Ou está havendo um terremoto ou estou bêbada.
– Você só tomou três aguardentes!
– Não sou de beber muito. E não tinha jantado.

Minha voz pareceu estar saindo de uma lata muito, muito distante.

– Ai, meu Deus – disse Morelli. – O quanto você está bêbada?

Pisquei os olhos e olhei para ele. Tinha quatro olhos. Odiava quando isso acontecia.

– Você tem quatro olhos.

– Isso não é um bom sinal.

– Talvez eu deva ir para casa agora – disse eu. Então vomitei.

Acordei com uma baita dor de cabeça e a língua colada no céu da boca. Usava uma camisola de flanela que me lembrava vagamente de ter vestido. Estava completamente segura de que me encontrava só no momento, embora a noite fosse confusa devido a terceira aguardente.

O que eu me lembrava claramente é que mais uma vez não conseguira ter um orgasmo induzido por Morelli. E estava bastante certa de que Morelli não tivera sorte melhor.

Ele havia sido responsável e insistido em que eu ficasse sóbria antes de ir para casa. Percorremos alguns quilômetros no ar frio. Ele tinha me servido café, forçado a comer ovos mexidos e torrada e depois me levado de carro para meu prédio. Deixara-me na minha porta e acho que disse boa-noite antes de eu vestir a camisola.

Fui arrastando os pés até a cozinha, fiz café e o usei para engolir uma aspirina. Tomei um banho de chuveiro, bebi um copo de suco de laranja e escovei meus dentes três vezes. Olhei-me no espelho e gemi. Tinha círculos pretos sob olhos injetados de sangue e a pele pastosa da ressaca. Não era uma bela imagem.

– Stephanie – disse eu –, você não é boa de copo.

A dor de cabeça desapareceu no meio da manhã. Ao meio-dia eu já me sentia quase humana. Fui para a cozinha e estava em pé na frente da geladeira, olhando para a gaveta de frutas e vegetais e contemplando a criação do universo, quando o telefone tocou.

Meu primeiro pensamento foi que poderia ser Morelli. Meu segundo foi que eu definitivamente não queria falar com ele. Decidi deixar a secretária eletrônica gravar a mensagem.

– Sei que você está aí – disse Morelli. – Bem que podia atender. Vai ter de falar comigo mais cedo ou mais tarde.

Melhor mais tarde.

– Tenho notícias sobre o advogado de Mo.

Agarrei o fone.

– Alô?

– Você vai adorar isso – disse Morelli.

Fechei os olhos. Estava tendo uma má premonição sobre a identidade do advogado.

– Não me diga.

Pude sentir Morelli sorrindo do outro lado da linha.

– Dickie Orr.

Dickie Orr. Meu ex-marido. O desgraçado. Foi como se tivessem enfiado um arpão em meu cérebro em um dia em que ele já estava debilitado.

Dickie se formara na faculdade de direito de Newark. Trabalhava na empresa Kreiner and Kreiner, no velho prédio Shuman, e o que lhe faltava em talento compensava com superfaturamento criativo. Estava adquirindo a reputação de ser um advogado bem-sucedido. Eu estava convencida de que isso se devia à sua caríssima tabela de honorários, em vez de ao seu protocolo da corte. As pessoas queriam acreditar que obtinham tudo pelo que pagavam.

– Quando você ficou sabendo disso?

– Uns dez minutos atrás.

– Mo vai se entregar?

– Pensando sobre isso. Acho que ele contratou um negociador.

– Ele é suspeito de assassinar oito homens. Que tipo de negociação pode querer? Lagosta todas as sextas-feiras enquanto está no corredor da morte?

Peguei uma caixa de Frosted Flakes no armário da cozinha e coloquei um pouco em minha boca.

– O que você está comendo? – quis saber Morelli.
– Frosted Flakes.
– Isso é cereal para crianças.
– Então o que Mo quer?
– Não sei. Vou falar com Dickie. Talvez você queira ir também.
Comi outro punhado de cereal.
– Há um preço para isso?
– Sempre há um preço. Encontrarei você na cafeteria do prédio Shuman daqui a meia hora.
Considerei o estado dos meus cabelos.
– Poderia ser alguns minutos depois.
– Vou esperar – disse Morelli.

Eu conseguiria chegar ao prédio Shuman em dez minutos se pegasse todos os sinais abertos. Demoraria no mínimo vinte minutos para arrumar meus cabelos e me maquiar. Se usasse um chapéu poderia esquecer dos cabelos, e isso diminuiria o tempo pela metade. Decidi ir de chapéu.

Cheguei correndo à porta dos fundos com alguns minutos de sobra. Estava com delineador cinza claro, blush cor de bronze, brilho labial natural e muito rímel preto. O ingrediente-chave para a maquiagem da ressaca é corretivo verde para as bolsas sob os olhos, coberto com base líquida de qualidade. Eu estava usando meu boné do Rangers e uma orla de cabelos frisados cor de laranja emoldurava meu rosto. Órfã Annie, morra de inveja.

Parei em um sinal na Hamilton e Twelfth e notei que a Nissan estava falhando em ponto morto. Dois quarteirões depois, houve uma explosão na descarga e a picape parou. Consegui fazê-la pegar e entrei no centro da cidade. Ffft, ffft, ffft, KAPOW! Ffft, ffft, ffft, KAPOW!

Um Trans Am parou perto de mim em um sinal. Estava cheia de garotos da escola secundária. Um deles pôs a cabeça para fora da janela do passageiro.

– Ei – disse ele. – Parece que você tem um Pumóvel.

Fiz-lhe um gesto italiano de boa vontade e abaixei o boné em minha testa. Quando encontrei um espaço para estacionamento na frente do prédio Shuman, acelerei o motor, soltei rapidamente a embreagem e entrei o mais rápido que pude. A Nissan passou por cima do meio-fio e bateu em um parquímetro. Rangi os dentes. Stephanie Plum, a mulher raivosa. Saí para dar uma olhada. O parquímetro estava bem. A picape estava com uma mossa no para-choque traseiro. Ótimo. Agora o traseiro combinava com o dianteiro. Parecia que alguém havia segurado a picape com pinças gigantes.

Entrei irritadamente na cafeteria, avistei Morelli e caminhei pisando duro até ele. Ainda devia parecer raivosa, porque Morelli se enrijeceu quando me viu e fez um daqueles gestos inconscientes de precaução que os policiais frequentemente fazem, verificando discretamente se sua arma estava em seu lugar.

Joguei minha bolsa a tiracolo no chão e me atirei na cadeira em frente à dele.

– Juro que não tentei embebedar você de propósito – disse Morelli.

Fechei os olhos com força.

– Humpf.

– Está bem, tentei – admitiu Morelli. – Mas não queria que você ficasse *tão* bêbada.

– Cale a boca.

Ele sorriu.

– Você está com outros problemas?

– Meu carro está possuído pelo demônio.

– Você deveria experimentar outro mecânico.

– Você tem um bom?

– O melhor. Bucky Seidler. Lembra-se dele da escola secundária?

– Ele foi suspenso por soltar um bando de ratos no vestiário feminino.

– Sim. Esse é o Bucky.
– Ele está um pouco mais tranquilo?
– Não, mas é um ótimo mecânico.
– Vou pensar sobre isso.

Morelli manuseou uma pilha de cartões que guardava em sua carteira.

– Aqui está – disse, entregando-me o cartão. – O sr. Consertador. Pode ficar com o cartão.

– Bucky Seidler, proprietário.

– Sim – disse Morelli. – E louco residente.

Pedi uma Coca-Cola e batatas fritas. Morelli pediu uma Coca-Cola e um cheeseburger.

Quando a garçonete foi embora apoiei meus cotovelos na mesa.

– Você acha que Mo realmente poderia ter algo para negociar?

– Corre o boato de que ele está dizendo que não matou ninguém.

– Em Jersey, ser cúmplice de um crime é o mesmo que puxar o gatilho.

– Se Mo colaborar e tiver algo vital a nos dar... – Ele ergueu as palmas das mãos em um gesto de "quem sabe".

A garçonete pôs os pratos na mesa revestida de fórmica e voltou com as bebidas.

Morelli roubou uma das minhas batatas fritas.

– O que você viu em Dickie Orr?

Eu me fiz a mesma pergunta muitas vezes e nunca encontrei uma resposta satisfatória.

– Ele tinha um belo carro – disse eu.

A boca de Morelli se curvou.

– Isso parece uma base sólida para o casamento.

Despejei ketchup nas batatas fritas e comecei a comê-las.

– Você já pensou em se casar?

– Claro.

– E?

– Infelizmente, pelas minhas observações os policiais não dão ótimos maridos. Para ficar com a consciência tranquila, eu teria de me casar com uma mulher de quem não gostasse muito, para não me sentir péssimo por estragar a vida dela.
– Então você se casaria com alguém como eu?
O rosto de Morelli se abriu em um grande sorriso.
– Detesto admitir isso, mas realmente gosto de você. Você está fora do páreo.
– Puxa, que alívio!
– Fale-me sobre Dickie.
Bebi metade da Coca-Cola.
– Esse é o preço?
Ele assentiu com a cabeça.
– Vi Orr no tribunal. Não o conheço pessoalmente.
– E qual é sua opinião?
– Ele tem um bom corte de cabelo. Péssimo gosto para gravatas. Grande ego. Pau pequeno.
– Você está errado sobre o pau.
Isso me rendeu outro sorriso.
– Ele trapaceia com tudo, de seus impostos a seus clientes e suas namoradas – disse eu a Morelli.
– Mais alguma coisa?
– Provavelmente ele não paga seus tíquetes de estacionamento. Costumava fazer uso recreativo de cocaína. Não sei ao certo se ainda faz. Transou com a mulher de Mallory.
Mallory era um policial conhecido por apresentar em sua folha corrida uma incidência acima do normal de lesões acidentais. Os presos que não estavam dispostos a colaborar costumavam rolar lances inteiros de escadas quando aos cuidados de Mallory.
– Tem certeza sobre a mulher de Mallory? – perguntou Morelli.
– Ouvi isso de Mary Lou, que o ouviu no salão de beleza.
– Então deve ser verdade.
– Suponho que esse é o tipo de coisa que você estava procurando.

– Já ajuda.

Morelli terminou seu cheeseburger e sua Coca-Cola e jogou uma nota de 10 dólares sobre a mesa.

– Peça um pedaço de torta para você. Voltarei quando acabar com Dickie.

Pulei da minha cadeira.

– Você disse que ia me levar junto!

– Eu menti.

– Palavras não me atingem.

Capítulo 14

MINHA INDIGNAÇÃO POR SER DEIXADA PARA TRÁS FORA PRINcipalmente uma cena. Não esperava realmente ir com Morelli quando ele falasse com Dickie. Dickie não diria nada na minha frente. Pedi bolo de coco e café descafeinado. O lugar estava se esvaziando devido ao fim do horário de almoço. Passei vinte minutos comendo o bolo e tomando o café e paguei a conta. Não havia nenhum sinal de Morelli e eu não podia imaginar o confronto com Dickie como sendo longo, por isso pensei que Morelli poderia ter me deixado esperando. Não seria a primeira vez. Vesti minha jaqueta, pus minha bolsa a tiracolo no ombro e estava saindo pela porta da cafeteria quando Morelli surgiu na esquina.

– Pensei que eu tivesse tomado um bolo – disse a Morelli.

– Tive de esperar Dickie terminar uma teleconferência.

O vento soprava na rua e nós abaixamos nossas cabeças para evitá-lo.

– Descobriu alguma coisa?

– Não muito. Nenhum endereço ou telefone de Mo. Dickie disse que Mo telefona para ele.

– Você descobriu o que Mo tem para negociar?

– Informação.

Ergui minhas sobrancelhas.

– Isso é tudo que eu posso lhe dizer – afirmou Morelli.

Morelli estava me enrolando de novo.

– Obrigada por nada.

– É o melhor que posso fazer.

– Seu melhor nunca é muito bom, não é?

– Depende. – Seus olhos se obscureceram. Olhos íntimos. – Você me achou bem gostoso na noite passada.
– Eu estava bêbada.
Morelli enrolou seus dedos no colarinho da minha jaqueta e me puxou para mais perto.
– Você me desejou loucamente.
– Isso foi um ponto baixo em minha vida.
Seus lábios tocaram os meus.
– E agora? Você está em um ponto baixo agora?
– Nunca mais descerei tão baixo – disse eu arrogantemente.
Morelli me beijou com vontade e soltou meu colarinho.
– Tenho de voltar para o trabalho – disse ele. Atravessou a rua, entrou em seu 4x4 e foi embora sem olhar para trás.
Depois de um momento percebi que minha boca estava aberta. Eu a fechei com força, peguei meu celular e liguei para Connie. Contei-lhe sobre Mo e Dickie e pedi para falar com Lula.
– Oi, amiga – disse Lula.
– Oi. Como estão as coisas?
– Meio devagar. Já passamos da metade do dia e ninguém mais morreu.
– Tenho um trabalho para você.
– Ai, meu Deus! Lá vem.
– Não se preocupe. É muito fácil. Quero que você me encontre na entrada do prédio Shuman.
– Agora?
– Agora.
Vinte minutos depois estávamos no elevador.
– O que está acontecendo? – quis saber Lula. – O que estamos fazendo aqui?
Apertei o botão do terceiro andar.
– Mo contratou um advogado. O nome do advogado é Dickie Orr e estamos indo falar com ele.
– OK, mas por que você precisa de mim? Esse cara é perigoso?

– Não. Dickie Orr não é perigoso. Eu é que sou perigosa. Dickie Orr é meu ex-marido e seu trabalho é me impedir de estrangulá-lo.

Lula assobiou baixinho.

– Este dia está ficando cada vez melhor.

Os escritórios da Kreiner and Kreiner ficavam no final do corredor. Havia quatro nomes em letras douradas na porta do escritório: Harvey Kreiner, Harvey Kreiner Jr., Steven Owern, Richard Orr.

– Então por que você se separou desse Dickie Orr? – perguntou Lula.

– Ele é um idiota.

– Para mim isso basta – disse ela. – Já o detesto.

Quando eu me casei com Dickie ele trabalhava para o promotor público. Seu tempo com ele foi apenas um pouco mais longo do que seu tempo comigo. Acho que nenhum de nós rendia dinheiro suficiente. E depois que eu o encontrei na mesa da sala de jantar com Joyce Barnhardt fiz um escândalo suficiente para arruinar quaisquer aspirações políticas que ele pudesse ter. Nosso divórcio foi tudo que um divórcio deveria ser... cheio de indignação e acusações fortes e chocantes. O casamento durou menos de um ano, mas o divórcio permaneceu como uma lenda no Burgo. Depois do divórcio, quando línguas se soltaram na minha presença, fiquei sabendo que a infidelidade de Dickie fora além de Joyce Barnhardt. Durante a curta duração de nosso casamento ele conseguira dar uma rapidinha com metade das mulheres do meu anuário da escola secundária.

A porta com os nomes se abriu para uma pequena sala de espera com dois sofás, uma mesinha de centro e uma escrivaninha moderna para a recepcionista, tudo em tons pastel. Califórnia encontra Trenton. A mulher atrás da escrivaninha era uma auxiliar de alto nível. Muito elegante. Vestido pastel. Ann Taylor da cabeça aos pés.

– Sim? – disse ela. – Em que posso ajudá-la?

– Gostaria de falar com Richard Orr. – Só para o caso de o escritório ser chique demais para um cara chamado Dickie. – Diga-lhe que Stephanie está aqui.

A mulher transmitiu a mensagem e me conduziu à sala de Dickie. A porta estava aberta e Dickie à sua escrivaninha quando Lula e eu aparecemos em seu umbral.

A expressão dele foi levemente inquisitiva... o que eu conhecia como a expressão número sete. Dickie costumava praticar expressões na frente do espelho. Que tal esta? Perguntava-me. Pareço sincero? Pareço horrorizado? Pareço surpreso?

A sala era de um tamanho respeitável, com uma janela dupla. Um corretor diria que era finamente decorada, o que significava que Dickie estava focado na nobreza, em vez de em *Lei e Ordem*. O tapete era um oriental vermelho. A escrivaninha antiga e pesada de mogno. As duas cadeiras de clientes eram de couro cor de vinho com tachas de metal. Ultramasculino. A única coisa faltando era um cão de caça com um estúpido pau grande.

– Esta é Lula – disse eu como apresentação, aproximando-me da escrivaninha. – Nós trabalhamos juntas.

Dickie inclinou sua cabeça.

– Lula.

– Uhum – disse Lula.

– Tenho algumas perguntas sobre Mo – disse eu a Dickie. – Por exemplo, quando ele vai se entregar?

– Isso não foi definido.

– Quando for definido, gostaria de ser informada. Estou trabalhando para Vinnic agora, e Mo violou seu contrato de fiança.

– É claro – disse Dickie. O que significava no dia de São Nunca.

Sentei-me em uma de suas cadeiras e assumi uma posição relaxada.

– Sei que Mo está falando com a polícia. O que gostaria de saber é o que ele tem para negociar.

– Isso seria informação privilegiada – disse Dickie.

Vi pelo canto do olho Lula se transformando na Mulher Rinoceronte.
– Detesto segredos – disse ela.
Dickie olhou para Lula e depois de novo para mim.
– Você está brincando, não é?
Sorri.
– Sobre o acordo de Mo...
– Não vou falar sobre o acordo de Mo. E você vai ter de me desculpar. Tenho uma reunião daqui a cinco minutos e preciso me preparar.
– Que tal se eu atirasse nele? – perguntou Lula. – Aposto que se atirasse em seu pé ele nos contaria tudo.
– Não aqui – disse eu. – Tem gente demais.
Lula projetou seu lábio superior para fora, fazendo bico.
– Provavelmente você também não quer que eu dê uma surra nele.
– Talvez depois – disse eu.
Lula apoiou uma das mãos na mesa de Dickie.
– Tem coisas que eu posso fazer com um homem. Você provavelmente vomitaria se eu as contasse.
Dickie se afastou de Lula.
– Isso é uma piada, certo? – Ele se virou para mim. – Você contratou uma assassina de aluguel?
– Assassina de aluguel? – disse Lula com os olhos grandes e redondos. – Escute, seu bosta. Sou uma caçadora de recompensas em treinamento. Não uma assassina de aluguel. E também não sou uma piada. Você é uma piada. Já te disseram... vá se foder? Eu poderia tornar isso possível para você.
Eu havia me levantado e sorria porque Dickie ficara pálido sob seu bronzeado artificial.
– Acho que preciso ir agora. Provavelmente este não é um bom lugar para discutir negócios. Talvez possamos nos encontrar em outra ocasião e partilhar informações – disse eu a Dickie.

A expressão de Dickie era tensa. Nenhuma que eu o vira praticar.
– Está me ameaçando?
– Imagina! – disse Lula. – Parecemos o tipo de mulheres que ameaçam um homem? Acho que não. Não sou o tipo de mulher que ameaçaria um bundão filho da puta como você.

Não sei bem o que eu esperava conseguir me encontrando com Dickie, mas senti que tinha valido a pena.

Quando ficamos sozinhas no elevador, falei para Lula:
– Acho que o encontro correu bem.
– Eu achei bom – disse ela. – Temos mais alguma festa para ir?
– Não.
– Ótimo. Tenho planos para o resto da tarde.

Tirei as chaves do meu carro do bolso.
– Divirta-se. E obrigada pela companhia.
– Vejo você depois – disse ela.

Dirigi por um quarteirão e parei em um sinal. A Nissan cumpriu a rotina do cano de descarga e parada. Fique calma, disse a mim mesma. A hipertensão pode levar a um acidente vascular cerebral. Minha tia Eleanor teve um, e não foi divertido. Ela chamava todo mundo de benzinho e pintava os cabelos com seu batom.

Religuei a picape e acelerei o motor. Quando o sinal mudou pulei para frente com outra explosão da descarga. KAPOW! Tirei o cartão de Morelli do bolso e li o endereço do sr. Consertador. Era na rua Eighteenth, logo depois da fábrica de botões.

– Vou te dar uma última chance – disse eu para a picape. – Ou você toma jeito ou vou levá-la para o mecânico, Bucky Seidler.

Meio quarteirão depois ela parou de novo. Encarei isso como um sinal e fiz um retorno. Morelli mentia regularmente para mim, mas nunca sobre um mecânico. Ele levava seus mecânicos a sério. Daria uma chance a Bucky. Se isso não funcionasse, jogaria o carro de uma ponte.

Quinze minutos depois, eu dirigia ao som de explosões de descarga pela rua Eighteenth, em uma parte industrial de Trenton que deixara a prosperidade para trás. A oficina de Bucky era uma estrutura de blocos de concreto cinza com duas vagas, como uma ilha, em um mar de carros. Carros novos, velhos, amassados e enferrujados, carros na lista de doadores de órgãos vitais. As portas das vagas estavam abertas. Um homem de jeans e camiseta térmica estava debaixo de um carro no elevador da primeira vaga. Ele olhou para mim quando parei aos trancos no pátio de macadame. Limpou as mãos em um trapo e veio na minha direção. Tinha um corte de cabelo curto e um pequeno barril de cerveja pendurado no cinto. Eu não o via há algum tempo, mas estava bastante certa de que era Bucky. Ele parecia o tipo de pessoa que soltaria ratos sobre um grupo de mulheres.

Ele olhou para mim pela janela.

– Stephanie Plum – disse sorrindo. – Não nos encontramos desde a escola secundária.

– Estou surpresa por ter me reconhecido.

– Os cabelos cor de laranja me confundiram por um minuto, mas depois me lembrei de você na foto no jornal de quando incendiou a funerária.

– Eu não incendiei a funerária. Isso foi um erro de impressão.

– Que pena – disse Bucky. – Achei legal. Parece que você está com um problema em seu carro.

– Ele fica estalando. Joe Morelli sugeriu que eu viesse aqui. Disse que você é um bom mecânico.

– Você também foi muito bem recomendada. Li isso na parede do banheiro da Mario's Sub Shop, dez anos atrás, e ainda me lembro de cada palavra.

– Tenho spray Mace em minha bolsa a tiracolo.

– Estou mais interessado no MasterCard.

Suspirei.

– Tenho isso também.

– Bem – disse Bucky –, então vamos fazer negócio.

Eu lhe apresentei o histórico médico da Nissan.

Bucky me fez ligar o motor enquanto olhava sob o capô.

— OK — disse. — Já vi.
— Pode consertar?
— Claro.
— Quanto tempo vai demorar? Quanto vai custar?
— Depende das peças.
Eu já ouvira isso antes.
Ele ergueu seu polegar na direção de um monte de carros velhos enfileirados perto de uma cerca de arame.
— Se quiser pegue um desses emprestado. Tenho um Buick clássico que é uma beleza. Um 1953.
— NÃO!

Rex estava correndo em sua roda quando entrei pela porta. Tinha parado no supermercado e comprado comida saudável para ele e para mim. Frutas, requeijão light, queijo, batatas e algumas daquelas minicebolas vendidas em sacos já descascadas e lavadas. Disse oi para Rex e lhe dei uma uva. A luz da minha secretária eletrônica estava piscando, por isso apertei o botão e ouvi enquanto desempacotava as compras.

Ranger telefonou para dizer que tinha ouvido falar de Mo e o advogado, e isso não mudaria meu trabalho. "É simples", disse ele. "Você foi contratada para encontrar um homem e é isso que fará."

A mensagem número dois era de Bucky Seidler. "Consegui a peça de que precisava", disse ele na secretária eletrônica. "A primeira coisa que vou fazer de manhã é trocá-la. Pode vir buscar seu carro a qualquer hora depois das dez."

Mordi meu lábio inferior. Senhor, esperava que não fosse outro carburador.

A última mensagem começava com muito barulho. Pessoas falando e o tipo de ruído que você ouve em uma casa de jogos eletrônicos. "Estou de olho em você, Stephanie", disse o homem. "Eu a observei almoçando com seu namorado policial. Também a observei na noite passada. Observei você transando no chão da cozinha. Bom ver que decidiu fazer algo além de importunar cidadãos honrados. Continue a se concentrar em transar com Morelli e talvez viva até a velhice."

Olhei para a secretária eletrônica, sem conseguir respirar. Meu peito estava impossivelmente apertado e meus ouvidos zumbiam. Apoiei-me na geladeira e fechei os olhos. Imagine que você está no oceano, pensei. Ouça as ondas. Respire com elas, Stephanie.

Quando controlei minha frequência cardíaca, rebobinei a fita e a tirei da secretária eletrônica. Peguei uma nova na gaveta de guardados perto da geladeira e a inseri nela. Passavam alguns minutos das cinco. Telefonei para Morelli a fim de me certificar de que ele estava em casa.

– Você vai ficar aí por algum tempo?

– Sim, acabei de chegar.

– Não saia. Tenho algo que você precisa ouvir. Chego logo.

Joguei a fita em minha bolsa a tiracolo, peguei minha jaqueta e tranquei a porta atrás de mim. Desci para o primeiro andar e fiquei paralisada na porta. E se eles estivessem lá fora? Esperando por mim? Espionando-me? Dei alguns passos para trás e suspirei. Isso não era bom. Era normal ter medo, mas não limitar minha vida. Afastei-me dos painéis de vidro e examinei minha bolsa a tiracolo. Estava com o .38, carregado. Meu celular estava carregado. Minha arma de choque também. Transferi o spray de pimenta para o bolso da minha jaqueta. Não foi bom o suficiente. Tirei o spray do bolso e o segurei com a mão esquerda. Segurei as chaves com a direita.

Andei pela portaria por alguns momentos para controlar o medo. Quando me senti fortalecida, me virei, saí pela porta e atravessei o estacionamento para meu carro. Em momento algum apressei o passo. Em momento algum virei minha cabeça para a direita ou esquerda. Mas estava atenta. Cautelosa e pronta para agir, se preciso.

Eu escolhera pegar emprestado um Mazda verde. Estava enferrujado, amassado e cheirava a cigarro. Mas o desempenho não deixava a desejar. Cheguei o interior, enfiei a chave na fechadura, abri a porta e deslizei para trás do volante. Tranquei a porta, liguei imediatamente o motor e saí do estacionamento.

Que eu percebesse ninguém estava me seguindo, e quando entrei na St. James havia muitos faróis dianteiros para distinguir um perseguidor. Eu estava com minha bolsa a tiracolo no banco ao meu lado e meu spray de pimenta no colo. Para manter o alto astral cantei *"Quem tem medo do lobo mau?"* durante todo o caminho até a casa de Morelli. Estacionei no meio-fio e examinei a rua. Nenhum carro. Ninguém a pé. Tranquei o Mazda, marchei para a porta da frente de Morelli e bati. Acho que ainda estava nervosa porque a batida soou como BAM BAM BAM em vez de toc, toc, toc.

– Você deve ter comido cereal Wheaties hoje – disse ele ao abrir a porta.

Eu o empurrei e passei por ele.

– Você mantém suas portas trancadas?

– Às vezes.

– Estão trancadas agora?

Morelli estendeu a mão para trás e verificou a fechadura Yale.

– Sim.

Fui até a janela da sala de estar e fechei as cortinas.

– Feche as cortinas da sala de jantar e cozinha.

– O que está acontecendo?

– Só faça o que eu estou dizendo.

Eu o segui até a cozinha e esperei enquanto ele ajustava as venezianas. Quando terminou, tirei a fita de minha bolsa a tiracolo.

– Você tem um gravador?

Havia uma maleta no chão da cozinha. Morelli a abriu e pegou um gravador. Inseriu a fita e apertou o botão de play.

Ranger veio primeiro.

– Mau conselho – disse Morelli.

– Não é isso que eu quero que você ouça.

O barulho começou e depois veio a voz do homem. O rosto de Morelli se manteve inexpressivo enquanto ouvia a mensagem. Rosto de policial, pensei. Ele ouviu a fita uma segunda vez antes de desligar o aparelho.

– Não é Mickey Maglio – disse.

– Não. – Um policial não deixaria sua voz gravada.

– Você tinha alguma ideia de que estava sendo seguida?

Balancei minha cabeça.

– Não.

– Há uma loja de discos grunge do outro lado do prédio Shuman, com algumas maquinas de videogame. É um ponto de encontro de garotos. Provavelmente o telefonema se originou de lá. Vou mandar alguém ao local fazer algumas perguntas.

– Acho que a batida e os sons de briga que ouvimos não foram obra do cão do seu vizinho.

– Quem quer que estivesse lá deve ter derrubado a lata de lixo tentando obter uma visão melhor.

– Você não parece muito perturbado com isso.

Havia louça secando em um escorredor sobre a pia. Um prato de jantar, uma tigela de cereal, alguns copos. Morelli pegou o prato de jantar e o atirou com força na parede oposta, onde se espatifou em um milhão de pedaços.

– OK – disse eu. – Eu estava errada.

– Quer ficar para jantar?

– Não acho que seja uma boa ideia.

Morelli fez sons de frango.

– Muito adulto – disse eu. – Muito atraente.

Ele sorriu.

Parei com minha mão na maçaneta da porta.

– Acho que você não quer me contar mais sobre sua conversa com Dickie.

– Não há mais nada para contar – disse Morelli.

Sim, certo.

— E não me siga até em casa – disse eu. – Não preciso de um guarda-costas.

— Quem disse que eu ia seguir você até em casa?

— Você está com as chaves do seu carro na mão e eu conheço linguagem corporal. Você parece a minha mãe.

O sorriso se ampliou.

— Tem certeza de que não quer uma escolta?

— Sim, tenho. – A única coisa pior do que estar apavorada era Morelli saber disso.

Ele abriu a porta e olhou para o Mazda.

— Parece que você pegou um dos carros de Bucky emprestado.

— Bucky me lembrou da escola secundária. Disse que fui muito bem recomendada por você na parede do banheiro masculino do Mario's.

— Isso foi durante minha juventude inconsequente – disse Morelli. – Atualmente sou a discrição em pessoa.

Ainda era cedo, e eu não estava com ânimo de ir para casa e fazer jantar só para mim. As alternativas eram o Cluck in a Bucket ou filar uma refeição na casa dos meus pais. Eu temia ser reconhecida no Cluck in a Bucket, por isso optei por minha família.

Minha mãe pareceu confusa quando abriu a porta.

— De quem é aquele carro? – perguntou.

— Peguei emprestado em uma oficina. Meu carro quebrou de novo.

— Ah! – disse meu pai da sala de jantar.

— Estávamos nos sentando à mesa – disse minha mãe. – Temos pernil de cordeiro assado com purê de batata e aspargos.

— É a Stephanie? – gritou vovó da mesa. – Trouxe sua arma? Quero mostrá-la.

— Trouxe, mas você não pode vê-la – disse eu.

Havia um homem sentado perto da vovó Mazur.

— Este é o Fred – disse vovó. – Ele é meu namorado.

Fred me cumprimentou com a cabeça.

– Como vai?

Fred parecia ter uns trezentos anos. A gravidade puxara a pele do alto de sua cabeça para seu pescoço e ele a enfiara para dentro do colarinho de sua camisa.

Sentei-me de frente para a vovó e vi uma dentadura cuidadosamente colocada ao lado do garfo de salada de Fred.

– É a minha dentadura – disse Fred. – Ganhei de graça na clínica de assistência aos veteranos, mas não se encaixa direito. Não consigo comer com ela.

– Tivemos de passar o cordeiro pelo moedor de carne – disse vovó. – É a coisa cinza no prato dele.

– Então – disse meu pai para Fred. – Você tem uma boa situação financeira?

– Confortável. Recebo uma pensão por invalidez do Exército. – Ele bateu com um dedo em seu olho direito. – Vidro – disse. – Segunda Guerra Mundial.

– Você esteve no exterior? – perguntou meu pai.

– Não. Perdi meu olho em Camp Kilmer. Estava inspecionando minha baioneta e a próxima coisa que sei é que feri meu olho com ela.

– O fato de ele só ter um olho não o atrapalha em nada – disse vovó. – Eu o vi lidar com dez cartões de bingo sem perder uma única chamada. E ele também é um artista. Faz tapetes. Você deveria ver os belos tapetes que ele faz. Fez um com a imagem de um tigre.

– Imagino que você tenha casa própria – disse meu pai.

Fred mastigou com a gengiva um pouco da gororoba cinza.

– Não. Só tenho um quarto no Senior Citizens. Mas é claro que eu gostaria de ter uma casa. Gostaria de me casar com alguém como o Docinho aqui, e ficaria feliz em me mudar para cá. Sou quieto. Você mal notaria que estou aqui.

– Só por cima do meu cadáver – disse meu pai. – Pode pegar sua dentadura e sair daqui. Você não passa de um interesseiro.

Fred arregalou os olhos, alarmado.
– Não posso sair daqui. Ainda não comi a sobremesa. O Docinho me prometeu sobremesa. E, além disso, não tenho como voltar para o Seniors.
– Chame um táxi para ele – ordenou meu pai. – Stephanie, vá chamar um táxi. Ellen, embrulhe a sobremesa dele.
Dez minutos depois Fred tinha ido embora.
Vovó Mazur se serviu de um biscoito e uma segunda xícara de café.
– Ele não é o único no mundo – disse ela. – Para falar a verdade, era um pouco velho para mim mesmo. E estava me assustando com aquele olho de vidro... o modo como batia nele o tempo todo. Tudo bem ele tirar a dentadura, mas eu não queria ver aquele olho rolando perto de sua colher de sopa.
O Rangers estava jogando contra o Montreal, por isso fiquei para vê-lo. Ver o jogo também envolvia comer muita besteira, porque meu pai era ainda mais viciado em comer besteira do que eu. No terceiro período já tínhamos acabado com um pote de salsichas Viena tipo coquetel, um saco de Cheetos e uma lata de castanhas-de-caju, e atacávamos um saco de 900 gramas de M&M's.
Quando finalmente me despedi, estava pensando em me tornar bulímica.
O lado bom da falta de autocontrole foi que a ameaça dos homens mascarados se tornou menos importante diante da preocupação com os Cheetos se instalarem em minhas coxas. Quando me lembrei de ter medo estava inserindo a chave em minha porta da frente.
Meu apartamento parecia relativamente seguro. Só uma mensagem e nenhuma salsicha Viena me tentando das prateleiras do armário. Ouvi a mensagem.
Era de Ranger.
– Telefone para mim.
Digitei seu número e ele atendeu com uma única palavra.
– Diga.

– Isso é uma mensagem? – perguntei. – Estou falando com uma máquina?

– Isso é muito estranho, querida, mas eu poderia jurar que sua amiga Lula está tentando me seguir.

– Ela pensa que você é um super-herói.

– Muitas pessoas pensam isso.

– Você não dá a todo mundo aquele estacionamento vazio como seu endereço residencial? Ela acha isso um pouco estranho. Quer descobrir onde você mora. E, a propósito, onde você mora?

Esperei uma resposta, mas tudo que ouvi foi o telefone ser desligado.

Acordei me sentindo culpada pela farra de comida pouco saudável. Por isso, como penitência, limpei a gaiola do hamster, reorganizei os potes na geladeira e limpei o banheiro. Procurei roupa para passar, mas não havia nenhuma. Quando algo precisa ser passado, eu o coloco em uma cesta. Se depois de um ano o item ainda estiver na cesta, eu o jogo fora. Esse é um bom sistema, porque acabo apenas com as roupas que não precisam ser passadas.

Bucky tinha dito que meu carro ficaria pronto às dez. Não que eu duvidasse de Morelli ou Bucky, mas passara a ver os consertos de carros com o mesmo tipo de cinismo que anteriormente reservava para as aparições de Elvis após sua morte.

Estacionei o Mazda verde perto da cerca da oficina e vi minha picape esperando por mim na frente de uma das vagas abertas. Tinha sido recém-lavada e estava reluzentemente limpa. Estaria maravilhosa se não fosse o capô amassado e uma grande mossa em seu para-choque traseiro.

Bucky saiu da outra vaga.

Olhei para a picape ceticamente.

– Está consertada?

– A válvula de controle de emissão precisava de um *doohickey* novo – disse Bucky. – O conserto ficou em 230 dólares.

– *Doohickey?*

– Esse é o termo técnico – disse Bucky.
– Duzentos e trinta dólares parece muito para um troço que não sei o que é.
– O sr. Consertador não cobra barato.

Dirigi de volta para meu prédio de apartamentos sem nenhum imprevisto. Nenhuma parada. Nenhuma explosão de descarga. E nenhuma confiança de que isso duraria. O período de lua de mel, pensei ceticamente.

Voltei para meu prédio e estacionei em minha vaga usual perto da caçamba. Saí cautelosamente da picape e procurei possíveis agressores. Não vendo nenhum, atravessei o estacionamento e entrei pela porta.

O sr. Wexler estava na portaria, esperando que o micro-ônibus dos cidadãos idosos viesse buscá-lo.

– Você teve notícias de Mo Bedemier? – perguntou o sr. Wexler.
– Ele não é o máximo? Eu lhe digo, o homem tem muita coragem. Estava na hora de alguém fazer alguma coisa sobre o problema das drogas.

– Ele é suspeito de matar um monte de homens!
– Sim. Ele está passando por um período de sorte.

As portas do elevador se abriram e eu entrei, mas não senti vontade de ir para meu apartamento. Senti vontade de bater em alguém.

Saí do elevador e confrontei o sr. Wexler.
– Matar é errado.
– Nós matamos galinhas – disse o sr. Wexler. – Matamos vacas. Matamos árvores. Então não é nada demais matarmos traficantes de drogas.

Era difícil argumentar com esse tipo de lógica porque gosto muito mais de vacas, galinhas e árvores do que de traficantes de drogas.

Entrei de novo no elevador e fui para o segundo andar. Fiquei ali por alguns minutos, tentando me convencer a ter uma tarde relaxante sem fazer absolutamente nada, mas não consegui. Voltei para a portaria, fui até minha picape e me sentei atrás do volante. Já que eu não estava mesmo de bom humor, pensei que poderia visitar Dickie, o pequeno verme. Queria saber o que ele tinha dito a Morelli.

Parei em um estacionamento a um quarteirão do escritório de Dickie, entrei na sala de espera e dei à recepcionista meu poderoso sorriso.

– Preciso falar com Dickie – disse eu. E antes que ela pudesse responder, girei nos meus calcanhares e parti para a sala dele.

Capítulo 15

DICKIE NÃO PARECEU FELIZ EM ME VER. NA VERDADE, NÃO parecia feliz de jeito algum. Estava sentado à sua escrivaninha com a cabeça nas mãos e os cabelos despenteados. Isso era algo sério, porque seus cabelos sempre estavam perfeitos. Ele acordava de manhã com todos os cabelos no lugar. O fato de Dickie estar tendo um mau dia não melhorou nem um pouco meu humor.

Ele pulou de sua cadeira ao me ver.

– Você! Está maluca? Pirou? – Ele balançou a cabeça. – Isso é demais. Desta vez você foi longe demais.

– Do que você está falando?

– Você sabe do que estou falando. Das ordens de afastamento. Acusações de assédio. Tentativas de intimidar um advogado.

– Você andou pondo aquele pó branco estranho em seu café de novo?

– OK, eu pisei um pouco na bola enquanto a gente era casado. Nosso divórcio não foi suave como seda. Sei que você tem alguns sentimentos hostis por mim. – Ele passou inconscientemente as mãos pelos cabelos, fazendo-os se eriçarem. – Isso não é motivo para se transformar na Exterminadora. Cristo, você precisa de ajuda. Já pensou em obter um pouco de orientação psicológica?

– Tenho a sensação de que você está tentando me dizer alguma coisa.

– Estou falando sobre mandar seu brutamontes me atacar em meu estacionamento esta manhã!

– Lula atacou você?

– Não Lula. O outro.

– Não tenho outro.

– O cara grande – disse Dickie. – O com máscara de esqui e macacão.
– Espere aí. Já entendi. Aquele não era meu brutamontes. E há mais de um. Há um grupo inteiro deles, e estão me ameaçando também. O que exatamente ele disse para você?
– Disse que Mo não precisava de um advogado e eu estava fora do caso. Eu falei que Mo teria de me dizer isso pessoalmente. E então o cara sacou uma arma e disse que para um advogado eu não era muito bom em ler nas entrelinhas. Eu falei que estava ficando melhor nisso a cada minuto que passava. Ele abaixou a arma e foi embora.
– Foi embora de carro? Você anotou a placa?
O rosto de Dickie ficou corado.
– Não pensei nisso.
– Mo tem um fã-clube – disse eu. – Cidadãos preocupados.
– Isso é muito estranho.
– Qual foi o acordo com Mo? Qual é sua contribuição nisso?
– Está perdendo seu tempo. Não vou discutir isso com você.
– Sei de muitas coisas a seu respeito que você provavelmente não gostaria que se espalhassem. Sei sobre seu vício em cocaína.
– Isso é passado.
– Sei sobre a mulher de Mallory.
Dickie estava fora de sua cadeira.
– Foi você que contou para Morelli!
– Aquele Mallory é um canalha mesquinho. Nem te digo o que ele faria se descobrisse que alguém estava transando com sua mulher. Ele poderia plantar drogas em seu carro, Dickie. Depois você seria preso e pense só em como isso seria divertido... a revista pelado, a surra que você levaria quando resistisse à prisão.
Os olhos de Dickie se encolheram em duas pequenas bolas brilhantes duras e frias como mármore. Imaginei que seus testículos estavam sofrendo uma transformação parecida.
– Como saberei que você não vai contar a Mallory mesmo se eu lhe contar sobre Mo? – perguntou Dickie.

— E perder minha vantagem? Eu poderia querer chantagear você de novo.

— Merda — disse Dickie. Ele voltou para sua cadeira. Então se levantou, andou de um lado para o outro e voltou a se sentar. — Há sigilo profissional envolvido aqui.

— Como se você algum dia tivesse se importado com sigilo profissional. — Olhei para meu relógio. — Não tenho muito tempo. Tenho outras coisas para fazer. Preciso entrar em contato com a central de despacho de viaturas antes de Mallory ir embora.

— Puta — disse Dickie.

— Estúpido.

Os olhos dele se estreitaram.

— Piranha.

— Idiota.

— Vaca gorda.

— Ouça — disse eu. — Não tenho de aturar isso. Estou divorciada.

— Vou lhe contar sobre Mo se você prometer manter a boca fechada.

— Meus lábios estão selados.

Ele apoiou os cotovelos na escrivaninha, entrelaçou os dedos e se inclinou para frente. Se aquela fosse uma escrivaninha de tamanho normal nós teríamos encostado nossos narizes. Felizmente, a escrivaninha era grande como uma campo de futebol, de modo que ainda ficamos com um pouco de espaço entre nós.

— Em primeiro lugar, Mo não cometeu nenhum desses assassinatos. Ele se envolveu com alguns caras maus...

— Caras maus? Pode ser mais específico?

— Não sei mais do que isso. Estou trabalhando como um intermediário. Tudo que estou fazendo agora é estabelecer uma linha de comunicação.

— E foram esses caras maus que cometeram os assassinatos?

— Mo estava cheio das gangues e dos traficantes cada vez mais perto da sua loja, e não achava que os policiais poderiam fazer muito a esse respeito. Achava que os policias eram limitados por leis e negociações judiciais.

"Mas Mo sabia muito porque prestava atenção às crianças. Sabia os nomes dos traficantes. Sabia quem era especializado em vender para os garotos. Então tomou sua própria pequena iniciativa. Procurava o traficante e sugeria uma parceria."

– Deixar o traficante trabalhar na loja dele.

– Sim. Ele marcava um encontro, geralmente em sua loja ou garagem, ou em outro lugar se o traficante estava apreensivo. Então Mo dava a informação do encontro para um amigo dele. Mo desaparecia de cena e esse amigo cuidava do traficante. No início, Mo não sabia que os traficantes estavam sendo mortos. Acho que pensava que eles levavam uma surra ou eram ameaçados e isso parava por aí. Quando descobriu era tarde demais.

– Por que Mo não compareceu ao tribunal?

– Ficou com medo. A arma que portava quando Gaspick o parou tinha sido usada para matar um traficante que depois foi levado pela correnteza. Acho que na época, Mo se envolveu um pouco com isso. Achava-se no direito de ser um vigilante. Mo disse que nunca usou a arma. Na verdade, ela estava vazia quando ele foi parado. Provavelmente Mo se sentia como John Wayne ou algo do gênero portando aquela arma. Não se esqueça de que estamos falando de um nerd tímido que passou sua vida inteira atrás do balcão de uma loja de doces no Burgo.

Senti-me apunhalada. Morelli havia me ocultado essa informação. Nunca me contara sobre a conexão da arma e o corpo levado pela correnteza. Agora aquilo fazia sentido. Entendia por que, desde o início, Morelli estava interessado em Mo. E por que Mo não comparecera ao tribunal.

– Por que Mo subitamente decidiu se entregar?

– Acho que caiu na real – disse Dickie. – Percebeu que estava se tornando cada vez mais envolvido e começou a ficar com medo.

– Então qual é o acordo? Mo entregará seu amigo em troca de uma sentença reduzida?

– Suponho que sim, mas isso ainda não chegou nesse ponto. Como eu disse, só estou estabelecendo uma linha de comunicação. E aconselhei Mo sobre seus direitos e as consequências de sua participação.

– Então talvez esses caras com máscaras de esqui não estejam mais protegendo Mo. Talvez os sentimentos tenham mudado e agora eles estejam tentando encontrar Mo antes de mim... Muito nobre da sua parte continuar a aconselhar Mo depois de ter sido ameaçado.

– Nobre uma ova – disse Dickie. – Estou pulando fora desse barco.

Joguei um cartão sobre a escrivaninha de Dickie.

– Telefone-me se souber de alguma coisa.

Vi-me sorrindo no elevador, confortada com o fato de Dickie ter sido assediado e ameaçado. Decidi continuar a comemorar fazendo outra visita ao sr. Alexander. Se o sr. Alexander tinha conseguido deixar meus cabelos cor de laranja, certamente conseguiria deixá-los castanhos de novo.

– Impossível! – disse o sr. Alexander. – Estou com meu horário totalmente cheio. Adoraria ajudá-la, amor. Realmente adoraria, mas olhe só meu horário. Não tenho nenhum momento livre.

Segurei uma mecha de cabelos cor de laranja frisados entre meu polegar e indicador.

– Não posso viver assim. Não há *ninguém* aqui que possa me ajudar?

– Talvez amanhã.

– Estou com um revólver na minha bolsa. Tenho spray de pimenta e uma arma de choque que poderia transformá-lo em uma lâmpada de leitura. Sou uma mulher perigosa e esses cabelos cor de laranja estão me deixando louca. Não sei o que eu poderia fazer se não conseguisse dar um jeito neles.

A recepcionista correu seu polegar rapidamente pela página do dia.

– Cleo tem um cancelamento às duas horas. Era apenas um corte, mas ela poderia conseguir encaixar uma tintura.

— Cleo é uma ótima tinturista — disse o sr. Alexandre. — Se há alguém que pode ajudá-la, é ela.

Três horas depois eu estava de volta ao meu prédio de apartamentos ainda com os cabelos cor de laranja. Cleo fizera o possível, mas a cor resistira à mudança. Estava um tom mais escuro e talvez não tão brilhante, mas ainda era basicamente cor de laranja. OK, foda-se. Então tenho cabelos cor de laranja. Grande coisa. Poderia ser pior. Poderia ter o vírus ebola. Poderia ter dengue. Os cabelos não ficam cor de laranja para sempre. Crescem. Não era como se eu tivesse estragado minha vida.

Estava sozinha na portaria. As portas do elevador se abriram, entrei e pensei novamente em Mo. Por falar em alguém que estragara a própria vida. Se Dickie tinha falado a verdade, aquele era um homem que havia passado sua vida inteira vendendo doces para crianças e depois se frustrado e feito más escolhas. Agora ele estava em um labirinto de erros de julgamento e crimes terríveis.

Pensei em minha própria vida e nas escolhas que fizera. Até recentemente essas escolhas tinham sido relativamente seguras e previsíveis. Universidade, casamento, divórcio, trabalho. Então, sem que eu tivesse nenhuma culpa disso, perdi meu emprego. Depois me tornei uma caçadora de recompensas e matei um homem. Fora autodefesa, mas ainda assim era um ato lamentável que me assombrava tarde da noite. Agora eu sabia coisas sobre mim mesma e a natureza humana que as boas garotas do Burgo não deveriam saber.

Percorri todo o corredor, procurei minha chave e abri minha porta da frente. Entrei, aliviada por estar em casa. Antes de ter uma chance de me virar e fechar a porta, fui fortemente empurrada por trás e me esparramei no chão do vestíbulo.

Havia dois deles. Ambos de máscara e macacão. Ambos altos demais para ser Maglio. Um deles apontou uma arma para mim. O outro segurava uma bolsa de comida. Era o tipo de bolsa térmica macia que um funcionário de escritório usaria. Grande o suficiente para um sanduíche, uma maçã e um refrigerante.

— Se você der um pio eu atiro — disse o homem armado, fechando e trancando a porta. — Não quero atirar em você, mas é o que farei se for preciso.

— Isso não vai dar certo — disse-lhe eu. — Mo está falando com a polícia. Está contando tudo sobre vocês. Revelando nomes.

— Mo devia ter se limitado a vender doces. Nós cuidaremos dele. O que estamos fazendo é para o bem da comunidade... o bem da América. Não vamos parar só porque um velho se tornou escrupuloso.

— Matar pessoas é para o bem da América?

— Exterminar a praga das drogas sim.

Ah, meu Deus. Exterminadores de pragas.

O homem com a bolsa de comida fez com que eu me levantasse e me empurrou na direção da sala de estar. Pensei em gritar ou simplesmente fugir, mas não estava certa de como esses lunáticos agiriam. Um deles parecia confortável com seu revólver. Era possível que já tivesse matado antes, e eu suspeitava que matar era como tudo o mais... quanto mais você faz, mais fácil se torna.

Eu ainda estava usando minha jaqueta e carregando minha bolsa a tiracolo, com o aviso da retaliação soando em meus ouvidos. Ainda estava com a bolha do meu último encontro com os vigilantes de Mo, e a ideia de ser queimada de novo embrulhava meu estômago.

— Vou dar a vocês uma chance de irem embora, antes que façam algo realmente estúpido — disse eu, tentando não mostrar pânico em minha voz.

O homem com a bolsa a deixou em minha mesinha de centro.

— Você é que é estúpida. Nós ficamos dialogando e avisando você, mas se recusa a ouvir. Ainda está metendo o nariz onde não é chamada. Você e aquele advogado que fica visitando. Então achamos que deveríamos lhe fazer uma demonstração. Mostrar-lhe a ameaça pessoalmente. — Ele pegou um pequeno pacote de papel cristal na bolsa de comida e me estendeu para que eu visse. — Garoto de alta qualidade. — O próximo item a ser tirado do saco

foi uma pequena garrafa de água. Depois uma tampa de garrafa com uma alça de arame enrolada ao seu redor. – O melhor aquecedor vem de uma garrafa de vinho. Bonito e intenso. Os viciados gostam mais disso do que de uma colher ou tampa de garrafa de refrigerante. Você sabe o que é "garoto"? Garoto era heroína. Garota era cocaína.
– Sim, sei o que é.
O homem encheu a tampa de água e acrescentou um pouco do pó do pacote. Tirou um isqueiro do bolso e o segurou sob a tampa. Depois tirou uma seringa do saco e a encheu com o líquido. Eu ainda estava com minha bolsa a tiracolo no ombro. Passei minha mão trêmula por ela, sentindo meu .38.
O homem armado deu um passo para frente e arrancou a bolsa do meu ombro.
– Esqueça disso.
Rex estava em sua gaiola na mesinha de centro. Corria em sua roda quando entramos na sala. Quando as luzes se acenderam, ele havia parado, com os bigodes balançando e os olhos arregalados na expectativa de comida e atenção. Depois de alguns momentos, recomeçara sua corrida.
O homem com a seringa abriu a tampa da gaiola de Rex, e o pegou com sua mão livre.
– Agora vamos começar a demonstração.
Meu coração se apertou dolorosamente.
– Ponha-o de volta na gaiola – disse eu. – Ele não gosta de estranhos.
– Sabemos muito sobre você – disse o homem. – Sabemos que gosta deste hamster. Imaginamos que ele seja como um membro da família para você. Agora suponha que este hamster fosse uma criança. E suponha que você achasse que estava fazendo todas as coisas certas, como alimentar bem essa criança, ajudá-la com seu dever de casa e criá-la em um bairro com uma boa escola. E então de algum modo, apesar de tudo que você fez, essa criança foi levada a experimentar drogas. Como se sentiria? Não desejaria

ir atrás das pessoas que as estavam fornecendo para ela? E suponha que vendessem ao seu filho uma droga ruim e ele morresse de overdose. Não desejaria sair e matar o traficante que matou seu filho?
— Eu desejaria que ele fosse entregue à justiça.
— Uma ova que desejaria. Você desejaria matá-lo.
— Está falando por experiência própria?
O homem com a seringa parou e olhou para mim. Vi seus olhos atrás da máscara de esqui e achei que havia acertado em cheio.
— Sinto muito — disse eu.
— Então você entende por que temos de fazer isso. É essencial que nosso trabalho não seja prejudicado. E é essencial que você entenda nosso compromisso. Preferiríamos não matá-la. Somos pessoas justas e razoáveis. E também éticas. Portanto, preste atenção. Este é o último aviso. Desta vez mataremos o hamster. Da próxima mataremos você.

Senti lágrimas começando a surgir atrás dos meus olhos.
— Como vocês podem justificar a morte de um animal inocente?
— Isso é uma lição. Você já viu alguém morrer de overdose? Não é algo bonito. E é o que vai lhe acontecer se não tirar férias.

Rex estava com seus olhos pretos brilhantes, seus bigodes se movendo rápido, seus pequenos pés andando no ar e seu corpo contorcido. Não estava gostando de seu confinamento.
— Diga adeus — disse o homem com a seringa. — Vou injetar isso diretamente no coração dele.

Há um limite para o que uma mulher pode aguentar. Eu tinha recebido um jato de spray de pimenta, sido atacada, seguida por homens mascarados, enganada por Morelli e enrolada por meu mecânico. E permanecera bastante calma durante tudo isso. Ameaçar meu hamster revelou um conjunto totalmente novo de regras. Ameaçar meu hamster me transformou em Godzilla. Eu não tinha a menor intenção de dizer adeus ao meu hamster.

Pisquei para reprimir as lágrimas, limpei meu nariz e apertei os olhos.

– Ouçam-me, seus bostas – gritei. – Não estou de bom humor. Meu carro fica enguiçando. Anteontem vomitei em Joe Morelli. Fui chamada de vaca gorda pelo meu ex-marido. E como se isso não bastasse... meus cabelos estão COR DE LARANJA! COR DE LARANJA, PELO AMOR DE DEUS! E agora vocês têm a ousadia de entrar na minha casa e ameaçar meu hamster. Bem, vocês foram longe demais. Passaram dos limites.

Eu estava gritando e agitando os braços, totalmente descontrolada. E apesar de descontrolada observava Rex, porque sabia o que aconteceria se ele fosse segurado por tempo demais. E quando isso acontecesse eu agiria.

– Portanto, se vocês querem assustar alguém, escolheram a pessoa errada – gritei. – E não pensem que vou permitir que toquem em um só pelo da cabeça desse hamster!

E então Rex fez o que qualquer hamster irritado e sensível faria. Cravou os dentes no polegar de seu captor.

O homem deu um uivo e abriu a mão. Rex caiu no chão com um baque e correu para debaixo do sofá. O homem com a arma a apontou na direção de Rex e disparou vários tiros reflexivamente.

Agarrei a luminária de mesa com minha mão direita e, aproveitando a oportunidade, bati com ela na cabeça do homem armado. Ele caiu como um saco de areia e corri para a porta.

Estava com um pé no corredor quando fui agarrada por trás e puxada de volta para o apartamento pelo homem com a seringa. Eu o chutei e arranhei, e nós dois lutamos por nossas vidas na frente da porta. Meu pé atingiu a virilha dele e houve um momento de imobilidade e suspense em que vi seus olhos se arregalarem de dor e pensei que ele iria atirar em mim, me perfurar ou me fazer desmaiar com um soco. Mas então ele se curvou e tentou respirar, se afastando inadvertidamente da porta para o corredor.

A porta do elevador se abriu e a sra. Bestler saiu com seu andador. Tum, tum, tum, lá veio ela rápida como um raio pelo corredor e golpeou o homem, fazendo-o cair de joelhos.

A porta da sra. Karwatt se abriu e ela apontou seu .45 para o homem no chão.

– O que está acontecendo? O que eu perdi?

O sr. Kleinschmidt veio arrastando os pés pelo corredor carregando um M-16.

– Ouvi um tiro.

A sra. Delgado estava logo atrás do sr. Kleinschmidt. Tinha um cutelo e um Glock de aço azulado com cabo de borracha.

A sra. Karwatt olhou para a arma da sra. Delgado.

– Loretta – disse ela –, você está com uma arma nova.

– Presente de aniversário – disse a sra. Delgado orgulhosamente. – Ganhei da minha filha Jean Ann. Calibre quarenta, como as que os policiais usam. Mais poder de freamento.

– Eu tenho pensado em comprar uma arma nova – disse a sra. Karwatt. – Que tipo de recuo você obtém com essa Glock?

Levei Rex para meu quarto naquela noite. Ele parecia bem, apesar do trauma da tarde. Não sei se o mesmo poderia ser dito de mim. A polícia havia chegado e desmascarado os dois homens. O homem com a seringa era um estranho para mim. O armado fora um colega de escola. Agora estava casado e tinha dois filhos. Eu o havia encontrado no supermercado algumas semanas atrás e cumprimentado.

Dormi durante a maior parte da manhã e me senti bem ao acordar. Talvez não fosse a mulher mais paciente, glamourosa ou atlética do mundo, mas era topo de linha quando se tratava de resiliência. Estava me servindo de uma segunda xícara de café quando o telefone tocou.

Era Sue Ann Grebek.

– Stephanie! – gritou ela pelo telefone. – Tenho uma coisa boa!

– Sobre Mo?

– Sim. Um boato maldoso de alta qualidade. Com um grau de distorção de apenas uma pessoa. Poderia até mesmo ser verdade.

– Me conte!

– Eu estava na Fiorello's e encontrei Myra Balog. Lembra-se da Myra? Ela namorou firme com aquele idiota do Larry Skolnik durante toda a escola secundária. Eu nunca soube o que ela via nele. Larry fazia barulhos estranhos com o nariz e escrevia mensagens secretas nas mãos. Como "S.D.O.B.G.", e depois não contava a ninguém o que isso significava.

"Seja como for, eu estava conversando com Myra, uma coisa levou a outra e falamos sobre Mo. E Myra me disse que um dia Larry contou para ela essa história realmente maluca sobre Mo. Disse que Larry jurou que era verdade. É claro que não sabemos o que isso significa, porque Larry provavelmente também achava que já havia sido teletransportado algumas vezes."

– Então qual é a história?

Após falar com Sue Ann, sentei-me e olhei para o telefone por alguns minutos. Não gostei do que ouvi, mas fazia algum sentido. Pensei sobre o que vira no apartamento de Mo e peças do quebra-cabeça começaram a se encaixar.

O que eu precisava fazer agora era visitar Larry Skolnik. Então desci rapidamente para o estacionamento, enfiei a chave na ignição e prendi a respiração. O motor pegou suavemente e funcionou em ponto morto. Soltei a respiração devagar, sentindo meu cinismo dar lugar a um cauteloso otimismo.

Larry Skolnik trabalhava na lavanderia a seco de seu pai, na parte mais baixa da Hamilton. Estava atrás do balcão quando entrei. Havia engordado uns 50 quilos desde a escola secundária, mas nem tudo eram más notícias – as mãos dele estavam livres de mensagens. Ele era uma boa pessoa, mas se eu tivesse de arriscar um palpite sobre sua vida social, diria que provavelmente conversava muito com sua gravata.

Ele sorriu ao me ver.

– Oi.

– Oi – respondi.

– Trouxe roupa para lavar aqui?

– Não. Vim ver você. Queria lhe perguntar sobre o tio Mo.

– Moses Bedemier? – Ele ficou com as bochechas vermelhas.

– O que quer saber?

Larry e eu estávamos sozinhos na lavanderia. Não havia ninguém mais atrás do balcão. Ninguém na frente. Só eu, Larry e 300 camisas.

Repeti a história que Sue Ann me contara.

Larry manuseou nervosamente uma caixa de botões de camisa perto da caixa registradora.

– Tentei contar às pessoas, mas ninguém acreditou em mim.

– Isso é verdade?

Mais manuseio. Ele escolheu um botão de madrepérola branco e o examinou mais atentamente. Seu nariz emitiu um som de buzina. Ele ficou com o rosto ainda mais vermelho.

– Sinto muito – disse. – Eu não queria buzinar.

– Tudo bem. Algumas buzinadas relacionadas com estresse não fazem mal a ninguém.

– Bem, eu fiz isso. A história é verdadeira – disse Larry. – E me orgulho disso. Pronto.

Se Larry dissesse nã, nã, nã, nã, eu bateria nele.

– Eu ficava muito tempo na loja – disse Larry, olhando para a caixa de botões, tocando-os com o dedo e traçando canais na coleção. – E então, quando eu estava com 17 anos, Mo me contratou para varrer a loja e polir o vidro da vitrine. Isso foi ótimo. Quero dizer, eu estava trabalhando para o tio Mo. Todos os garotos queriam trabalhar para o tio Mo.

"O fato é que foi assim que nos tornamos amigos. E então um dia ele me pediu para... hum, você sabe. Eu nunca havia feito nada desse tipo, mas pensei, e daí?"

Ele parou de falar e olhou desinteressadamente para os botões. Esperei um pouco, mas Larry continuou a olhar em silêncio para eles. E ocorreu-me que talvez Larry não fosse apenas estranho. Talvez não fosse muito inteligente também.

– Isso é importante para mim – finalmente disse eu. – Preciso encontrar Mo. E achei que talvez você tivesse alguma ideia de onde ele poderia estar. Que vocês ainda mantivessem contato.

– Você realmente acha que ele matou todas aquelas pessoas?

– Não tenho certeza. Acho que deve ter sido envolvido.
– Também acho isso – disse Larry. – E tenho uma teoria. Não está completa. Mas talvez você possa aproveitar algo dela. – Ele se esqueceu dos botões e se inclinou para frente no balcão. – Uma vez eu estava com um cara chamado Desmond, e nós começamos a conversar. De profissional para profissional, se entende o que quero dizer. E Desmond me contou como Mo o encontrou.

"Entende, é importante que Mo sempre possa encontrar homens jovens, porque é disso que ele gosta."

Quando Larry terminou de me expor sua teoria eu estava quase dando pulos de contentamento. Sabia de uma conexão incomum entre Mo e os traficantes. E estava com um interesse renovado na ideia da segunda casa. Mo havia levado Larry de carro para uma casa no bosque quando quis que Larry fizesse aquilo.

Não havia nenhuma garantia de que Mo ainda estivesse usando a mesma casa, mas era um lugar onde começar a procurar. Infelizmente, Larry sempre tinha ido à casa à noite e mesmo em um bom dia sua memória não era das melhores. O que ele se lembrava era de ter ido para o sul e entrado em uma área rural.

Agradeci a Larry por sua ajuda e prometi voltar com roupas para lavar. Entrei na picape e a liguei. Queria falar com Vinnie, mas Vinnie não estaria no escritório tão cedo. Tudo bem. Enquanto esperava por ele, visitaria o elo fraco na corrente de Mo.

Estacionei na rua, do outro lado do apartamento de Lula. Todas as casas geminadas pareciam iguais nesse quarteirão, mas a de Gail era fácil de encontrar – tinha uma luz acesa na varanda da frente.

Fui direto para o segundo andar e bati na porta de Gail. Ela atendeu depois de uma segunda série de batidas. Com os olhos sonolentos de novo. Drogada.

– Hum? – disse ela.

Eu me apresentei e perguntei se podia entrar.

– Claro – respondeu ela. Como se dissesse: Quem se importaria com isso?

Gail se sentou na beira de sua cama com as mãos cruzadas no colo e os dedos ocasionalmente fugindo para segurar sua saia. A sala tinha poucos móveis. Havia pilhas de roupas no chão. Uma pequena mesa de madeira com compras de supermercado. Uma caixa de cereal, a metade de um pão, manteiga de amendoim, um pacote de seis latas de Pepsi com duas latas faltando. Uma cadeira de encosto reto fora puxada para a mesa.

Peguei a cadeira para mim e a coloquei mais perto de Gail, para podermos falar como amigas.

– Preciso falar com você sobre Harp.

Gail agarrou um pedaço da sua saia.

– Não sei de nada.

– Não sou uma policial. Isso não vai meter você numa encrenca. É só uma coisa que tenho de saber.

– Eu já te disse.

Não precisaria muito para vencer Gail pelo cansaço. A vida já a cansara tanto quanto possível. E como se isso não bastasse, ela obviamente levantara cedo para fazer uma experimentação farmacológica.

– O que há entre Mo e Elliot? Eles fizeram negócios juntos, não é?

– Sim. Mas não tive nada a ver com isso. Não quis tomar parte.

Era quase meio-dia quando cheguei ao escritório.

Lula estava balançando uma coxa de frango para Connie.

– Estou lhe dizendo que você não sabe nada sobre frango frito, Vocês, italianos, não têm os genes certos. Só entendem de coisas que levam molho de tomate.

– Sabe o que você é? – disse Connie, remexendo no balde de frango e escolhendo um peito. – Uma racista intolerante.

Lula mastigou um pouco da carne da coxa.

– Tenho o direito de ser. Sou minoria.

– O quê? Acha que os italianos não são minorias?

– Não mais. Foram as minorias do ano passado. Está na hora de mudar de posição, querida.

Peguei um guardanapo e me servi de uma parte misteriosa.

– Vinnie está aí?

– Ei, Vinnie – gritou Connie. – Você está aí? Stephanie está aqui.

Vinnie apareceu imediatamente na porta.

– É melhor que seja uma boa notícia.

– Quero saber sobre o namorado de Mo. Aquele que você viu em New Hope.

– O que tem ele?

– Como você soube que eles eram amantes? Estavam se beijando? Estavam de mãos dadas?

– Não. Estavam excitados. Não estou querendo dizer que estavam com uma ereção. Estavam animados. E olhando fotos um do outro. E esse outro cara era muito estranho.

– Você viu as fotos?

– Não. Eu estava do outro lado da sala.

– Como sabe que eram de Mo e o amigo dele?

– Acho que não sei, mas sei que eram sacanas.

– Deve ter sido uma daquelas coisas psíquicas – disse Lula. – Como o Grande Carnac.

– Ei – disse Vinnie. – Conheço sacanagem.

Isso ninguém iria discutir.

– Você conseguiu um nome? – perguntei.

– Não – respondeu Vinnie. – Ninguém sabe nada sobre Mo. Ele não deve frequentar os lugares usuais.

– Preciso falar com você em particular – disse eu a Vinnie, conduzindo-o para sua sala e fechando a porta atrás de mim. – Tenho uma nova conexão que quero que investigue.

Vinnie praticamente babou quando eu lhe contei onde queria que ele procurasse.

– Esse Mo! – disse ele. – Quem teria imaginado?

Deixei Vinnie com sua tarefa, peguei o telefone de Connie emprestado e disquei para Morelli.

– O que você sabe sobre meus dois agressores? – perguntei a Morelli.

Houve uma pausa para pensar.

– Não arrancamos nada de nenhum deles. Tinham um advogado e foram soltos.

Senti que havia mais.

– Mas?

– Mas fizemos algumas investigações secundárias e descobrimos uma associação interessante. Se eu lhe contar, você tem de prometer que não fará nada com isso.

– Claro. Eu prometo.

– Não acredito em você.

– Isso deve ser excelente.

– Não vou te contar pelo telefone – disse Morelli. – Me encontre na lanchonete do outro lado do St. Francis.

Morelli pediu um café e sanduíche no balcão e os levou para o banco.

– Está esperando há muito tempo?

– Alguns minutos.

Ele comeu um pouco do seu sanduíche.

– Quando eu lhe der essa informação, você tem de prometer que não pulará do seu banco e não fará nada com ela. Temos homens no lugar. Se você for lá vai estragar tudo.

– Se eu ficar longe do lugar você promete me chamar quando Mo se apresentar?

– Sim.

Nós nos encaramos. Ambos sabíamos que ele estava mentindo. Esse não era o tipo de promessa que um policial podia cumprir.

– Se eu não estiver presente quando Mo for capturado não há nenhuma garantia de que Vinnie terá sua fiança devolvida.

– Farei todos os esforços para isso – disse Morelli. – Juro que farei tudo que puder.

– Então, para que tudo fique claro... sei que isso não é um presente. Você não estaria me contando se eu já não estivesse prestes a obter a informação de outra fonte. – Como Eddie Gazarra ou o jornal local.

– Então acho que você não está esperando pela sobremesa.

– O que você sabe?

– Os dois homens pertenciam à Igreja da Liberdade da rua Montgomery.

Minha primeira reação foi um chocado silêncio. A segunda foi um ataque de riso. Bati palmas.

– A Igreja da Liberdade da rua Montgomery! Isso é perfeito.

Morelli comeu o resto do seu sanduíche.

– Sabia que você ia gostar.

– Essa é uma aliança natural. Mo quer se livrar dos traficantes de drogas, por isso procura o extremista reverendo Bill e os dois levam a vigilância para um outro nível. Então, por motivos que não sabemos direito, Mo decidiu cair fora e apresentar evidências contra o bom reverendo.

Morelli terminou seu café e limpou a boca com um guardanapo.

– Tudo isso é especulação.

E eu podia fazer mais uma. Que isso não teve a ver apenas com traficantes de drogas.

– Bem – disse eu –, isso foi ótimo, mas preciso correr. Tenho lugares para ir. Pessoas para ver.

Morelli pôs sua mão ao redor da minha cintura e segurou a palma da minha mão sobre a mesa, de modo a aproximar nossos narizes.

– Tem certeza de que não há nada que queira me contar?

– Ouvi dizer que Biggie Zaremba fez vasectomia.

– Estou falando sério, Stephanie. Não quero você metida nisso.

– Jesus, Joe, você nunca para de ser um policial?

– Isso não tem nada a ver com ser um policial.

Ergui uma sobrancelha.

– Não?

Outro suspiro, que pareceu bastante autocrítico.

– Não sei por que me preocupo com você. Deus sabe que você é capaz de cuidar de si mesma.

– É porque você é italiano. Está em seus cromossomos.

– Disso não tenho a menor dúvida – disse Morelli, soltando minha mão. – Tenha cuidado. Telefone-me se precisar de ajuda.

– Vou para casa lavar minha cabeça. – Ergui minha mão. – Juro. Palavra de escoteiro. Talvez eu vá fazer compras.

Morelli se levantou.

– Você não tem jeito. É assim desde criança.

– O que você quer dizer?

– Você era maluca. Fazia qualquer coisa. Pulava da garagem do seu pai tentando voar.

– Você nunca tentou voar?

– Não. Nunca. Sabia que não podia.

– Isso é porque desde que nasceu você tinha uma mente estreita.

Morelli sorriu.

– É verdade. Meus interesses eram estreitos.

– Tudo em que você sempre pensou foi em S-E-X-O. Atraía garotinhas inocentes para a garagem do seu pai para olhar por baixo das calcinhas delas.

– A vida era muito mais simples naquele tempo. Agora tenho de embebedá-las. E vamos falar a verdade, você não foi enganada. Praticamente me derrubou tentando entrar na garagem.

– Você disse que ia me ensinar a brincar de trenzinho.

O sorriso se ampliou.

– E mantive minha palavra.

A porta da cafeteria se abriu e Vinnie entrou saltitante. Nossos olhos se encontraram. Vinnie deu sua detestável risadinha e eu soube que ele tinha algo de bom para mim.

Capítulo 16

DEIXEI MORELLI E PUXEI VINNIE PARA FORA DA CAFETERIA para não sermos ouvidos.

– Consegui um endereço – disse Vinnie, ainda sorrindo, sabendo que sua fiança estava muito perto, e feliz em falar sobre um colega pervertido sexual.

Uma onda de excitação subiu das solas dos meus pés para as raízes dos meus cabelos.

– Diga!

– Fiz uma descoberta valiosa com o primeiro telefonema. Você estava certa. Moses Bedemier, o tio favorito de todo mundo, faz filme pornô. Não do tipo que se pode alugar em uma videolocadora. A coisa real! Genuinamente *underground*, pornô de qualidade. "Ele usa o nome M. Bed. E é especializado em disciplina. Segundo minha fonte, se você quiser ver espancamento, procure um filme de M. Bed. – Vinnie balançou a cabeça, sorrindo de orelha a orelha. – Estou lhe dizendo que o homem é famoso. Fez toda uma série de filmes de iniciação à fraternidade. Fez *Tetas e tapas, Espancamento da gangue, Espancamento na universidade*. Itens de colecionadores. Vale-tudo. Muitos close-ups. Nunca nada falso. Essa é a diferença entre o lixo comercial e o *underground*. O *underground* é real."

– Contenha-se, Vinnie – disse eu. – As pessoas estão olhando.

Vinnie não prestou nenhuma atenção. Agitava as mãos e a saliva se acumulava nos cantos da boca. – O cara é um gênio. E sua obra-prima é *O garoto malvado Bobby e a diretora de escola*. É um épico, feito com trajes de época. Um clássico. Tem a melhor cena de espancamento com régua apresentada em um filme.

Pensei em Larry Skolnik com as cuecas abaixadas e um chapéu de bobo, e quase desmaiei.

– Depois que você me pôs na direção certa foi fácil – disse Vinnie. – Tenho um amigo no ramo. Só que ele faz coisas com cães. Tem um dogue alemão grande como um touro. E ele treinou seu cão para...

Pus as mãos nos ouvidos.

– *Eca! Que nojo!*

– Bem, de qualquer modo consegui descobrir onde Mo faz seus filmes. Esse amigo meu usa alguns dos mesmos atores e atrizes de Mo. Então ele me deu o nome dessa mulher. Bebe LaTouch. He, he, he. Disse que ela é a favorita do dogue alemão.

Senti meu lábio superior repuxar involuntariamente para trás e o músculo do meu esfíncter se contrair.

Vinnie me entregou um pedaço de papel com instruções.

– Telefonei para Bebe e, segundo ela, Mo tem uma casa ao sul daqui. Perto do bosque. Ela não sabia o endereço, mas sabia como chegar lá.

Isso correspondia à informação que eu recebera de Gail e Larry. Gail me dissera que Harp fizera negócios com Mo em um lugar que não era a loja. Ela se lembrava do lugar porque tinha ido lá uma vez quando Harp fornecera uma "atriz virgem".

Peguei as instruções e olhei para Morelli. Ele estava comendo suas batatas fritas e me observando através do vidro da porta. Acenei-lhe e entrei na picape. Liguei o motor e prestei atenção ao barulho em ponto morto. Normal e constante. Nenhuma explosão constrangedora. Nenhuma parada.

– Obrigada, Bucky – disse eu. – E obrigada, Deus, pelos *doohickeys*.

Dirigi por vários quilômetros na 206 South e entrei na White Horse. Fui na direção de Yardville e tomei novamente o rumo sul para Crosswicks. Em Crosswicks, segui uma estrada sinuosa de duas pistas e olhei para meu mapa. Tudo parecia certo, por isso continuei e uns cinco minutos depois cheguei à Doyne. Entrei à direita na Doyne e chequei meu hodômetro. Três quilômetros adiante, comecei a procurar uma caixa de correio preta enferrujada no final de uma estrada de terra. Tinha passado por uma casa na primeira curva, mas agora não havia nada. Só árvores nos dois lados da estrada. Se Mo estava ali, estava bem isolado.

Ao completar cinco quilômetros e meio, vi a caixa de correio. Parei e olhei através das árvores desfolhadas para o bangalô de tábuas de madeira no final da entrada para veículos. No verão, o bangalô não seria visível. Era inverno e pude ver claramente o estacionamento coberto e a casa. Havia um carro no estacionamento, mas eu não tinha como saber se era de Mo.

Continuei mais uns 400 metros pela estrada e telefonei para o celular de Ranger.

Ranger atendeu no quarto toque.

– Oi.

– Oi – disse eu. – Acho que sei onde está Mo. Estou vigiando um bangalô ao sul de Yardville. Preciso de ajuda para a captura.

– Diga-me como chegar aí.

Dei-lhe as instruções, desliguei e abri o pequeno saco de lona no banco ao meu lado. Estava usando jeans e uma blusa de gola rulê sob minha jaqueta de couro preta. Tirei a jaqueta, vesti um colete à prova de balas e coloquei a jaqueta por cima. O próximo item que tirei do saco foi um cinto de utilidades, com bolsos para carregar spray de pimenta e cassetete, sem falar no meu Smith & Wesson. Saí da picape e coloquei o cinto, enchendo os bolsos e prendendo minha arma. Ajustei as tiras de velcro que mantinham o .38 firme em minha perna, enfiei algemas na parte de trás do cinto e outras duas extras, de nylon, nos bolsos da minha jaqueta.

Agora que eu sabia do que Mo era capaz, desejei ter também luvas de borracha.

Voltei para a picape e estalei os dedos, sentindo-me nervosa e estúpida, vestida como a Princesa da SWAT.

Fiquei sentada lá até Ranger parar atrás de mim no Bronco. Andei até ele e o vi sorrir.

– Parece que você está levando isso a sério.

– As pessoas ficam atirando em mim.

– Mais sério é impossível – observou Ranger.

Ele já estava usando um colete à prova de balas. Colocou seu cinto de utilidades enquanto eu lhe explicava a situação.

– Essa captura é sua – disse ele. – Você tem um plano?

– Entrar de carro. Bater na porta. Prendê-lo.

– Quer bater na porta da frente ou na de trás?

– Na da frente.

– Vou deixar o Bronco aqui e dar a volta através do bosque. Dê-me alguns minutos para me posicionar e depois faça o que tem de fazer.

A presença de Mo na casa era um tiro no escuro. Se eu tivesse tido mais tempo, teria ficado de vigia. Do jeito que as coisas estavam, ou nós mataríamos de medo um pobre coitado ou nos arriscaríamos a levar um tiro pela porta. Além do mais, talvez Mo não tivesse nada a ver com os assassinatos e não fosse tão perigoso assim.

Deixei Ranger ir na frente e depois dirigi pela entrada para veículos. Parei atrás do carro no estacionamento coberto e fui diretamente para a porta da frente do bangalô. As cortinas de todas as janelas estavam fechadas. Eu ia bater na porta quando ela se abriu e Mo olhou para mim.

– Bem – disse ele. – Acho que acabou.

– Você não parece surpreso em me ver.

– Na verdade, o som do carro na minha entrada para veículos me assustou. Mas então percebi que era você, e, para falar a verdade, fiquei aliviado.

– Estava com medo de que fosse o reverendo Bill?

– Então você sabe sobre Bill. – Ele balançou a cabeça. – Ficarei feliz quando tudo isso for esclarecido. Não me sinto mais seguro aqui.

Eu estava em pé do lado de dentro da porta da frente e olhei ao redor. Dois quartos, um banheiro, sala de estar, cozinha com espaço para refeições e uma porta nos fundos. O tapete estava gasto, porém limpo. Os móveis eram velhos. Não havia muitos deles. As cores desbotadas tinham adquirido um tom neutro de nada. Um sofá, uma poltrona estofada demais, uma TV e um videocassete. Não havia pó algum na mesinha de centro.

– Imagino que você também não esteja segura – disse Mo. – Está deixando Bill muito nervoso.

Balancei a cabeça mentalmente. Eu havia acampado inocentemente na frente da Igreja da Liberdade. Mo e Bill deviam ter entrado em pânico, pensando que eu soubesse sobre eles. Às vezes eu surpreendia até a mim mesma. Como os instintos de uma pessoa podiam estar errados e ao mesmo tempo tão certos?

Ele afastou uma cortina e espiou pela janela da frente.

– Como você me encontrou?

– Por causa de um boato no Burgo.

Mo se virou para mim, o horror estampado no rosto. Olhei em seus olhos e vi sua mente correndo a um milhão de quilômetros por hora.

– Isso é impossível – disse ele, a ansiedade repuxando e empalidecendo seus lábios. – Ninguém no Burgo sabe sobre esta casa.

– Larry Skolnik sabe. Você se lembra de Larry? O garoto que escrevia mensagens secretas no braço. Agora trabalha na lavanderia a seco do pai.

Andei até a porta aberta do quarto e olhei para dentro. Cama, perfeitamente arrumada. Tapete pequeno no chão. Mesa de cabeceira com luminária e relógio. O segundo quarto estava vazio. Havia marcas no tapete de uma limpeza recente, de móveis ou outra coisa. Estava claro que o quarto fora limpo recentemente. Chequei o banheiro. Havia uma cortina pesada na única e pequena janela. Câmara escura, pensei. Mo provavelmente fazia alguns fotografas de seus astros. Voltei para a porta da frente.

– Sei sobre os filmes – disse a Mo.

Ele ficou boquiaberto. Em pânico. Ainda sem poder acreditar. Recitei sua lista de créditos. Afirmando meu domínio. Fazendo-o saber que o jogo havia terminado.

Mo se recompôs e ergueu o queixo um milímetro. Uma posição defensiva.

— Bem, e daí? Faço filmes de arte envolvendo adultos que consentem com isso.

— Consentem, talvez. Adultos, é questionável. O reverendo Bill sabe sobre seu hobby?

— O reverendo Bill é um dos meus mais dedicados fãs. Ele acredita firmemente em punição corporal por mau comportamento.

— Então ele sabe sobre esta casa.

— Não sabe o local. E isso não é um hobby. Sou um produtor de cinema profissional. Ganho um bom dinheiro com meus filmes.

— Aposto que sim.

— Você não espera que eu me aposente com o dinheiro que ganho vendendo sorvetes de casquinha, não é? — disparou Mo. — Sabe qual é o lucro de uma bala de um centavo? Zero.

Desejei que ele não esperasse que eu fosse solidária. Estava me esforçando para não fazer uma careta sempre que me lembrava da minha foto na parede da cozinha dele.

Mo balançou a cabeça, a chama da indignação se apagando. Caindo em si.

— Não posso acreditar que isso esteja acontecendo comigo. Eu estava ganhando bem. Guardando dinheiro para a aposentadoria. Fornecendo entretenimento para um grupo seleto de adultos. Empregando jovens merecedores.

Revirei os olhos mentalmente. Moses Bedemier pagava traficantes para recrutar carne fresca para seus filmes pornográficos. Os traficantes conheciam os fugitivos e garotos de rua. Conheciam os adolescentes que ainda pareciam saudáveis e fariam quase tudo para conseguir uma nova dose.

— Eu cometi um erro — disse Mo. — Um erro, e tudo começou a dar errado. Tudo por causa daquele horrível Jamal Brousse. —

Ele foi até a janela, claramente agitado, olhando para as sombras e abrindo e fechando as mãos. – Espero que você tenha tomado cuidado para não ser seguida – disse ele. – Bill está procurando por mim.

– Não fui seguida. Provavelmente.

Mo continuou, querendo contar sua história. Acho que um pouco confuso por tudo ter dado nisso, falando enquanto continuava a andar. Provavelmente tinha falado e andado durante horas antes de eu chegar, tentando convencer a si mesmo a chamar a polícia.

– Tudo por causa de Brousse – disse ele. – Um traficante de drogas e fornecedor. Eu fiz um único e infeliz negócio com ele para um jovem servir de modelo para mim. Só queria algumas fotografias.

Ele parou e prestou atenção.

– Bill vai matar nós dois se nos encontrar aqui.

Disso eu não tinha a menor dúvida. Assim que Ranger aparecesse iríamos embora.

– E quanto a Brousse? – perguntei, mais para desviar meus pensamentos do reverendo Bill chegando antes de Ranger do que por mera curiosidade.

– Eu honrei meu acordo com Brousse, mas ele continuou a voltar fazendo cada vez mais exigências e me chantageando. Eu estava desesperado. Não sabia o que fazer. Podia não ganhar muito dinheiro com minha loja, mas tinha certa posição na comunidade que apreciava. Brousse podia ter arruinado tudo.

"E então um dia Bill passou pela loja e tive uma ideia. E se contasse a ele sobre esse cara, o Jamal Brousse, que estava vendendo drogas para garotos? Imaginei que Bill daria um susto nele. Talvez um soco no nariz ou algo do gênero. Talvez o assustasse o bastante para ele ir embora. O problema foi que Bill gostou tanto da ideia de justiça da comunidade que matou Brousse.

"Mas Bill cometeu um erro com Brousse. Ele o jogou no rio, e Brousse foi parar na margem duas horas depois. Bill não gostou disso. Disse que foi uma bagunça. Eu quis fazê-lo parar por aí, mas Bill me pressionou a lhe dar outro nome. Finalmente cedi, e a próxima coisa que Bill fez foi matar outro traficante e enterrá-lo no meu porão. Antes que eu percebesse, meu porão estava cheio de traficantes de drogas. Mesmo depois que fui preso, Bill continuou a matar. Só que agora era mais difícil entrar no porão, por isso escondemos os corpos o melhor que pudemos. Cameron Brown, Leroy Watkins. – Mo balançou a cabeça. – Bill estava com ideia fixa de matar. Organizou um esquadrão da morte. E isso deu tão certo que Bill começou a matar não só traficantes como também usuários de drogas pesadas. O esquadrão da morte aprendeu como matar os viciados com overdoses, para as mortes parecerem mais naturais.

"Foi por isso que contratei um advogado. Não podia mais participar de toda essa loucura. Eles estavam até mesmo falando em matar você. E você não acreditaria em quem tomava parte nisso. Policiais, vendedores de sapatos, avós e professores. Isso era insanidade. Era como uma daquelas coisas cult. Como aqueles milicianos que você vê pela TV em Idaho. Eu cheguei a me envolver nisso por um tempo. Portando uma arma. E então o policial descobriu, e entrei em pânico. Era a arma que matara Brousse. O que eu estava pensando?"

– Por que você contratou um advogado? Por que simplesmente não se entregou?

– Sou um homem velho. Não quero passar o resto da minha vida na prisão. Acho que esperava que, se colaborasse e tivesse um advogado, poderia me safar mais facilmente. Eu não matei ninguém, você sabe. Só dei a Bill alguns nomes e marquei alguns encontros.

– Você ainda estava participando depois que contratou um advogado. Marcou um encontro com Elliot Harp.

– Não pude evitar. Estava com medo. Não queria que ninguém soubesse que eu estava falando com a polícia. Do jeito que as coisas estão, sempre que ouço um carro na estrada começo a suar, achando que é Bill, que ele descobriu onde estou e veio me pegar.

"Eu só queria ter tido desde o início outra escolha. Sinto-me como se tivesse provocado isso. Esse pesadelo."

– Sempre há escolhas – disse Ranger, encostando o cano de sua magnum calibre .44 na cabeça de Mo.

Mo virou os olhos para ver Ranger.

– De onde você veio? Não o ouvi entrar!

– Entrei como o nevoeiro vem nos pés de um gatinho.

Olhei para Ranger.

– Muito bonito.

– Carl Sandburg – disse Ranger. – Mais ou menos.

O cascalho foi remexido por pneus lá fora e Mo pulou para o meu lado.

– É ele!

Abri a cortina e olhei para fora.

– Não é o reverendo Bill.

Ranger e Mo ergueram suas sobrancelhas para mim em silenciosa indagação.

– Vocês não vão acreditar nisso – disse eu.

Atendi à batida na porta e revelei Lula em pé na varanda, parecendo satisfeita.

– Oi, amiga – disse ela. – Vinnie me contou tudo sobre esta casa-esconderijo, e vim ajudar.

A voz de Mo se tornou aguda.

– Essa é a lunática do Firebird vermelho.

– Uhum – disse Lula.

Peguei a jaqueta de Mo no armário do corredor e a coloquei sobre ele, ao mesmo tempo revistando-o em busca de armas. Conduzi-o para a porta da frente e estava em pé com ele na varanda quando ouvi o som distante de um carro na estrada. Todos nós paramos. O carro se aproximou. Vimos um brilho azul através das árvores e depois o carro virou na entrada para veículos. Era uma van Ford Econoline com IGREJA DA LIBERDADE escrito do lado.

A van parou a meio caminho da casa, seu avanço impedido pelo Firebird de Lula. A porta lateral deslizou e foi aberta, e um homem de máscara e macacão saiu. Nós nos entreolhamos por um momento e então ele ergueu um lançador de foguetes até seu ombro. Houve um brilho de fogo e um *pfnufff!*. E minha picape explodiu, com suas portas voando para o espaço como Frisbees.

– Esse foi um tiro de aviso – gritou o homem. – Queremos Mo.

Eu fiquei sem fala. Eles tinham explodido minha picape! Tinham-na transformado em uma grande bola de fogo amarela.

– Veja o lado bom – disse-me Lula. – Você nunca mais vai ter de se preocupar com aqueles enguiços.

– Ela estava consertada!

Mais dois homens saíram da van. Eles nos apontaram rifles e todos nós corremos aos tropeções para dentro da casa e batemos a porta.

– Se eles conseguem explodir uma picape, conseguem explodir uma casa – disse Ranger, tirando do bolso as chaves de seu carro e entregando-as para mim. – Saia com Mo pela porta dos fundos enquanto imobilizo esses caras. Vão pelo bosque até meu Bronco e saiam correndo daqui.

– E quanto a você? Não vou deixar você aqui!

A casa foi atingida por tiros e todos nós nos jogamos no chão. Ranger quebrou a janela de vidro e abriu fogo.

– Vou ficar bem. Darei a vocês uma boa vantagem e depois me embrenharei no bosque. – Ele olhou de relance para mim. – Já fiz isso antes.

Agarrei Mo e o empurrei para a porta dos fundos. Lula correu atrás de nós. Todos nós corremos abaixados pelo pequeno quintal dos fundos para o bosque, enquanto tiros continuavam a ser dados da entrada para veículos. Mo se esforçava para correr e Lula gritava:

– Ah, merda! Ah, merda!

Nós deslizamos sobre nossos traseiros por um pequeno barranco, nos levantamos e continuamos, fazendo estalar a seca vegetação rasteira. Não era o que você chamaria de uma retirada silenciosa, mas o silêncio não importava com a Terceira Guerra Mundial estourando atrás de nós.

Quando achei que tínhamos ido longe o suficiente, comecei a voltar na direção da estrada. Houve outra explosão e me virei para ver uma bola de fogo subindo no céu.

– Tem de ser o bangalô – disse Lula.

Seu tom foi sombrio. Sinistro. Nós duas pensávamos em Ranger.

Mo caiu de joelhos, seu rosto branco como giz e sua mão segurando um lado do corpo onde uma mancha escura começara a se espalhar pelo casaco cinza. Uma gota de sangue caiu nas folhas secas.

– Ele deve ter sido atingido na casa – disse Lula.

Tentei fazer Mo se levantar.

– Você consegue – disse-lhe. – Não falta muito.

Sirenes soaram na estrada e vi o brilho vermelho das luzes da polícia por entre as árvores à minha esquerda.

Mo fez um esforço para ficar em pé e caiu de cara no chão do bosque.

– Corra para a estrada e peça ajuda – disse eu a Lula. – Ficarei aqui.

– Você tem um revólver?

– Sim.

– Está carregado?

– Sim. Vá!

Ela hesitou.

– Não quero deixar você.

– Vá!

Lula passou a mão por seus olhos.

– Merda. Estou com medo.

Ela se virou e correu. Olhou para trás uma vez e desapareceu de vista.

Arrastei Mo para trás de uma árvore, pondo o tronco entre nós e a casa. Saquei minha arma e me entrincheirei.

Realmente precisava encontrar outro emprego.

Estava escuro quando Lula me deixou em meu estacionamento.

– Que bom que Morelli e um bando de policiais estavam seguindo aquela van da Igreja da Liberdade – disse Lula. – Se não fosse por isso, a gente ia ficar encrencada.

– Os policiais não estavam seguindo a van da Liberdade. Morelli estava me seguindo.

– Sorte sua – disse Lula.

As mãos de Mickey apontavam para sete horas, mas parecia ser muito mais tarde. Eu estava exausta e com um princípio de dor de cabeça. Arrastei os pés até o elevador e me apoiei no botão. Graças a Deus pelos elevadores, pensei.

Eu dormiria na portaria antes de conseguir ter forças para subir as escadas.

Lula, Ranger e eu tínhamos respondido a perguntas na delegacia pelo que pareceram horas.

Dickie havia aparecido enquanto eu ainda falava com mais outro policial e se oferecido para me representar. Eu lhe disse que não estava sendo acusada de nada, mas que lhe agradecia assim mesmo. Ele pareceu desapontado. Provavelmente esperava fazer um acordo que envolvesse a fábrica de placas de carros. Manter-me longe de Mallory. Ou talvez que eu tivesse feito algo horrível. Pude imaginar as manchetes: EX-MULHER DE PROEMINENTE ADVOGADO DE TRENTON COMETE CRIME HORRÍVEL. ADVOGADO DIZ QUE NÃO FICOU SURPRESO.

Logo antes de eu deixar a delegacia soube que Mo saíra da cirurgia e parecia bastante bem. Havia perdido muito sangue, mas a bala entrara e saíra sem atingir nenhum órgão vital. A notícia havia produzido uma sensação de alívio e finalização. Eu estivera obcecada com isso, cheia de adrenalina. Quando finalmente assinei meu nome em uma declaração impressa dos acontecimentos do dia e percebi que Mo sairia dessa, a pouca energia que me restava desapareceu.

Rex e eu examinamos o banquete na mesinha de centro, ele de sua gaiola e eu do sofá. Balde de frango frito extrapicante, bandeja de biscoitos, salada de repolho, feijões assados. Além de meio bolo de chocolate, sobra do jantar de domingo com meus pais.

O Rangers estava jogando contra o Boston no Garden, o que significava que eu estava usando a camisa branca do meu time local. Era o final do primeiro período e o Rangers estava um gol à frente.

– A vida é assim – disse eu a Rex. – Não fica muito melhor do que isso.

Estendi a mão para pegar um pedaço de frango e fui interrompida por uma batida na minha porta.

– Não se preocupe – disse eu a Rex. – Provavelmente é apenas a sra. Bestler.

Mas eu sabia que não era a sra. Bestler. Ela nunca batia na minha porta tão tarde da noite. Ninguém batia. Ninguém que não fosse um problema. Já haviam se passado semanas desde que dois homens mascarados haviam forçado sua entrada em meu apartamento, mas a experiência me deixara cautelosa. Eu tinha me matriculado em um curso de autodefesa e tomava o cuidado de não ficar cansada a ponto de baixar a guarda. Não que os homens mascarados ainda estivessem me ameaçando.

O reverendo Bill e o esquadrão da morte estavam vivendo sem pagar aluguel, uma cortesia do governo federal. E isso não incluía Mickey Maglio. Houvera policiais envolvidos, mas ele não era um deles. O homem que me queimara era o cunhado do reverendo Bill, importado de Jersey City. Pelo menos eu estava certa sobre o sotaque.

Sem dúvida ainda havia alguns vigilantes à solta, mas eles estavam sendo discretos. O movimento tinha se enfraquecido quando a vida secreta de Mo se tornara pública. E o impulso vigilante restante morrera de morte natural sem o reverendo Bill agindo como catalisador.

Caminhei em silêncio até a porta e espiei pelo olho mágico. Joe Morelli olhou de volta para mim. Eu devia ter imaginado. Abri a porta.

– Você deve ter sentido o cheiro de frango.

Morelli sorriu e girou em seus calcanhares.

– Não quero incomodar.

Sim, certo. Peguei uma cerveja para ele na geladeira.

– Já faz algum tempo que não vejo você.

– Desde que encerramos o caso Mo. Você nunca retornou meus telefonemas.

Atirei-me no sofá.

– Não tinha nada para dizer.

Morelli tomou um gole de sua cerveja.

– Você ainda está aborrecida comigo por reter informações?

– Sim. Eu o ajudei com Dickie e você não me deu nada em troca.

– Isso não é verdade. Eu lhe dei o reverendo Bill.

– Só porque sabia que eu o obteria de outras fontes. Estou feliz por ter vomitado em você naquela noite em sua cozinha.

– Isso também foi culpa minha?

– É claro que foi. – Na verdade, eu aceitava total responsabilidade pelo ocorrido, mas não tinha a menor intenção de demonstrar isso para Morelli.

Morelli pegou um pedaço de frango.

– Todos na delegacia ficaram muito impressionados com você. Foi a única a ver as coisas pelo ângulo certo.

– Graças a Sue Ann Grebek e sua língua solta. Quando ela me contou sobre Larry Skolnik, pensei em Cameron Brown. O assassinato de Cameron Brown nunca pareceu se encaixar. Ele vendia algumas drogas, mas não era uma peça importante no jogo. Sua principal renda vinha da prostituição. Então Larry e Gail confirmaram isso. Na verdade, Larry já tinha descoberto quase tudo.

O Rangers fez outro gol e nós nos inclinamos para frente para ver o replay.

Eu havia lido os jornais e falado com Eddie Gazarra, por isso sabia de alguns dos detalhes sobre Mo e o reverendo Bill. Sabia que ambos seriam julgados. Não estava certa do que aconteceria com Mo, mas Bill acrescentara sete mortes ao primeiro assassinato. Além disso, em uma incursão de final de tarde, o pessoal do Birô de Drogas, Tabaco e Armas de Fogo encontrou nos dois prédios da Igreja da Liberdade, na rua Montgomery, armas suficientes para encher um caminhão de mudança. Isso era bem acima do limite para arsenal anarquista.

– Ouvi dizer que você voltou a trabalhar no Departamento de Atentado ao Pudor e Prostituição.

Morelli assentiu com a cabeça.

– Eu não tinha o guarda-roupa certo para a Homicídios. E eles realmente esperavam que eu me barbeasse todos os dias.

– Ainda está morando na casa?

– Sim. Gosto dela. Tem mais espaço. Muitos armários. Uma cozinha maior. Porão. – Ele se inclinou para mais perto. – Tem até mesmo uma porta dos fundos.

Eu o olhei com o rabo do olho.

Morelli traçou um pequeno círculo em minha têmpora com a ponta do dedo, e seu tom de voz se tornou mais baixo.

– Também tem um quintal nos fundos.

– Quintais nos fundos são bonitos.

O dedo desceu para minha clavícula.

– São bons para atividades de verão... como churrascos.

Recuei e olhei para ele. Morelli fazendo churrasco?

– Se você se comportar bem, posso convidá-la para um hambúrguer – disse Morelli.

– Só um hambúrguer?

– Mais do que um hambúrguer.

Isso me fez lembrar do velho dito popular: Tenha cuidado com o que deseja porque pode consegui-lo.

Morelli deixou um sorriso transparecer em sua voz.

– Depois do hambúrguer eu poderia lhe mostrar minha garagem. Cheguei a mencionar que eu tenho uma garagem?
– Até agora não.
– Bem, tenho uma garagem, e conheço um jogo...
Ai, meu Deus.
– Acho que sei qual é.
O sorriso se espalhou para os olhos dele.
– Sim?
– Tem a ver com... transporte. Trens e coisas no gênero.
– Aprendi algumas novas rotas desde a última vez em que brincamos – disse ele.
E então seus lábios roçaram em minha nuca, enviando uma onda de calor diretamente lá pra baixo.

Este livro foi impresso na Editora JPA Ltda.,
Av. Brasil, 10.600 – Rio de Janeiro – RJ,
para a Editora Rocco Ltda.